JN013631

Terézia Mora

よそ者たちの愛

テレツィア・モーラ　鈴木仁子［訳］

白水社
ExLibris

よそ者たちの愛

GOETHE
INSTITUT

本書の翻訳出版にあたっては、ゲーテ・インスティトゥートより助成をいただいた。
The translation of this work was supported by a grant from the Goethe-Institut.

Die Liebe unter Aliens by Terézia Mora
Copyright © 2016 by Luchterhand Literaturverlag, München
a division of Verlagsgruppe Random House GmbH, München, Germany

Published by arrangement through Meike Marx Literary Agency, Japan

よそ者たちの愛　目次

装　丁
緒方修一

カバー図版提供：アフロ
エゴン・シーレ「膝をつくふたり」(1913年)

魚は泳ぐ、鳥は飛ぶ

若いほうは十八ぐらいか。年取ったほう、じつはちっとも年寄りでなく、まだ五十七なのだが、七十五ぐらいに見える。ハート形の老けた童顔。昔は大きかった目、尖ったあご。ほうれい線、目尻のしわ。だがそのしわは目尻から顔の側面を下まで続いていて、まるでたえまない流れ（涙の川、とは言うまい）が肌に谷を刻んだかのように見える。そのしわを、手のひらでやさしく、消えるまでそっと撫でてやりたい。消えはしないけど。いや、撫でることはけっして無益ではないのだが、ただ、見かけほどには老いていないこの男には、肌を撫でてくれる女も男もいない。親しくない知り合いは何人かいる。彼らは面と向かってはヘルムート、と呼ぶが、いないところではマラソンマン、と彼を呼ぶ。近隣の人たちだ。街角にある昔ながらの食堂兼居酒屋で（そういう店もだんだん減ってきたけれど）昼めしにたまたま顔を合わすていどの知り合い。二言三言言葉は交わすが、深い話はしない。どのみちマラソンマンは質問されたことにしか答えず、ていねいだけれど、最小限しか話さないのだ。鉄道に勤めてた、いまは年金暮らし、車掌だった。なんだってまた定年前に退職してしまったのか、そこのところはだれも訊ねていない。どこといって特異なところはないのだが、ただ間違いなく変わり者、それはたしかだった。表向きの理由にはなっていないだろうがそれが早期の退職と関わっているにちがいないということは、みなの意見が一致していた。マラソンマンは、ランチにケーニヒスベルク風白ソースがけ肉団子が出るときにだけ来店する。店でそれ以外の料理を食べたことがない。あとは自宅でポテトのカッテージチーズがけか、でなければ、ポテトのベーコン炒めで生きている。デザートは牛乳にひたして焼いたパン。倹約家なのだろうか。ひょっとしてそういうのが哲学なのだろうか。もしかするといわゆるちゃんとした服よりも、洗いざらしの灰色のボロをまとっているほうが心が安らかなのだろうか。不幸せなふうには見えない。顔つきは悲しげな道化、しかし悲しんではいない。つんつるてんのズボンに灰色ニットのとんがり帽、顔に浮かべたほくほく笑い、昔話に出てくるしわくちゃ小人そのものだ。三十度を超える猛暑日のほかは、年がら年中その帽子姿。めったにない三十度超えの日には帽子を脱ぐが、すると灰色がかった金髪が頭にかかった鳥の巣みたいで、帽子を取り替えただけのように見える。さて、問題のその日、マラソンマンはいつものとんがり帽をかぶって歩いている。上から下まで灰色、ただし買い物用の布のエコバッグを提《さ》げていて、これは鮮やかなカナリアイエロー。エコバッグの底はやや汚い。袋の中、片端に寄って、財布と鍵束。なんだって財布と鍵束（鍵は四つ――建物入り口、郵便受け、住居玄関、地下物置）をエコバッグなんかに入れているのか、灰色の上衣にはポケットが三つあり、そのうち一つは内ポケットになっているのに――謎だった。というか、そんなことをするのは、能天気だからだった。わが町、わが通り、ここで五十七年暮らし、買い物をしてきて、すっかり気をゆるしていた。手にしたバッグをぶらぶら振ってすらいた。もしかしてかるく口笛まで吹いていたとか。通りは混んで喧《やかま》しいから口笛のほうは保証のかぎりではないが、マラソンマンは唇を丸めていることがよくある。人の話をじっと聞いたり、もの想いにふけったりしているとき。もの想いしてます、と自分で言う。夢見てまして、と言うことも。すみません、いまなんておっしゃいました？　ボクもの想いしてまして、いま夢の世界に行っちゃってて。行っちゃってて、ときた。そして、申し訳ないです、とつけ加える。マラソンマンとあだ名される前は、うわの空《ドリーマー》クンと呼ばれていた。うわの空クン？　それだれ。あいつだよ、あのやけにていねいなやつ。ああ、あいつね。

　若いほうは、服装と外見しか、伝わっていない。それもかなり曖昧だ。とはいえ、おおかたの予想と違って、背後からは来なかった。前から来た。ふたりは一瞬、顔を見合わせさえしたのだ。黒くて太い眉毛の、つやつやした若い顔、かたや年食って灰色で、唇を丸めてほくほくした顔、それが同じ高さになったところで、若いほうがひょいと屈み、年寄りのバッグを引ったくって、走りだした。

　理解するのに数秒、バランスを取り戻してふり返るのに数秒。若いほう、そう大柄ではないかわりに俊足ですばしっこい男は、この間にもう貸しビル二つぶん先にいる。大股で跳ぶように走る、足の速さにはおぼえがある、だからこの作戦を採ったのだが、しかし、彼に持久力はあるだろうか？　あるならいいのだが。というのは、若いほうが知らないこと、知るはずもないことがあるのだ。だてや酔狂で、マラソンマンはマラソンマンと呼ばれているわけではないってこと。そのあだ名は、図星の特徴の逆を言ってからかうためにつけられたのではない。ハゲ頭の男をフサフサくんと呼んだりするのとはわけが違うのだ。マラソンマンは六歳のみぎりではじめて徒競走に出場、ぶっちぎりで優勝し、以来、何千キロを走りに走ってきた。森を抜け草原を渡り、ぬかるみの赤土を、コンクリートの上を、あるときは二十四時間ぶっとおしで走った。かなり前からフルマラソンを走らない年はなくなってい る。ただ、いずれも欧州内に限っていた。なにしろ自慢は、飛行機にも船にも乗ったことがないこと。内燃機関のある乗り物は人生で数えるほどしか乗ったことがない。乗るなら列車。どうしても移動が必要なら、勤めていた関係で列車がしっくりくる。けれどざっくり言えばこういうことなのだ——鳥は飛ぶ、魚は泳ぐ、人は走る。エミール・ザトペックの言葉でしてね、ほんとそれなんですよ。エミール・ザトペックとね、へえそうですかね、エミールはいい名前だけどね、とランチタイムに厨房で料理していた女が言うと、マラソンマンは耳までまっ赤になった。むろんのこと、彼もちょっと耳が尖っている。チェコの選手だったかねえ、人間機関車って呼ばれてた、と客のだれかが言った。赤味はまた退《ひ》いていった。マラソンマンが型にはまったことを言わないのは、マラソンについて話すときだけだった。しかもこればかりは聞かれもしないのにしゃべる。この週末、ボク、ウイーンマラソンに行ってきましてね。ついでえらく詳しい話がはじまる。どの列車に乗って、それはどこ発で、どこを経由して、いつどこの駅に着いて（駅舎建築のすごい特徴についても述べる）、そこからどこのホテルにどうやって行って、そこはどんなで（簡素だし駅に近い。ただし早いとこ手配しないと、一年前にはもう予約しとかないといけないんですよ）、夕飯はなにを食べて、朝食はなにが出て、何時に起きて、どんな準備をして、どうやってゼッケンをもらって、その前にいくら払ってエントリーし、エントリーして金を払うとランナーがもらうバッグにはゼッケンのほかになにが入っていて、去年とくらべてバッグはどう変わって（紐が二本ついていてナップサックになってたとか、口を閉じられないトートバッグだったとか）、続いて十キロ地点、十五キロ地点、二十五、三十、三十五、四十キロ地点はどうだったか、そして四十二・一九五キロは、そしてそのあとは、またバナナとかオレンジとかアイソトニックドリンクとかをタダでもらえたか、トイレの数は足りていたか、などなどなど、話を止めることもできず、途中で出ていく者もいるけれど、きまって何人かがババを引いてやむなく最後まで残っている。なぜなら、人生を捨てた者でもないかぎり、だれかがマラソンをした話をしている最中にさっさと出ていったりはしない、そのぐらいの礼儀はわきまえているからだ。とはいえ、心中疑っている者はいた。嘘ついてるよこいつ、しわくちゃ小人のくせして、いつものあれで、ぼうっと夢見てんだろ、じいさん、ぼうっとさ。ところが、あるときから信じないわけにはいかなくなった。こんどなにか持ってきてくれよ、とだれかが言ったところ、マラソンマンはほんとうに参加バッグと雨ガッパと町の地図とミニラジオを持参して、そこにいたみんなに配ったのだ。

そんなことを若いほうは知るよしもない。おのが力を恃《たの》みとして、さいしょの百か二百メートルを身軽に飛ばす。それに度胸がいい。間合いをはかって車道の信号が青になる寸前、ぱっと大通りに飛び出し、きわどいところで道を渡る。直後に車がびゅんびゅんと過ぎ、その風をうなじに感じながら、車道と自転車レーンを隔てる野バラの生け垣に飛び込む。さいわい自転車を飛ばしてくる者もなく、勢いをつけたまま、生け垣から歩道に躍り出る。もう大丈夫だ、と経験からして若いほうは思い、足取りをゆるめ、ついには立ち止まる。ふり返る、が、ここからどこへ行こうかと思うより早く、見るとすぐそこ、十メートルもないところで、年寄りが生け垣を突き破って出てきたではないか。一瞬、年寄りのほうも足を止める。大きな青い両の目が、黄色いエコバッグを持った若者をとらえる。ふたりはまた走りだす。

走る車とパラレルに、ふたりは幅四メートルの歩道を走る。といっても食堂や商店が、陳列台や看板やアイスクリームのメニューやイチゴや自転車や花の鉢をごたごたと歩道に出しているので、通れるのは歩道の端っこだけだ。しかもそれらが日に数センチずつせり出してくるので、しまいには歩けるところがなくなり、少なくとも十人が怒鳴り込むか、役所が警告の笛を吹いて下がらせるまでそれが続く。たとえば花屋の店先は通行人がすれ違うことすらできず、やむなく隣の自転車レーンを歩くはめになるが、ここはここで自転車が一方通行を無視して、狂ったように飛ばしてくる。急な下り坂で、おまけに舗装もなかなかいいとあって、自転車乗りには願ったりかなったりなのだ。この坂道を駆け上がってくるのが若い男、そして年食った男。花屋を過ぎてすぐ、別の通りと交わるところに信号があるが、若いほうはこんどは運がない。赤信号は赤のまま、走り込んでいくがダメ、赤は変わらず、車は目の前を走り抜ける。きわどいところで、若いほうは左の細い道に駆け込む。

状況はたいして好転しない。細い道はまっすぐで、さっきの大通りほど雑然としておらず、姿がまる見えだ。おまけに上り坂がきつい。年寄りは依然、ビル二つぶん後ろをついてくる。若いほうはダッシュをかける、これで何メートルかは引き離した。ふたりは坂道を駆け上がる。

バッグを捨てろ！　とマラソンマンは叫びたい。たぶんそれが両方にとってベストな解決なのだが、なのにまったく声が出ない。口を開けるけど、ひと言も出てこない。若いほうは、そんなこと自分からは思いつかない。バッグをしっかと握ったまま。右手に重い物が揺れるので、走るにはじゃまなのだが。手近な通りを右に曲がる。一瞬、マラソンマンは姿を見失う、が、また見つける、小さな十字路を越えて、次の路地を左に曲がろうとしている。この道も上り坂だが、またごちゃごちゃしている。宝くじ屋の店先に、立ちテーブル、看板、旗、レストランの前にテーブルと椅子、まだ客の姿はないけれど、この狭くなった場所に、よりによってベビーカーを押した女が近づいてくる。若いほうはぐるっと頭をめぐらして、歩道を避けて車道に出るが、それは車がいないかどうかでなく、信じられないことが起きているのを確かめるためだったのを、マラソンマンはその顔から見て取る——つまりはマラソンマンだ、いまだについてくるってことだ。敷石の上でも歩道の上でも、ふたりは足音が違う。若いほうはスニーカーで、本物のスポーツシューズではない。じきにマメが痛みだすだろう。マラソンマンは日ごろの、古いけどまだ状態のいいランニングシューズ、今日のは灰色に蛍光イエローのラインス入り、ソールはオレンジ色。ただ上衣がそぐわない、大きすぎるし、重すぎる。上衣を着たままで走る人間は、ポケットの中でがちゃがちゃ鍵を鳴らすものだ。だがマラソンマンのポケットではなにも鳴っていない。持ち物ごっそり、若いのに渡ってしまった。走ってやがる、ボクの財布とボクの鍵束持って。やつは自分の携帯も持ってるかな、携帯が落っこちたら、拾おうとして立ち止まるかも？

なにも落っこちない。ふたりは走りつづける、車道から歩道へ、狭い道から広い道へ。また車が行き交い、人が歩き、信号がある、路面電車まで走っている。若いのは人混みに身を投じる、年寄りをふり払うには、思い切ったことをするしかない。あの角で工事をしている。いいぞ、いやだめか、まずい、てんでだめだ。若いほうは足場の下にできたトンネルに駆け込むが、抜け出すよりはやく、マラソンマンが駆け込んでくる、走る振動で足場全体が揺れる。ふたりはぐらぐら揺れる木のトンネルを駆ける。だしぬけに左側、建物から手押し車が飛び出してくる。若いほうは間一髪で身をかわすが、びっくりした作業員が悪態をつく、マラソンマンが「ごめんなさい！」と叫ぶ。

ふたりは通りを端まで走る。端はトンネルになっていて、そこを抜けたら市内でももう別の街区だ。マラソンマンは、自分の街区の外にこれまで出たことがなかったことに気づく。どこかの国際マラソンで走ることはあっても、隣の区には行ったことがなかった。朝起きるとまず水を一杯、丘を駆け下りて公園へ、そこには階段があって、だれかが段差部分にこんな落書きをしている。〈おまえが自分で決め決め決められるのは、やめやめやめるか、やりやりやりつづけるかどちらかだけ〉。マラソンマンはこれを眺めるのが好きだ（そうだよな、そのとおり）が、また丘を駆け上がるわけではなく、ふもとを巡る一キロのランニングコースを走る。円周の少し外側の、土が柔らかいところだ。ある箇所は一面の藪になっていて、二またの細い径《みち》がついている。雨が降るとどっちにも大きな水たまりができる。どっちの径をとっても同じだ。マラソンマンの好きな数は八だから、いつもここを八周する。七周でもまあいい、魔法の数だから。五周しかできないときは、病気だということ。あるときひどく具合が悪くて、自分が半分になった。つまり四周しかできなかった。しまいには、走らずに歩いて帰ったほうがいいかと思うほどになった。だが歩いても具合はよくならず、このまま裸の木の梢の下で死んでしまいそうな気がしたので、やっぱり走って帰った。そのほうがめまいも少なかった。（あれはただの感染症だったんだよ。）日がな一日、ほかはどうしているかって？　たいしたことはしていない。部屋の整理整頓をし、食料を調達してきて料理をし、本を読む。図書館の利用証を持っている。あまり行かないけど。図書館の入り口に、ご自由にお持ちくださいとある本が置いてあって、それをもらってくる。エンターテインメントにもミステリーにも興味はない。実用書、伝記、歴史関係。紙が砕けるほど黄ばんだロマン・ロランの作品集。五〇年代の青春小説。仮設住宅でのふたりの若者の話。そんなところ。あとは一日、ぼんやり夢を見て過ごす。木々や家々を眺めている。美しい家々、醜悪な家々。マラソンのときにもそういう分類をする。彼は勝とうとは思っていない。タイムもどうでもいい。あたりを見回すことができるのだ。美しい家々、醜悪な家々。醜悪な家しかなかったら、ボク気分が悪くなるもんな、美しい家のときは、気分がいい。ってことはつまり——ボクはまともだってことだ。母さん、安心していいよ、ボクが完璧にまともだっていう、その証明ができたよ。けれどマラソンマンの母親はだいぶ前にあの世に行っているので、言ってやることはできない。でももし生きていて言えたとしても、母親は、それを疑う理由はごまんとある、という目で彼を見たのではないだろうか。おまえ、またそんな妙ちくりんなことばっかり言ってると、いまにおったまげることになるよ。母は彼がなにか言うときまって、いまにおったまげることになるよ、と言っていた。おったまげたこともあったし、おったまげなかったこともあったが。まあいいか、過ぎた話だ。年を取るうちに、マラソンマンはもうなにに対してもおったまげることがなくなった。あの若いやつを除いては。というか、引ったくりのこと。というか、このまっ昼間に、買い物客で賑わう通りで、自分がそんな目にあったこと。ただし、なんでよりによってボクが、とは思わない。ボクってホームレスのじいさんみたいだもんな、だからなんだろう。ホームレスより狙われるのといったら、女の子かばあさんぐらいだから。

燃えさしのたばこが、足もとの歩道に転がってくる。マラソンマンはそれを踏みそこね、口惜しい気にすらなる。踏めてたらすごい効率だったのに！　追跡しながら燃えさしを踏んで消す。子どものとき、燃えさしを素足で踏んだことがあった。熱くってたまげた。母さんは、ボクをスポーツ校に行かせてくれなかった。ふしぎだな、ボクは子ども心にあのときもう、母さんが正しいってわかってたな。おっと！　彼は若いのを見失いそうになる。角を曲がるのがちらりと目に入る。うかうかしてちゃいけない、この競走は勝つことに意味があるのだ。若いやつを追っかけ、老婦人の香水の靄《もや》をくぐり抜けて、ふたたび活気のある大通りへ。ここ知ってるよ。ベルリンの壁が開いたとき、はじめて降り立った広場だ。だれかが丸いゴマパンとオレンジをくれたっけ。考えてちゃいけない。追いかけろ。あたりはどんどん賑やかになる。デパートやスーパーが林立し、軽食の屋台が並ぶ。走っているふたりに注目が集まる。恐ろしがる人もいる、こらっ！ と怒鳴る人も。ひとりの少年がわざとマラソンマンの行く手に跳び出す。衝突は避けられたが、心臓がきゅっと縮み、小さな高い叫び声を漏らしてしまう、少年と一団がどっと受ける。マラソンマンは、ついに、横断歩道の赤信号で挫折する。若いほうは渡りおおせたのに、マラソンマンは渡れなかったのだ。車がうなりをあげ、立ちつくすしかない。信号の向こう、広場に目をやる。バス停がある、地下鉄の入り口、銀行、女たち、男たち、子どもたち、若いほうが駆け抜けていく。

青信号になったとき、やつの姿はもう見えない。それでもマラソンマンはすぐさま走りだし、広場に入り、広場を抜け、通りに駆け込む。背が伸びないかな、通行人を上から見わたせたらいいのに、そりゃ無理だよな、走ると同時に背が伸びるなんてね。ここから見ると、若いやつの後ろで街が閉じてしまったみたいだ。森でけものが逃げるとき、後ろで枝が閉じていくみたいに。ジャングルとまでは言いたくないけど。それでも——マラソンマンは走るのをやめない。ボクはまだ元気だ、まだいけるぞ、いやもっとだぞ、やっとこさ体が温まってきたよ、スピードを上げられるぞ、シューズも上等、上衣は重たいけど、まあいい。マラソンマンは歩きにすることができない。走らずにはいられない。たとえターゲットを見失ってしまっても。マラソンマン、非凡なところはなにもないけれど、持久力だけはある。というか、途中でやめられないだけなのだ。このあいだマラソンで知り合った男が、夜間マラソンに出たけど三十五キロ地点でリタイアした、と書いてよこした。マラソンマンはリタイアしたことがない、途中でやめたことがない。（四周でやめた日を除けば。）あの若者が奪ったのは、彼のいつもの日課だった。もはや買い物に行くことができない、買い物をすませて家に帰ることができない。受け入れられないのはそこだ。やつのことはどうでもいい、やつに勝ちたいとかじゃない、ボクは年食って見えるかもしれんけどねえ、とか言いたいわけじゃない。そうじゃない。罰したいとか、復讐したいとかじゃない。持ち物を取り戻したいだけなんだ。あれが要《い》るんだ、毎日のルーティンを続けるために。

　走りながら、地面を見たり、ビルの入り口を見たり、道の隅やゴミ箱を見たりしていく、若いやつがカナリアイエローのバッグを捨てていないか。ビルの入り口からちょっと距離を取ったほうがいいかも、と頭をよぎる、やつが跳び出すかもしれないから。いない、いない、からっぽだ。ある建物は入り口が開け放たれて、その奥に中庭が三つ続いている。いちばん奥でなにか工事をしている。

マラソンマンは走って走って、走りまくる。やがて、自分の住む市でないところにいるような気がしてくる。いつのまにか、まるで違う市に来てしまったような。見知ったものがひとつもない。霧の日、家並みの向こうにいままで気づかなかった教会の塔が靄の中から浮かび上がっている感じ。よそよそしい他人が住む新しい町がその下にあるような。そんな夢をよく見る。もっとも、起きているときでもみんなほとんどよそよそしい他人だけど。自分のいる場所が判然としなくなって、マラソンマンはついに足を止める気になる。若いのもエコバッグも探すのをやめ、市街地図のついたバス停を探す。

ざっと十キロ。地図でみるかぎり、そのぐらい走ったことになる。どれだけかかったのだろう？時計はまだある。それとは別に、ちょうど教会の鐘が鳴りはじめた。それじゃあ昼なんだ、昼食の材料も買ってないのに、昼になってしまった。ふいに喉の渇きをおぼえる。金がない、喉が渇いた、ふるさとは遠い。もう一度バッグのこと、財布のこと、若いやつのことを思う。けれどいまではなにもかもひどく遠い。マラソンマンはとうとう諦める。ここから先はもうない。帰り道を探そう。

食堂の常連とマラソン関係を除いても、マラソンマンにだって知り合いはいるのだ。クラウスがそう。アパートの合鍵を置かせてもらっているぐらいに親しい。小学校の一年生以来の知り合い。偶然の法則のもと、二列に並ばされたときに隣同士だった。クラウスは離婚後、マラソンマンが生まれ育っていまも暮らしているアパートからほぼ一キロの距離に住んでいる。ということは、ここからざっと九キロの勘定。さっきとは別ルートを取ってもいいな。そしたら大きな公園を通っていける。

公園を走る、そう思っただけで、にわかに心が浮きたってくる。自分がなにをしていたのか、なんでこんな遠くまで走ってきたのか、半分忘れかけたくらい。これってイカレてるよ、けど、これがボクってもんか。新たな環境での走りで頭がいっぱいになる。公園に行くんだ。公園に足を踏み入れて、走らなかったことがあったっけ？　たぶん一度もない。

帰路についてほどなく、お陽さまが顔をのぞかせる。灰色の世界ががらりと様相を変える。陽光にあふれた春の日。木々。空。窓ガラス。雀が飛びたっていく。はやくも公園に着く、地面がある、芝生に生えているちびた草、その一枚一枚の葉のかたち。ハコベしか知らないよ。タンポポと、スギナと。これがスギナかな、ちがうかな。ヒナギク。おいしっかりしろよ、頼むぜ、浮かれてる場合じゃないよ、悦に入ってのほほんと走ってるときかい、お陽さまが照ってきたからって。息をしている。胸郭のあばらの中の、この感じ。財布には二十ユーロ札が二枚入っていただけだった（それだけが一週間分の買い物代だ）。でも身分証明書も入っていた。それに鍵束も。笑ってる場合じゃないって、なあ。

公園の出口にさしかかって、残念だなと思いかけたちょうどそのとき、いきなり目に入った――やつだ。あの若いやつ。ほかの若い男どもとたむろしている。マラソンマンはにわかに足の力が抜ける。よろめく。膝にくる、くるぶしにくる、そして足の裏までくる。シューズはやっぱりそこまで上等じゃない。あそこにベンチが。よろめきながらたどり着き、背もたれにつかまってやっと立つ。ただのストレッチみたいなふりをしろ。どのみちそうしなくちゃ、膝が笑うときにはそうするのがいいんだ、走ったせいじゃないけど。背もたれをつかむ、ふりだけのストレッチ、しばらくするとそのふりもやめて、ただ突っ立っている。ベンチに腰を下ろすにはいささか寒い。というか、マラソンマンはそれもできないのだ。座ることも、立ち去ることも、走ることもできない、突っ立っているしか。近づく勇気がない、だけど離れることもできない。若いやつの一挙手一投足を見届けられる距離で、じっとしている。

なにやってるんだろうこいつらは？　ペタンク（目標球の近くに金属球を投げ合うゲーム）だ。マラソンマンは人数を数える、六人。三対三のチーム戦。月曜日のまっ昼間だってのに。十三ゲーム。マラソンマンが数えはじめてから十三ゲーム。ペタンク、ペタンク、ペタンク、いっこうにやめない、ビールを飲み飲み、キオスクでビールとポテトを何度も調達してきては、だべっている、笑っている。マラソンマンは喉がからからに渇いていて、近くに水たまりのひとつでもないかしらときょろきょろする。ない。どうってこたないよな、喉の渇きなんかでそう死ぬもんじゃないよ。

いつしかある時点で、若い連中がマラソンマンに気づく。あそこに、さっきからずうっと、ぴくりともせずに突っ立っているやつがいる。あの若いやつもこっちを見るが、すぐ目を逸《そ》らし、あとはもう見てこない。ちらっとも。マラソンマンはひどいめまいがしてくる。ペタンクは続き、ビールも続く。空はまた雲におおわれ、みるみる肌寒くなるが、マラソンマンはとっくの昔に感覚がなくなっている。やがてほんとうに暗くなる、暮れてきたのだ。あっちの連中も、やがて球のありかがおぼつかなくなる。だれかが原付きで来ていたんだろうか、ヒャッホーと声がして、ライトで照らす。わいわい騒ぎのうちにだれかの勝ちになり、ついに解散になる。

マラソンマンは体がすっかりこわばってしまっていて、木よりも不動になっている。暗がりの公園のさながら一個の切り株、だけどまた動きはじめる。あとをつけていく。ボク、人のあとをつけたことなんていっぺんもないんだけど、公園でもどこでも。

若いのは、帰りはひとりだろうか、だれかといっしょだろうか？

ひとりだ。

だいぶ酒が入っている。上機嫌でぶらぶら自転車に向かっていく。自転車は鍵も掛けず、街灯のポールにもたせかけてある。男はひょいとサドルにまたがる。

いたしかたない、マラソンマンも冷え切った体でまた走りだす。自転車か、勝ち目はないな。でもないか。若いやつは急いでいない、自転車もボロっちい、運転もおぼつかない、あっちへふらふら、こっちへふらふら。酒が入っているのはいい、マラソンマンがつけていることもどうやら気づいていない。足音も、息の音もするのに……や、いま、ふり向いた、太い眉をしかめ、ちょっとスピードを上げ、さっきよりまっすぐに走りだす。

マラソンマンは体が温《ぬく》まってきて、なんなく速度をアップする。だが同時に、この狩りがはじまってから、正直はじめて、あることに思い至る――やつに追いついたとして、そのあとどうなるのだろう。ガチンコ勝負になったら、分が悪いのは火を見るよりあきらかだ。あたしゃ思ってもみなかったわね、とマラソンマンの脳内で死んだ母親が言う、あんたが、なくしたものを諦めるよりも、ボコボコにされるほうを選ぶ人間になるなんてねえ。マラソンマンは母親に返事をしない。いまはボク、返事しなくていいぞ。メリケンサックが要るな。だがもちろん、持っていない。どこで手に入れればいいのかすら見当もつかない、ましてやいま、ましてや金もないのに、それにあったところでどうする。若いやつこそ、そんなのを持っていそうだ。ナイフかなんか。けど、ナイフを持ってるんなら一日逃げ回らなくてもいいだろうに？　頭がどんどんこんがらがって、体から力を吸い取っていき、そのまま全身が、心と体が、しびれたように動かなくなる。だがくずおれる直前に、若いほうが建物の前で止まる。ぎくしゃくと自転車を降り、玄関の鍵を差し込むのに手間取っている。それを見るや、マラソンマンはじっとしているのをやめ、つかつかと近寄っていく、かくべつ勇気を奮い起こしたのではない、どっちかといったら、引き合う二つの磁石がはじめはゆっくり、だんだん速く、しまいにある距離にきたらひとっ飛びでくっつくぐあい——マラソンマンはひとっ飛び、後ろから男の腰に飛びつき、ヘッドロックをかける。

おまえがぁ？　ヘッドロックかけたって？

うむ、とマラソンマンは（のちに、クラウスに）言った。っていうんかな、かけようとしたんだ、けどそのとき自転車がひっくり返って、ペダルかなんかがやつのくるぶしに当たって、それでやつがウワッと叫んで、ボクらふたりとも倒れ込んだんだ、やつが下で、ボクが上、膝で押さえつけた格好で。

だからすべてがたまたまだったのだが、でもそんなふうに押さえ込んだから、マラソンマンはもう片方の膝も利用し、両手も使って、つまり両手両足で上からのしかかり、若いやつをしっかと地面に組み敷いた。喉元をぐいぐい締めつけると、なにがどうなってるのかわからないそいつはほとんど無抵抗のまま、締めつけられた喉で訊ねた、くそっ、なんだってんだよ？

で、ボクは言った、金だよ、ボクの金を返せ！

で、やつは、なんのことだ？

で、またボクは、金を返せ、と。

で、やつ、なんの金だ？

で、ボク、あんたが盗んだ金だよ。

で、やつ、盗んでねえよ、てめえなんだよ、盗んでねえって、と。

で、ボクは、袋をどこへやった、と。

で、やつ、なんだよ袋って？　喉を押さえんな、てめえ気が狂ってんな、どうなってんだよてめえ、とかなんとかかんとか。

で、ボク、てめえてめえって言われてむちゃくちゃ腹が立ってな、おまえが引ったくったんじゃないか！　ビンツ通りで！　そいでロレンツ広場まで走ったろう！

そしたらやつ、はあっ？　今日はロレンツ広場なんて行ってねえって、そのなんたら通りなんて行ったこともない、息ができねえ、と。

なるほど憤激のあまり、マラソンマンはひと言叫ぶたびに若いやつの喉をぐいぐいと押さえつけていた。そいつはやり返そうと身をよじるが、喉を絞められていてうまくいかない。それどころかかえって苦しい。若いほうはうめき、ゼイゼイ喘ぎながら言った——おれの、ズボンのポケット！　ズボンのポケットの金、持ってけ、と。

マラソンマンは、見知らぬ（あるいは見知った）男のズボンのポケットをさぐると思うと気色が悪くなった。そしてそのときはじめて、疑念が頭をもたげた。顔をまじまじと見る。一日追いかけ回したやつの顔、寸分違いない。それにジーンズに赤いスウェット。待てよ、こいつはトマト色の赤いスウェットだけど、あいつはもうちっとくすんだ赤の、レンガ色の、フード付きのパーカだった。だけど、顔はぜったいに同じだ、勘違いなんかじゃない、まるで双子だよ。もしかすると、ほんとうに双子だったのかもしれない、という考えが脳裡をよぎり、マラソンマンは目の前がまっ暗になる思いで、組み敷いた男に向かって叫んだ。

なんて名前だ?

アラースだ。

兄弟の名前は?

バチュアン、と答えながら、若いほうはハッと、そうだったのか、というような表情を浮かべた。

(うへっ! とクラウスは言った。)

くそっ! 汚い言葉をふだんけっして使わないマラソンマンは、そう言うと、喉にかけていた力をゆるめた。これでやつはマラソンマンを投げ飛ばすだろう、とてつもない仕返しをしてくるだろう。だが男は敷石の道に、固くて汚い道の上に、伸びたままで動かない、そしてこう言った――いくらだった?

四十ユーロ、とマラソンマンは真実のとおりに答え、体を滑らせて若いのから降りた。そのまま歩道に、隣に座り込み、がっくりと首を折り、もう体が動かせなかった。こいつはいまボクの頭をぶち砕いてもおかしくない。しかし若いほうも、ひどく大儀そうに身を起こすのがやっとだった。いまふたりは玄関前の歩道で、倒れた自転車を横にへたり込んでいた。ボクらまるで、酔っ払って、いっしょに打ちひしがれてる飲み仲間みたいだ。若いほうが、のろのろと腕を動かした。躊躇《ためら》いながらズボンの前ポケットに手を入れ、もっと躊躇いながら、二十ユーロ札を一枚取り出し、さらに後ろポケットから、ぺたんこになった五ユーロ札を出した。

うへっ！　とクラウス。んで、おまえはどうしたんだ？

なにも。マラソンマンはへたり込んでいただけだった、うなだれて、悪さをした学校の生徒よろしく。若いほうは二枚の札をマラソンマンの膝に放り投げると、ふらつく足でのっそり立ち上がり、自転車を起こした。玄関の鍵を差し込むときも、マラソンマンから目を離さず、ドアを尻で開けて、背中を見せなかった。マラソンマンは二十五ユーロを膝にのせたままへたり込んでいた。

しばらくしてマラソンマンも立ち上がり、まわりを見回した。街路はひと気がなく、半数の窓に灯りがともっている。がたがた震えがきた。さっきの攻撃のときの緊張、そしていま、いまごろようやく、遅れて恐怖がやってきたのだ。自分のなかの未知の、どこか暗い場所から湧いてくるとほうもない恐怖。上衣でなく、ズボンのポケットに金を突っ込んで歩きだした。はじめはよろよろ、足をもつれさせながら、だが徐々に早足になり、やがて駆け足になった、全力、しゃにむに。かなりの時間が経ってから、ようやくどこを走っているのか考えられるようになり、そしてなんとかクラウスの家にたどり着くまでに、またとてつもない時間がかかった。あと少しという最後の距離がいちばん苦しかった。クラウスの住む通りの界隈は最近賑わっていて、どのビルにも居酒屋やバーやクラブが入り、歩道はめかしこんだ若い人間であふれている。しゃれたブレザーの男たち、ミニスカートの女たち。

それに深夜営業のスーパー。走るのはとうてい無理だった、歩くしかなかった、というか、ふらふら進むしか。マラソンマンは突然、ふらふら歩きがやっとになったのだ。買い物をまだしてなかったことが脳裡をよぎった。ボク、一日中走ってたよ、まるっきり飲み食いしないで。

ホップス！　とクラウスが言う。この名前で呼ばれたのは、この前の同窓会（卒業四十周年）以来だ。どうした？　こんな時間に？

なんか飲ましてくれ。

クラウスとホップスは似たもの同士だ。クラウスも家にろくなものを置いていない。マラソンマンはぬるい濁った水道水を大きなコップでたてつづけに二杯飲む。

さあ話せよ、とクラウス。なにがあった？

食い物あるかな？

乾きかけたライ麦パンが少しと、既製品のハーブ入りカッテージチーズ。うまくない。それでも食べる。最後にクラウスはデザートめいたものも出す。フルーツヨーグルトで、中にクリスピーななにかが入っている。これはかなりうまい。

それで警察は？　警察に電話したか？　クラウスが訊ねる。マラソンマンはヨーグルトのカップをていねいにこそぐ。

警察？　いや。

携帯もなかったし、金もなかったのだ。だがありていに言えば、そんなことは考えもしなかった。それに、あいつから二十五ユーロ巻き上げたいまとなっては……

うへっ！　とクラウスは三度目に言って、首を横に振る。

身分証明書を作りなおさないと。写真もぜんぶ。銀行の口座は止めなくてもいいよな。キャッシュカードは家だから。カードは、マラソンに参加するときにときどき使うパスポートといっしょにしてある。

そいつ、身分証明書と鍵を持ってるのか？　とクラウス。

うん。鍵も作りなおさないと。

おまえわかってんの？　とクラウス。そいつが身分証明書持ってるんなら、おまえの住所がばれてるってことで、そしてアパートの鍵も持ってるってことだぞ！

えっ。そんなことは考えもしなかった。そのとき唐突に、灼けつくような感覚が胃の腑から激しく胸につき上げ、マラソンマンは声が出なくなる。体を二つ折りにし、そればかりかキッチンの椅子からずり落ち、床に膝をつく、胸がぎゅうっと締まって、暑い。ゼロゼロ喘ぐ音が体の奥からしてくる、クラウスの声がもう聞こえない。

ホップス！　とクラウス。ホップス？　聞こえるか？　聞こえるかおい！

エイリアンたちの愛

ふたりでひとつのシングルベッドだった。ふたりの短い、変転をくり返した人生のなかでも経験したことのないほど、そのベッドは固かった。ちゃんとした簀《す》の子のかわりに、フレームの上に古い木の板が並べられていて、そこに薄いマットレスが載っていた。床に直接マットレスを置こうよ、家みたいに、と彼女が言った。マットレスを床に敷くと、部屋はそれでもういっぱいだった。ベッドの下から底冷えがし、ベッドの上からも冷気が降りてきた。そこにある窓を、ふたりは開けていたのだ。煙が外に出ていくように。宇宙空間みたいな寒さだな、と彼は思った。けれど煙は出ていかない。床にたちこめ、ドアの下から這い出していく。どの部屋のドアも下に隙間があって、光が漏れ、空気が漏れていくから、やがてこの家のどこででもわかってしまうだろう、ここで大麻《ハッパ》を吸っていることは。でもなんにしても、彼女を思いとどまらせることはできない。舞い上がっていて、なにかしないといられなくなっているから。前の晩、自宅でもそうだった、同じことがあった。彼女は跳び上がって、アパートの中を走り回った。キッチン、部屋、キッチン、部屋。バニラプディングを作ったのに、だ、、まになってしまって、それでますますナーバスになったのだ。あたし、人生で一度も、ただの一度も、だまのないプディングを作れたためしがないの。彼がコックになるっていうのに、彼に対して恥ずかしい。彼は二十《はたち》で、ティムといった。彼女は十八で、ぬけぬけと自分をサンディと呼ばせていた。ふたりは半年前、とある施設で知り合い、三週間をそこで過ごした。そしてそれっきり離れようとしなくなった。彼女は彼のおんぼろのひと部屋のアパートにころがり込んだ。彼にはコック見習いの給与が出る。彼女はなにもない。


ヤってよ、それかなんか食いもん、とティムが言った。

この言葉でふたりはけっこう長くゲラゲラ笑い合った。

あんたがこれまで言ったうちで、これ最高。

ヤってよ、それかなんか食いもん。ヤってよ、それかなんか食いもん。

ほどなくして光がぎらぎらしだし、つらいほどになってきた。ティムは色とりどりの世界を期待していた。子どものころ見たカラフルな夢のような、色にあふれた世界を。けれど寒々した、白、ベージュ、茶色のままだった。焼け焦げのあるテーブル。からっぽのティーポットの下で、消えかかって煤をあげているキャンドル。パンくず。灰。

サンディ――やだやだやだやだ。

ティム――なになになになに?

あんたの顔、見られない。エイリアンだ。

なになになんだって?

あんた、エイリアンになってる。

うえっ、とティムは言った。うえっ!　俺もおまえの顔、見てられない。おまえもエイリアンになってる!

うええっっやだやだやだ!

ふたりはおたがいの顔を見つめようとした。できなかった。たちまち顔をそむけ合った。彼は自分の肩先を見つめ、彼女は手で目を覆った。ふたりはぷーっと吹き出したが、じつはほんとうに怖いのだった。恐ろしすぎて金切り声をあげて笑いながら、ちっぽけなキッチンの、ちっぽけなテーブルについていた。白いテーブル、茶色い焼け焦げ。ティーキャンドルや蠟燭にサンディは熱中している。よくひとりで一日中ここに座って、ティーキャンドルに火をともし、じっと炎を眺めている。蠟で遊ぶのなら、安くて蠟が垂れるふつうの蠟燭がいい。蠟のしずくを手に受けて、指紋をつけたり、ちいさく丸めたりする。ティムは長いこと、テーブル板の丸い焼け焦げと、その中にある、もっと濃い茶色の三つの斑点を見つめていた。想像してみよう、この焼け焦げは銀河だ、これをじっと見るんだ、彼女を見るんじゃなくて。視野の端にサンディがいた。椅子からずり落ちたのだろうか、床のあたりでごそごそ動いている。

なにやってんの?　なにやってるんですか?

居間まで這いずっていってるの。こうしてたらあんたが見えない。見えなければ、あんたはエイリアンじゃない。

ああそうか、そうか。それがいいな。這いずっていきな、居間まで。俺はここにいるから。

やばい、やばいぞ。エイリアンだ。居間にエイリアンだ。

それからまた時間がたって、だいじょうぶになった。並んでマットレスの上に横たわることができた。ティムは勃起していたが、いまそういうことはしないほうがいい。彼女はティムに背中を向けて、体を丸めていた。彼も彼女に背中を向け、膝を引き寄せた。こうするのがいちばん安心できた。


当然ながら、ふたりは寝過ごした。携帯に起こされた。電話はエヴァからだった。ティムの上司で、女性のコック。ティムはエヴァのもとでコックになるための職業教育を受けている。〈ポーランドのひとこぶらくだ《うすのろ女》〉か、とサンディ。エヴァは背丈もふつう、太さもふつうだけど、サンディとくらべると頭ひとつぶん大きく、サンディの倍は太く、小麦畑のようなブロンドの髪をしている。エヴァが美女だということはティムもよくわかっている。どんな年代の男もほれぼれするみごとな金髪美人で、それでもって料理人なのだ。サンディはエヴァが好きではないので、自分が勝手につけたあだ名で呼ぶ。エヴァのほうもサンディを嫌っていて、夫と話すときには、〈ティムのちびすけ〉とか〈あの尻軽ちび〉とかいう呼び方をする。ティムに対しては〈あなたのガールフレンド〉と言う（のだがイントネーションが問題だ）。サンディ本人と話さないわけにいかないとき（ほとんどないけど）には、砂《ザント》とでも言うようにｓの音を濁らせる。ザンデー。

サンディはなにもすることがない、するのはただ、ティムの帰りを待つこと、最低限の食べ物を買ってくる（か盗んでくる）こと、外をほっついて、自由に持ち帰っていいものが軒先に置いてないか物色すること。通りにはけっこういろんなものが出してあるのだ。アパートのものはことごとく外で見つけてきたか、もらったかしたもの。マットレスは隣人からもらった、町を出ていった大学生に。その彼が食器もちょっとくれた。ほかはいま言ったように、通りからいただいてきたものだ。カップ、食塩入れ、花瓶、まぎれもない古手の寄せ集め。ふたりが花瓶に花を挿すことなどあるのだろうか？　ある。サンディが摘んでくるのだ、野の花や、そうでない花を。チューリップやバラは公共施設（墓地も含む）から失敬してくる。たまには花屋の店先からパクる。自分が名前を知らない花は、サンディにとってはどれも〈ラナンキュラス〉だ。ご自由にお持ちください、といって食べ物を外に出したりはみんなぜったいにしないのね。なんでだろう？　あんたなら通りに出してある食品もらってくる？　とサンディが訊ねる。別にいいのにさ？　サンディはデポジットのついた瓶も集めてくる。ゴミ箱をあさって拾うまではしないけれど、窓辺に置いてあるような、放置してあるものはちょうだいする。ティムはエヴァの許可をもらって、残った食べ物を調理場から持ち帰る。あたりまえのことではない。黙って持ち帰れば泥棒だ。日々あらたに交渉しなければならない。エヴァはよくティムに残りを持たせてやるが、いつ、なにを、どれだけ持たせるかは、エヴァが決める。彼女にはわかっている、ティムがふたり分必要なことは、よくよくわかっている。ほんとうならこんなに厳格でなくて、もっと気前よく、もっとさらっとやさしく接してやってちっともかまわないのだが、エヴァは厳しさをくずさない。なぜなら「あの子にはしっかりしたたが必要だから」。ザンデーになにが必要かは、エヴァの知ったことではない。ザンデーを訓練しているわけじゃないし。ところが、ふたりがいっしょのところを目にすると、エヴァはきまってまた情にほだされるのだ。ひょろ長くてがりがりで、頭が細長すぎて奥歯が嚙み合わず、そのため前歯でしかものを嚙めない彼。かたや背が低くて、てかてかの丸いチーズケーキみたいな顔をした彼女。そしてふたりそろって、髪はぼさぼさで、目はしょぼしょぼ、ティーンエイジャー特有の汚い肌をしている。まるきり違うのに、まるきりそっくり。似合いのカップル、ふたりはひとつなのだ、自分が好むと好まざるとにかかわらず。しかしこれも毎回きまって、次の瞬間にエヴァは思う。いかにぴったりであろうと、このふたりがいっしょにいるのはけっしていいことではない（そうよ、これはクリアスープなみに明々白々）。どちらにとっても、だけどとくにティムにとって。ティムには責任を感じる。母親としてとまではいかないけど、でも上司として以上には。だけどどうするつもりよ。エヴァとティムが座って食べているところに、ちびすけがやってくる、ちびすけも席について、ティムには挨拶するのに、エヴァにはしない。エヴァのレストランなのに、エヴァは自分が邪魔者になった気がする。ちびすけが口を開けるのは、ティムに食べさせてもらうためだけだ。ティムが口に入れてやる、自分は食べずにちびに、食い意地のはった小鳥に餌をやるように。エヴァが立ち上がって、奥からもう一人分を皿によそって戻り、サンディの前に（ことばもなく）据えると、尻軽のちびすけめ、侮辱された、という顔をする。けっこうです、あたしはいりません。そしてバタバタと店から飛び出していく。それ以来、彼女はもう店の中に入ってこない、外で待つようになる。それもどうかすると、ティムのシフトが終わる十五分も前からだ。ティムはせかせかと彼女のもとへ向かう。ガールフレンドが待ってるからって、一分たりと居残りをしない見習いなんて。私はあの娘が憎くて言ってるんじゃない、ティムのためだ。そういうことすると、心証悪いよね。

ティムはサンディを愛していて、エヴァを慕っている。上司として以上に、と言っておこう。ティムはエヴァを叔母のように慕っている。ふたりが憎み合ったりしないほうが、ティムにはうれしい。サンディのいない人生はもはや考えられないし、エヴァがいなければこの職業教育をやりとげられない。ひょっとすると、この仕事でなくてもいいのだろうか。ティムはそれは望んでいない。というより、要はこうなのだ。ティムは、自分が知らないこと、まだできないこと、未経験のことに直面すると、きまってパニックに陥る。大声を出されるたびにびくっと震え、ほんのささいな批判や注意が、刃物のようにぐさりと突き刺さる。ぷるぷる手を震わせながらルーを混ぜるから、ルーはきっとだまになるか焦げつくかし、極細麺《バーミセリ》を刻んでいるときには、幅が太くなりすぎるか、自分の指を切る。

昔からそうだったわけではないのだ。ティムは不器用な子でもなければ、つぎつぎと不運に見舞われたのでもなかった。はじまったのは、母親が死んでからだった。頭ではわかっているのに受け入れられない。母親は長患いをしていた。それでも、母の死は不意打ちのようにティムを襲った。俺は思ってもみなかった、母さんがいないとどうやって生きたらいいのかわからなくなるなんて。むろんティムは努めている、ほんとにけなげに努めている。刃物で刺されまくることなど望んではいない。ぷるぷる震えてなんでも手から落とすなんてこと、望んではいない。だがそれが起こってしまったときには、せめて踏ん張ろうと思う。できるかぎりはこらえ抜こうと思う。闘いかなにかのように。最後まで立っていれば、その者が勝つのだ。とはいえ、ときには震えが激しすぎて、エヴァが手からナイフをもぎ取らなければならないこともあった。エヴァはティムの手からナイフを外すと、その手をさすってやりはしなかったが、ティムの体のわきにぴったりと身を寄せて、ふたりの腕が触れ合うようにした。エヴァの、小さな硬めのクッションのような温かい上腕、ティムの、震えている骨ばった肘《ひじ》。ティムはつと一歩、体を横へずらすこともできたはずだった。そうすれば体は触れなくなっただろう。しかしティムはずれなかった。最初はそんなふうだったのだ。あのプルプルポプラ君は、とエヴァの夫、つまり店の主人が、わずかな風にも葉をぷるぷると揺らす木、ヤマナラシにティムをたとえた。しかも本人のいるところで。しいっ、とエヴァが制した。一年が経ったいま、ずいぶんよくなっている。結婚式で出張料理に行くときにも連れていける。ティムはそこまで成長したし、また外に出て学べることもある、それに特別手当を出してやれる。

だが、もちろん、ティムに彼女がくっついていると――くっついてないときがいつあるだろう――すべてがムダに複雑になるのだ。ティムは彼女に対し、断るということができない。そしてそれがきまって厄介ごとをもたらす。来なければならないときに来ない、約束していた時間に店に現れない。一晩中起きているのがしょっちゅうだから、寝過ごしてしまう。エヴァはしかたなく電話で起こし、おまけに迎えに行くはめになる。迎えになど行きたくはないのだが、ティムを連れずに行くわけにはいかない。いや、別にいいのだ、そのどこが悪いのだろう、ティムはいなくては困るような人間ではまったくないのだ。とはいえ、世の中には、途中でやめることができる人と途中でやめられない人がいる。エヴァは後者のほうだった。いったん立てた計画を断念することはできないが、短期的に修正することならできる。というわけで、エヴァは悪態をつきながら、ティムを迎えに行ったのだった。

さて、せめて私が駐車場を探さなくてもいいように、あの子はアパートの前の歩道まで出てきているだろうか？　出てきている。ところがひとりではない。ちびすけがくっついている。リュックサックをしょってバスを待つ、寝坊した学童ふたり。

どういうこと？

サンディが乗せてほしいそうなんです。

だめ。仕事なのよ。厨房よ。衛生管理がいるところ。お呼びじゃないでしょう。

サンディは厨房に入りたいわけじゃないです。式場に行きたいわけでもない。途中まで、ちょっと乗せていってもらいたいだけです。

冗談じゃない。そんな時間ないし……云々。いったいなんなの？　私はタクシーじゃないのよ。バスで行けばいいでしょ。

するとちびすけがなんと言った？　いまだかつていっぺんも聞いたことがない甘ったるい声を出して、てこでも引き下がらないふうで、あたし、海に行きたいだけです、海の方向にいらっしゃるんでしょう、途中で曲がるんでも、それでも半分は行けます。あたし海に行きたいの、なにがなんでも、とにかく海に。

エヴァは気が狂いそうになった——海だかなんだか知らないけどね、私になんの関係があるわけ？　あんたたちガキは、こうしたいああしたいって、それで通ると思ってるの？　それになによ、あんたの望みをかなえるのが、どうして私なのさ？　あたしあたしあたしって、自分のことしか頭にない。そんなことでこちらがストレス抱えなきゃいけないわけ？——が、そのとき、エヴァは少年が、プルプルポプラが、ティムが、いまは震えていないことに気がついた。エヴァが着いたときはぷるぷる震え、両腕で体を押さえていたのに、いまはいたって静かに立っている。乗せてやってください。ご好意におすがりしたいんです。

　ご好意なんていう暇はないのよ！

しいっ！　と頭上のどこかの窓から、制する声がした。

エヴァは両手を頭の上にあげ、十本の指をひらひら動かした。もうなにもかも、わけわかんない。で、どうなった？　言うまでもない、サンディは乗せてもらえることになった。ふたりは後部座席に腰をかけ、走っているあいだじゅう手をつないでいた。一時間と十五分、指と指をからめて。ふたりはバックミラーに映っていたが、エヴァはどけとも屈めとも言わなかった。むしろ目を光らせていて、なにか決定的なヘマをしたら、ちびすけを、場合によっては両方を、車からおっぽり出そうと思っていた。しかしふたりはなにもしなかった。ちびすけは頭をティムにもたせてミラーから消え、はねた髪がわずかに見えるだけだった。そして言うまでもなく、エヴァはまた情にほだされたのだった。後部座席の恋し合う子どもふたり。ひとりが海に行って、もうひとりが来るのを待っている。じんとした。このふたりを引き離すのは間違っていることに思えた。だが娘を厨房に入れたり、式場の近くで待たせたりするのは問題外だ。沈黙のまま、車は走った。エヴァはラジオをかける勇気もなかった。

（この子たち、私の音楽の趣味をどう思うだろう。）

　押し黙ったまま車を走らせ、分かれ道まであと五キロほどになったところで、エヴァが声をかけた。

あと五キロよ。

　ティムがバックミラー越しにエヴァを見た。ティムもまた、この間ずっと考えを巡らせたが、やはりいい解決策を見つけられずにいたのだった。するとサンディも頭を上げ、額《ひたい》と両目がまたバックミラーに現れた。目は笑っていて、ティムに話しかける声も明るかった。泊まるところ見つけたら、すぐメールするね。じゃあね。サンディは、だれにともなくかるく言って別れを告げ、道端に立って、手を振りつづけた。ティムもまたリアウインドウから手を振りつづけた、たがいが見えなくなってしまうまで。

若かったときには、私もあんなふうに手を振ったな、エヴァは思った。彼はぜったいしなかったけど。でもそれが気に障るようになったのは、もう少しあとになってからだった。そしていまは、それすらもうどうでもいい。人間は、十人十色だもの。

仕事はとどこおりなく進んだ。ティムは落ち着いて一心に働き、メールをしょっちゅうチェックするどころか、少なくともエヴァが知るかぎり一度もチェックしなかった（が、もちろんエヴァはその日の一分一秒に目を光らせていたわけではない）。給仕たちが深夜に出す軽食を準備し、残りの片付けもすっかり終えて、「私はもう帰るわ」とエヴァが言ったとき、ティムはあいかわらず冷静で、「わかりました」と答えた。

あなたは？
俺は大丈夫です。
もう遅いわよ。
いいんです。
途中まで送ろうか？

必要ないです、とティムが答えて、エヴァはようやく、ふたりが内緒でなにかをたくらんでいることに気づいた。あらかじめか車中でかそのあとでか、なにか計画したのだろう。それがなんなのか、さぐり出すまではすまい、とエヴァは決めた。ティムにがっかりさせられるのはやめようと。（私にとって、あなたは言ってみれば息子だものね。そして年ごろの息子って、まさしくこういうことをするんだもの。）エヴァはおとなしく帰ることに決めた。わが家へ、自分を愛《いつく》しんでくれる男のところへ。

ティムは車が見えなくなるまで待つと、バッグから携帯を取り出したが、電話する前に携帯が鳴りだした。サンディがくっくっと笑っていた。

左のほう、見て！

通りの向かい側、一本の木の下で、サンディが手を振っていた。

めちゃくちゃいい日だったのよ。最高の日のひとつ。サンディは、車が視界から消えると、大通りを外れて、式場になっている農園を徒歩でめざした。だれも拾ってくれなかったとしても、夕方までに十七キロ、歩けただろうと思う。ところが拾ってくれた人がいた。この村に住んでいる女の人で、うちに泊まっていいよと言ってくれた。子どもがふたりいて、その子たちと一日を過ごした。子どもたちはサンディをあっちこっちに引っぱり回した、ガチョウのところとか、馬のところとか、オウム（！）のところとか、ありんこの塚とか、廃屋とか、巨木とか、雷に打たれた木とか、このへんのもの。子どもたちに、いっしょに川の閘門《こうもん》に行く勇気があるかと訊ねられた。子どもたちだけでは行っちゃいけないんだけど、お姉さんは大人でしょ、と。そして閘門の狭い橋の上で、子どもたちがサンディの腰に抱きついた。ひとりが左から、もうひとりが右から。

教会広場のでっかい菩提樹、近くなんだよ、とサンディはティムを引っぱっていった。ふたりは樹下のベンチに腰をかけて、一服やった。ティムは自分の手のひらの匂いを嗅いだ。セロリ、パセリ、タマネギ、ニンニク。手を下ろすと、また菩提樹と煙とサンディの匂いがした。サンディの、ハッパの匂いのついた髪。

あたし、ハッピーよ、とサンディが言った。あたしたち、この夏ずうっと、このへんをヒッチハイクして過ごそうね。

毎日こううまくいくとは限らない、とティムは思ったが、口にするほど愚かではなかった。冷や水を浴びせるようなことはしない。サンディの機嫌がいかにころころ変わるか、そして急転直下、いかに救いようのない状態に落ち込むか、ティムは知っていた。なんでもうまくいきそうなの、なにやってもダメだわ、あたしだれでも口説《くど》けるもんね、だれもあたしなんて好きじゃないんだ、あたしを好きってマジ？　あなたほんとに行かなきゃいけない？　ほんとうはどこへ行くのよ？　こんなに長くどこにいたわけ？　だからティムは言った——それもいいね。サンディは歓声をあげてティムの頭をわしづかみにし、頬骨の上から猛然とキスを浴びせた。歯がきしむのが感じられるくらいに。

泊まれるところとは、農家の台所の裏にある、暖房のない小部屋だった。夏の終わりなら外壁がじゅうぶん温まっているだろうが、夏はまだはじまったところだった。ティムはがたがた震えた。ふたりは菩提樹の下でハッパを一本分け合っていた。ティムはこの小部屋では吸わずにおきたかったが、サンディはもう一本と言ってきかなかった。

だって、あたしめちゃくちゃハッピーなんだもん！

開いている窓から、披露宴のパーティー音楽が突風のように流れてきた。ふたりはティムがもらってきたケーキを食べた。ぜんぶたいらげた。

どうしてもっと持ってこなかったの？

エヴァがくれた分だけ、もらってきたんだ、とティムは言った。

翌朝子どもたちに起こされたときにはもう九時を回っていた。

お湯が出ないいんだって！　ボイラーがこわれちゃったんだ！　ふたりいっしょにバスルームに入るの？　そこでなにするの？　そこでなにするの？

子どもたちはくすくす笑いながら、鍵の掛からないバスルームの扉の前で押し合いをした。それでも扉を開けたりせず、ドンドン叩いたり前で騒いだりするだけだった。最初にサンディが出てきた。目の下をマスカラでまっ黒にしたまま、笑いながら子どもたちを抱きしめた。子どもたちはサンディの膝に乗っかり、マスカラの黒ずみをこすり取ろうとした。最後に母親のアドバイスで、食用油を使ったらうまくいった。もちろん子どもたちは油を塗りすぎ、もちろん強くこすりすぎて、サンディは泣いたり笑ったりした。子どもたちにせがまれ、日曜日もうちで過ごしたらと母親がふたりに勧めたが、ティムは、いいえけっこうです、僕たち、海に行くんで、と言った。

それで、あなたはほんとにコックさんなの？

まだなってませんけど、いずれ近いうちには。

で、あなたはなんになるの？（とサンディに。）

美容師、とまつげをぴくりとも動かさずにサンディが答えた。

いよいよ去る段になると、子どもたちが脚にしがみついた。ひとりはサンディの左脚、もうひとりはティムの右脚。ふたりはよろめき、子どもたちを振り飛ばしでもしないかぎりその場から動けなくなった。サンディが声をたてて笑った。そのうちさすがの子どもたちも母親の言うことを聞いてふたりを放した。門のところまでしか追ってこなかった。姿が見えなくなるまで手を振ってくれた。


ふたりはリュックサックをしょって、木立の下を歩いていった。サンディは子どもと別れたことを残念がり、ティムはそれで心が痛んだけれど、もう一日留まって彼らと過ごすことは考えられなかった。

美容師になりたかったなんて、知らなかったな、とティムは口に出し、言ってすぐに後悔した。気分をほぐすのに格好の話題とは言えない。

サンディは肩をすくめた。子どものときあれこれ考えてた、そのうちのひとつよ。

ほかはなんになりたかった？

宇宙飛行士。

ふたりは大きな街道をめざした。エヴァが降ろしてくれたところではなく、別の方向で、そちらのほうが海に近く、あとわずか十キロだった。ただし車がさっぱり通らない。ティムは車道の端を、サンディは車道と堀割のあいだの細い土の路肩を歩いた。

幼稚園の先生だったら、いい先生になるんじゃないの、ティムは言った。

サンディは答えず、少し気をよくしたかのように顔をほころばせた。

サンディが幼稚園の先生になる、そして俺はコックに、とティムは思った。子どもはいらないかな。大変だもんな。責任が重すぎる。でも、ふたりがいっしょにいられて、それぞれ好きな仕事をして、ハッパをやって、空を見上げてられたら、やっていけるんじゃないだろうか。

半時間歩いて、数台は通り過ぎていったものの、停まってくれる車は皆無だった。日曜日だし、田舎の村と村を結ぶマイナーな道で、通り抜けに使う道ではない。過ぎていった数少ない車は、家族連れだったり、そうでなかったりしたが、いずれも人がいっぱい乗っていて、しかも運転者も同乗者も、そろってふたりをじろじろと見ていった。表情のない白い顔、顔。

見るなよ、ボケ。またかよ、ボケ。

サンディは早足で歩いていく。十キロだったら、二時間。昼ごろまでには大きい街道にたどり着けるだろうか、そして海へは？　ティムはリュックサックの下で肩がひどく痛んだ。

一本やろうよ。火をつけたら、ぜったいだれか停まるって。

ほんとうだった。三回吸わないうちに車が停まった。ふたりは声をあげて笑った。停まってくれた男は、方言がきつくて言うことがほとんどわからないが、どうやら決まった目的地はないらしかった。

退屈でドライブしているのだ。海かい、それもいいな。サンディがティムに目くばせした。こんなやっと海でいっしょはごめんだね、でもまあ、そのうちなんとかなるでしょ。とにかく幹線道路に入ることがだいじ。

車はエンジン音を調整してあるらしく、男は後部座席のティムのほうに半身を向けてその説明をするのだが、なにを言っているのか、さっぱり理解できなかった。音がうるさく、わざとなのかどうか、ギアの切り替えもガクガクしていて、エンジン音もけたたましかった。サンディは助手席前のダッシュボードに片手をついて、体がしょっちゅう躍るのをふせぎ、顔に風を当てていた。

男ははじめ会話をしようとしたが、やがてふたりがほとんど理解していないことを悟った。たいして話すこともなかったらしい。CDを入れたが、これがキャバレーの演《だ》し物の録音で、またぞろだれかが方言でしゃべっていた。ティムは後部座席でうとうとした。

車が停まって、ティムははっと目が覚めた。サンディがドアを開けて体を乗り出し、両膝のあいだに頭をうずめている。

気持ちわりぃってよ。

サンディは吐いていたが、なにも出ていなかった。

いつのまにか幹線道路に入っていて、交通量が増えていた。何十台という車がそばを通り過ぎるなか、男とティムは、サンディの気分がよくなるのを待った。男がいらついているのが伝わった。唇がめっぽう薄い。つぎつぎと過ぎていく車を目で追っている。サンディがようやく体を起こし、座席に座りなおした。

すんだか？　と男が訊ねた。

うん、サンディは答え、助手席のドアを閉めた。

スタートするや、ガクンとまた揺さぶられた。サンディがまたドアを開け、頭を外に突き出した。

このボケ！　なんだ？

急ブレーキ。ドアが跳ね返って、サンディの頭にぶつかった。強くはない。叫びはしなかった。

走ってんだぞ、ドアホ！

てめえがドアホだ、サンディが言って、よろめきながら車から降りた。クソ野郎、もっかい運転なっとけ！

サンディはドアを叩きつけて閉めた。ティムは後部座席から二つのリュックサックを引き出すのがやっとだった。

このアマ、クスリやってんな！

るせぇ、クソ野郎！

けたたましい音をたてて、車は走り去った。


サンディは一本の木に片手をついて寄りかかり、ティムはその隣に立った。ティムの荒れたいかつい両手は、体のそばでぶらぶらするばかりだった。ふたりのリュックサックは道路わきの堀割に落ちたままで、堀割の向こうの道路に車が行き交っていた。目の前になにかの植物が生い茂った畑がひろがっている。雑草みたいだった。休耕地で雑草だらけなのか。だけど地平線までずっとだ。そんなことが許されるのかな？　ティムは冷静を保っていたが、世界から色が失われていく感覚がまた起こっていた。緑はいっぺんに、どこへ消えた？　色はあるにはあるが、白っぽくなっている。通り過ぎていく車も、お陽さまが反射しているのに色褪せて見える。

サンディがなにかもごもごと言った。

うん？　なに？

気持ち悪い。

野原から風がわたってきた。それがいい気持ちで、サンディはほうっと息をついたが、ティムのほうは寒気がした。ティムはしゃがみ込んだ。表面積を小さくしておこう。サンディもしゃがみ込んだ。

水あったっけ？

ないことを知っていながら、サンディが言った。水も、食料も、ガム一枚持たずに、ふたりは出てきたのだった。サンディのリュックサックにはバスタオル一枚とふたりの水着が入っている。ティムは汚れた重たいコック服と、小銭を少しだけ。結婚式の出張料理の手当はまだもらっていなかった。サンディはたぶん一銭も持っていないだろう。でもふだんは、それでもどうってことなかった。金なんてなくても彼女は切り抜けられる。げんにゆうべも、うまいことやったんだから。けど、いまはどうする？

ティムは頭を上げて、まわりを見わたした。当然、どこにも水はない。ずっと先のほうに分かれ道があり、車が曲がってそっちへ入っていく。

次のガソリンスタンドまで行ったら、ぜったいあるよ、ティムは言った。

サンディが悲痛な声を出して、横ざまに草地に倒れ込んだ。

なんてクソったれな夏なの。草に顔をうずめたまま、ぶつついた。なんてクソったれな夏なのさぁ。海にも行けないなんて。

野原を風が吹きわたり、草が揺れ、そこに埋もれたサンディの体は、落とされてそのままそこに転がった石ころみたいだった。


どう、としばらくしてティムが言った、どう、ハッパでもやる？　サンディが気分が悪くなったのは、このところ吸いすぎてるせいだろうか。だけど癌患者は、気持ちが悪いときに吸うというし。

あんたって天才！

サンディはがばっと跳ね起きると、顔から葉を払いのけた。葉の跡が顔に残っていた。木の幹に寄りかかると、ティムが巻きおわるまで辛抱づよく待った。ティムはいつもサンディが器用にやるようには巻けなかったが、サンディは気にしなかった。立木にもたれ、血の気の失せた白い顔で、笑みを浮かべてティムを見つめていた。で、ティムは？　にわかに気分が猛烈によくなった。きのう、菩提樹の木陰にいたときみたいに、というか、いつもサンディといるときみたいに。サンディの誕生日にふたりで屋根の上に登って、いっしょに腰を下ろしてぼうっと眺めているときみたいに。ティムはまわりのものを、車を、なにもかも忘れた。堀割と、木と、サンディだけがいた。ティムは幹のそばのサンディの隣に腰を下ろした。サンディの顔はよく見えなくなってしまうけど、ハッパはすぐ回し合える。ふたりは草のなかにいた。いい香りがした。いい香りだ、ハッパも、この木も、いい香りだ。

もう寒さは感じなかった。ティムは目を閉じて、息を吸い込んだ。次に息を吐き出したときに、すうっと眠りに引き込まれた。

エヴァが湖のほとりに着いたのは、およそそのころだったはずだ。前夜は一時半に床についたが、それでも苦もなく七時半に目覚めた。彼女よりさらに睡眠時間が少なくてすむたちの夫は、もっと早く起きていた。テーブルについて新聞を読んでいた。日曜は常連が朝から酒を飲みにくるから、十時に店を開ける。手伝いの者が休暇をとる夏には、夫は週に七日間働いているが、まったく苦にしていない。この世で苦になることがなにもない男なのだった。それはおおむね彼の長所だったが、ときには短所にもなった。単調な日常で満ちたりていて、そのルーティンが乱されるといらつく――ときにはこちらが耐えられなくなるほどいらつく人間。たとえば、彼の妻、バラ色の頰をし蜂蜜のような髪をしたポーランド美人が、私もたまには海が見たいわ、と言ったときに。

なんでそんなことを言う？　どの海が？

どの海って具体的に言うんなら、バルト海かな。でも、さしあたり、湖でいいの。きのう思いのほか疲れたから、きょうの日曜日はお陽さまと水が恋しい――と、そこまではよかった。そこまでなら理解できる。だが、なぜかエヴァは（またぞろ）、自分がとっくに諦めたつもりでいたことをしてしまった。訊ねたのだ、夫に。あなたもいっしょに行かない？　と。いっしょに行ってほしいの。あなたといっしょに、湖に行きたいの。

行けないよ。店があるだろ。

紙を一枚、ドアに貼っておけばいいじゃない、本日、家庭の都合によりお休みします、って。それでなにが悪いの？　お客はほかの店に行くだけよ、死にゃしないわ。常連はまた別の日に来る。そのうちひとりふたりが、家庭の都合ってなんだったとかって訊《き》くかもしれない、でもそれだってぜったいとは言えない。たとえ訊かれたって、答えればいいのよ、恋女房のお供をしなくちゃいけなくなってね、って。みんなわかってくれるわよ。

すると夫は、店主は——ちなみに名前はルドルフで、愛称をドルフといった——エヴァのほうを見ずにこう言い放ったのだった。あいつらといっしょに海に行けばよかったんだよ。おまえはほんとは、それがしたかったんだろう。

もういい！　うんざりだわ！　そう言って、エヴァはひとりで車に乗った。

あの人、いつからあんなつむじ曲がりになったんだろう。思い返してみたが、見当がつかなかった。年を取ると人間はそうなるっていうけど、まったくだ。若いときは、人間ってのは年とともに賢くなり、成熟し、温厚になるのかと思っていた。だけどだんだん、大概はそうはならないことがわかってきた。自分がいい例。それがひとつ。もうひとつは、忘れもしない……かれこれ二十年も前になるけど、子どもひとりか、兄妹ふたりをうちの養子にしないかって話したとき。だめだ、って夫は言ったのだった。自分の子どもだって我慢できるかどうかあやしいんだ。それにだよ、障害のある子とか、どこか悪い子とかを押しつけられるぞ。そうしたら拒否もできない、ほかの子はだめですって言われるからな。

車を飛ばす、そして、夫への怒りをたぎらせる。

湖畔に着いたとき、エヴァはもう腹を立てるのをやめることにした。半日陰のいい場所を見つけ、可愛らしい女の子を連れた家族と、若者のグループをかわるがわる観察した。若者たちは古い更衣室の近くで、人に見せびらかすようにポーズをつけている。そして人からも見られているかどうか、しじゅう気にしている。エヴァはサンディがあんなふうに格好をつけているところを見たことはなかったが、彼女を思い出さずにはいられなかった。あんなにつんけんしているけど、あれも一種の媚びなのだ。ドルフの言うことにも一理ある。壊れてる、としか言いようのない人間がいるんだわ。そういうのは背景に家族がからんでいることもあるけど、でも、基本的にはごくふつうでちゃんとした人たちでも、その子どもが壊れてるってことがある。サンディの小狡《こずる》さ、ティムの傷つきやすさ。そういうのは、われわれにはどうしようもないものなんだ。母親が死んだときティムは十九歳だった。ように大人になっていていい年齢だった。三十になったら大人になるだろうか、永久にならないだろうか。でもティムの場合は、いつか大人になるだろうという想像ができた。職業を持った大人に。だけどサンディは？　サンディになにができる？　あの子にできることなんてある？　ほんとに、なにひとつできない人間っていうのもいるのだ。そういう人間が、それでも生きようとしている。しかもいい生活をしたがる。それはいいと思うのよ、心から。あのちびすけがわかってないのは、人生がまだとてつもなく長いってことだ。

それ以上彼らのことを考えないように、エヴァは湖水に向かって歩いていった。（ほんとに考えすぎだわ。三人のことをいつも考えてしまう。ドルフ、ティム、サンディ。実の母（もう死んだけど）

なんて比較にならないくらい。それは三人が、ほかならぬこの三人が、私の家族だってことなのだろうか？　それってちょっと……？）エヴァは自分の足もとにずっと目をやっていた。踏み出していく足の運び、そして歩くとき自分の脚がどう見えるか。一歩歩くたびに、腿《もも》の肉がたぷたぷ揺れる。私だって、もう昔と同じじゃないものね。すると夫は言うのだ、だからどうなんだ、いつまでも同じ人間がいるかい。そうよね、これも夫の言うとおり。そう言われるとなにより心が休まる。はたから見たらまぎれもない、肥えた中年女だ。私は恥ずかしいとも思わずに、冷たさに慣れるまで、むっちりした足指で水をかき回していることができる。それもいい気持ちだ。

きんと冷たい青緑の湖水をかきわけながら、エヴァは自分のことをきれいだと思った。水中を動く自分の体――きれいだ。頭を水面から上げている。たっぷりした豊かな髪は、濡れると乾くまで時間がかかるから。金髪をアップにした頭が、威厳をただよわせて水面を進んでいく。若者たちがこちらを見ている。

バスタオルのあるところに戻ったとき、携帯が鳴った。まだびしょ濡れで寒かったので、鳴り止むまで放っておいた。留守電にメッセージが入っていれば、あとで聞けばいい。入っていなければそれまでだ。また携帯が鳴った。エヴァは躊躇った。やけに長い。また留守電にしゃべらせておく。三度目に鳴ったとき、エヴァは電話に出た。ティムだった。

どういうこと？　消えたって。

ティムは子どもみたいにしゃくりあげていて、なにを言っているのかほとんどわからなかった。いたんだ、なのに、ふいにいなくなった。

なにそれ、ふいにいなくなったって。目の前で消えちゃったの？

ちがう、目の前じゃない。と言いつつ、ティムは考えずにはいられなかった。ひょっとして、目の前でかき消えてしまった？

ちがうよ、ちょっとのうち、俺が目をつむってたんだ。

ティムはもちろん、電話もしてみた。だけど、この電話はただいまおつなぎすることができません、と言うだけだった。

エヴァはしばし無言だったが、やがて言った。まあ、あの子はね……あの子は、けっこう衝動的なところがあるから。

なにも言わずに消えたことなんてないよ。

警察は呼んだ？

泣き声。ううん。

いまどこ？

ティムは、サンディを最後に見たその場所に立った。草地にはサンディが寝ていた跡がまだ残っていた。やっぱり、間違いなくさっきまで自分のそばにいた。これがその跡だもの。ティムははじめ堀割沿いを行ったり来たりして、そこらじゅうでサンディの名前を呼び回った。なにかわからない植物が生えている畑のほうへも。草地に足跡がついていないか探した。ない。さっきの木の並びの裏も見た。そして道路の反対側も。藪が目に入った。藪の陰に隠れているかも、とはじめて思いついた。サンディならそんなことをしそうだ。藪の陰にしゃがみ込んで、えへへと笑っている。ティムは藪めがけて走り、名前を呼び、藪に着いてぐるっと一周した。いなかった。また別方向に駆けだして、交差点へ向かった。道沿いを行ったり来たりしながら、痕跡がないか探した。なにもない。むりやり痕跡だと思いたいようなものすら、ひとつもなかった。ティムは取って返し、草地に残った体の跡のところに戻ろうとした。ふたたびそこに立ったときには、跡はさっきよりずっとちいさくなっていた。もうほぼないと言っていいくらいに。風が吹くし、それに草が一本一本と、だんだん起き上がってくる。ティムはそれを見て泣いた。

エヴァが着くまでに一時間半かかった。見つからないのではと心配したが、ティムはちゃんといた。もう泣いておらず、路肩を行ったり来たりして、エヴァを待つことだけに集中していた。草地の跡は完全に消えていた。

わからないけど、とエヴァは言った。もうけっこう時間が経つわけでしょ。いまごろはもう……なに？

着いてるかもしれない。海に。もしくは海じゃないどこかに、というひと言をつけ加えるのはよした。（どうして私はティムに希望を持たせようとするんだろう？　この子のことが好きだからだ。なんて顔をしてまた私を見るんだろう。こんなにありがたそうに、こんなにすがるような目で。まるで私なら解決してくれるとでもいうかのように。私が解決できるなんて、どうして思うの？）とにかく、この道を先まで行ってみましょう。

ティムがかぎりない信頼を寄せてエヴァに身をゆだねてくるので、エヴァ自身も、このまま海に向かって走れば世界はちゃんと条理がついて、説明のつかないことに説明がつく、と信じたい気持ちになっていた。ふたりして、しかも車で探しているのだから、遅くとも海岸に着くまでにはサンディが見つかるのではないか、と。エヴァはそこにどれほどの現実味があるかもわかっていた。と同時に、ティムが自分のかたわらにいることがうれしかった。そしてきょう、海に行くことが。サンディが見つかろうが見つかるまいがに関わりなく。見つかるかもしれないし見つからないかもしれない、どっちも想像できる。だってこの子たち、海辺のどこっていう目的地があったわけじゃないもの。ぜったいここへ行きたいという場所があったわけではなかった。風の吹くままだった。そしていま、私も正気でいながら、その真似をしてみていいことになった。

エヴァは車を走らせて、路面を見ながら路肩にもちらちら目をやり、ティムはなにひとつ見逃すまいとしてあらゆるものに目を凝らした。どこかの藪にひっかかっている布きれの一枚、ゴミのひとつも。事故現場に十字架が立っていて、新しい花が手向けられている。胃に蹴りを喰らったような気がした。

隣村との境にガソリンスタンドがあった。

停めようか？　とエヴァは言って、車を停めた。

エヴァがガソリンスタンドの店主に訊ねた。サンディのような子は見なかったという答えだった。

のろのろ運転で村を通り、村から出た。後ろからクラクションを鳴らされて、エヴァは少し速度を上げた。

海まであといくらもないわ、エヴァが言った。

ティムは助手席で背筋を伸ばし、せっぱ詰まった顔でうなずいた。

（そうだ、わかってる。こういうことをしでかしそうだった。目が覚めたら、右も左も見ないで、もう一秒だって待てやしないで、もうお昼を回っていると思ったら、たまたま停まってくれた車にさっさと乗り込んでしまったんだ。でも俺を起こしもせずに？　俺がそのあいだ目を覚ましもしなかったなんて？　こっそり去っていったのにちがいない。）


海に着いたときには、海水浴にせよ散策にせよ、浜辺の人影はまばらだった。エヴァとティムは波打ち際をまず一方向へ、それから反対方向へ歩き、またもう一度最初の方向に歩いた。何時間も。見つかると思ったからではなく、海辺をそうやって往復することが気持ちを和らげてくれたからだった。どん底の状況なのに、海や浜辺や大空は変わらぬ壮麗な姿を見せている。だがやがてふたりもくたびれ果てた。腹が減り、喉が渇き、脚が痛み、喉がいがいがした。エヴァは車に水筒を積んでいたが、ふたりにはそこまで戻る力はなかった。砂地に腰を下ろし、海を眺めた。はるか彼方に大きな船がいた。

これから一生、この浜辺を歩き回ろう、サンディを見つけるまで、とティムは思った。そしてそう思った瞬間に、サンディはもう生きていないだろう、という確信に近い思いがわいた。だれかがさらっていって、殺してしまったんだ。いまごろどこかで、落葉や枝や砂の下に埋もれているんだ。そう思って絶望する前に、というか絶望しないために、サンディがなにをしているか考えようとしたところで、エヴァが言った。

もしかしたら、もう家に戻っているかもね。

ティムはこっくりとうなずいて、助手席に乗り込んだ。


いっしょに上がっていく必要はなく、上がっていくべきでもなかったが、それでもエヴァはいっしょに上がっていった。階段に重い靴音を響かせながら、五階まで。

ティムはドアの鍵を開けながら、手をぷるぷると震わせていた。中に入ると、廊下は暗かったが、ティムは灯りをつけなかった。エヴァはひと息空気を吸った。かび臭かった。ティムは暗い廊下をさっさと進み、エヴァは手探りしながらあとを追った。ドアの枠から突き出ていた釘で指を切った。その指を口で吸いながら、部屋をのぞき込んだ。

窓越しに中庭が見え、そこに一本だけ胡桃《くるみ》の木が生えていた。エヴァは木をじっと見やった。私のふるさとは胡桃の木がいっぱいあったな。部屋の中には、過ぎ去った歳月に積もった落葉のように、なにかがいくつもくろぐろとした山になっていた。ティムはそのあいだを歩き回った。窓のそばで、立ち止まった。胡桃の木は見えなくなった。ティムの耳のシルエットが浮かんだ。

どうして灯りをつけないの?

サンディが起きるといけないから、とティムは言おうとしたが、その前にエヴァがスイッチを見つけていた。

サンディは眠っていなかった。部屋にいなかった。毛布や衣類が山になっていた。

警察に行くと、失踪する人は毎日いますよ、でもだいたい四十八時間以内に戻ってくるものです、と言われた。おたくも家に帰って、まず四十八時間、待ってみてはどうです。お友だちはもう成人でしょう？

はあ、とティムは言った。でも、彼女には僕たちのほか、だれもいないんです。

エヴァがティムの言った〈僕たち〉を考えているうちに、ティムがまた警察に別のことを打ち明けていた。彼らのほかにもだれかいるのだった、少なくとも形の上では。サンディには両親がいた。ティムはその名前も、どこに住んでいるかも知っていた。電話帳にも載っていた。ほんとうはサンディでなくパトリシアということを、エヴァはティムが電話口で話しているのを聞いてはじめて知った。

パトリシアはいますか？

実家にはいなかった。両親は彼女の居場所を知らず、またそれを気にしているふうでもなかった。姿を消したって？　あら、そうですか。

なにをしようがどれも同じといった口ぶり。

エヴァとティムはまた警察署に行って、サンディが車に押し込められ、連れ去られたのではないかというティムの推測を話した。するとティムは二時間も調べられたが、しまいに解放された。

これで捜索してくれるかな？　とティムは外で待っていたエヴァに訊ねた。プルプルポプラみたいに震えていた。

どうかしら、エヴァは答えた。

ティムは夏のあいだアパートを出なかった。部屋にいるか、キッチンにいるかだった。何時間となく窓から外を眺めたり、部屋の中の一点を見つめていたりした。壁紙の一センチ一センチ、リノリウムの床の、天井の、テーブルの一センチ一センチ。干からびたドラセナ、干からびたサボテン、どちらもサンディが外から拾ってきた。死んでしまったサボテンのとげ、死んでしまったドラセナの葉のギザギザ。二日か三日に一度、エヴァが立ち寄った。ティムはともあれ毎回ドアを開け、エヴァが持ってきた食事を受け取った。変わったことはないか、なにか必要なものはないか、店で手伝ってもらいたいことがあるからいっしょに来ないか、といったエヴァの問いには、きまってかぶりを振った。

メモを残しておけばいいでしょう、あなたがいまどこにいるかわかるように。

アパートにいるほうがいいんだ、ティムは答えた。

サンディはとうとう姿を現さなかった。自分から戻ってくることもなく、便りをよこすこともなく、生きた姿でも死んだ姿でも発見されなかった。秋になって、職業学校の授業が再開されたとき、ティムもまた姿を消した。閉ざされたドアの前で、エヴァはティムにメールを送ったが、返事は来なかった。

翌日もエヴァは足を運び、階段を四つ上って、アパートのドアに耳をつけた。

それをさらに三回くり返した。三度目のとき、深く息を吸った。前と同じようにかび臭かった。

ティムの学校へ行ってみた。来ていなかった。アパートの管理人と話をつけようとしたが、管理人は警察に行くことを勧めた。そうしてついに鍵が開けられた。アパートは、以前エヴァがティムとともに入った日と少しも変わっていないように見えた。部屋にくたびれた衣類が山になっていて、ほかはなにもなかった。


おまえはできることはやったんだ、とドルフが言った。すべての人間を救うことはできないよ。

私がだれを救ったっていうの？

俺を。ドルフがおだやかに言った。

バカじゃない、とエヴァは答えながら、少し慰められた。夫の大きな腹に体を寄せた。

ティムを養子にしておけばよかった、とエヴァは言った。

ドルフの思いは前と変わらなかった。口には出さなかったが。

永久機関《ペルペトゥウム・モビレ》

ぺるめとるめびれ、ってなに？
え？
ぺるてるもびれ。
ペルペトゥウム・モビレ《永久機関》かな。
それ。なあに？
どうして？
発明されたんだって。
それは発明できないはずだけどな。
水を使うんだ。
水をベースにした永久機関？
たぶん。

どこで聞いた？
テレビでやってた。
ふうむ。
それ、どういう仕組み？　知ってる？

夜勤明けは朝の六時で、彼は自転車で帰宅した。七時から十二時まで睡眠をとって、それでは少なすぎたけれど、十六時の約束のためには自分を整える時間が必要だった。ベランダで縄跳びと腕立て伏せと腹筋をした。少なすぎたが、もっとやる時間はなかった。続いてシャワーを浴び、眉から下ぜんぶにきれいに剃刀をあて、クリームをすり込み、香水をふった。ナッツと果物入りのシリアル《ビルヒャーミュースリ》とパイナップル・ホウレンソウジュースで食事をとった。

墓地までかかる時間を三十分と見積もっていたが、多すぎた。彼はゆっくり走ることのできない性分だったし、おまけに信号がどれもこれも青だった。着いたのは十五分も前だった。別にいいさ。俺は待てる。出動と出動のあいまには新聞とか実用書とか読んでるんだし。職場ではたいていのやつらが、ネットを見たり、三文小説を読んだり、そのうち移住するからその準備だと言って外国語（ノルウェー語だ）の勉強をしたりしている。言うまでもなく、彼はいま読み物を持参していなかった。ただ通りを眺めているだけってのも、いいもんじゃないか。墓地の入り口は路地のどん詰まりにある。車は通らないし、騒音もしない、それもまたいい。人もいない。それもまたいい。おだやかな火曜日の午後。お陽さまが照っている。だが陰になる場所もたっぷりある。

土曜日もお陽さまが照っていた。彼は息子とサイクリングをした。その前に彼女が電話をよこして、あの子に新しい自転車が要るのよ、と告げた。それで休みを取れた週末に自転車を買ってやり、そうしてその日、ふたりはスズランが一面に咲いている森のなかを、並んでゆっくりと自転車をこいだのだった。はじめはスズランの話をした。それからスズランの花によく似たベルリンネギ《ヴンダーラウフ》の話、それからツタンカーメンの死因の話、そのあとに、息子が永久機関について質問したのだった。息子は子ども向けチャンネルの科学番組を好んで観る。ふたりで会うときはたいがい、この二週間のうちにその番組で観たことについて息子がしゃべる。息子に理解できるものもあれば、そうでないものもある。なにしろやっと八つなのだ。よくしゃべる、ほとんど切れ目なく。ころころと話題を変え（永久機関から磁石へ、磁石から惑星へ）、つぎつぎと問いを投げるが、矢継ぎ早すぎて答えるいとまがない。あるいは、答えをろくに聞きもしないで話題を変えてしまう。そしてあとからもとの話題に戻って、問いをくり返したりする。いかに息子が可愛かろうとも、これはきつかった。おまえには会いたいさ、首を長くして待っているさ、けど、会ってしばらくすると、適当に聞き流してしまうよ。でないと頭が破裂しそうになる。

　スポーツ公園に着いた。息子はロッククライミングをやることにしたが、公園のほかの遊具と同じくこれも子どもでいっぱいで、岩山にアリの行列のような列ができていた。子どもたちは前の子どものあとを追うので、みんなが同じルートを、つまりいちばん楽なルートをとる。まず頂上まで登り、尾根部分をぞろぞろ歩いていって、端まで来たらいちばん楽なルートから降りるのだ。トムは自転車の張り番をしていた。陽を浴び、埃をかぶって、この遊びもまた終わってくれるのを待っていた。まわりはジョギング、スケボー、サイクリング、ビーチバレーなどをする人。こんなようなことをまたやってもいいな。綱わたりとかも。次の順番は、少女ふたりと男の子ひとりのグループだった。若い。みんななんて若いんだろう、そして美しい。黒っぽいロングヘア、細いウエスト。ひょろりとした、えらく青白い顔の男が自転車でやってきて、トムの前で停まった。前をさえぎられて、岩の上にいる息子の姿が見えなくなる。「おい!」と声をあげようとしたところで、トムはその男に目を奪われた。青白い男が、まるでトランス状態に入っている人間のような動きをしたのだ。流れるような動きで自転車を降り、流れるような動きで地面に小さなハンカチをひろげた。大きな両足でその上に乗ったが、ハンカチはその足がぴったりと収まる大きさだった。男はそれまでの動きと同じテンポで上半身を足まで屈曲し、また身を起こした。男では見たこともないような、しなやかでやわらかな体だった。二歩で岩山のそばに行き、ただ一度の滑るような動きで岩壁に取りつくと、壁に沿って水平方向に移動していった。頭上には子どもたちがぞろぞろとアリの行列をなしている。スパイダーマン。ぐるりと岩を一周してから降りてくると、ハンカチを拾い、ひらりと自転車にまたがって、滑るように去っていった。トムは、二台の自転車をたがいにもたせかけた。だいじょうぶ、盗まれやしないだろう。そして岩山のそばまで行ったが、そのためには四歩を要した。(あいつ、なんだってあんなに青白いんだ?)手足を掛けられる突起を探した。何度かトライのすえ三点を確保して登ろうとしたが、その先はできなかった。何度やってもホールド一つか二つ以上は水平に壁を進めず、手を放してしまう。力がないからじゃない。俺は強いんだ。八回はやってみよう、と心を決めたものの、五回やってやめた。

岩の下の砂利にどさりと落ちる。関節が痛んだ。さあ、行こうか、とトムは息子に声をかけた。ちょっとここは人が多いよ。

トムは息子が寝ているうちに筋トレをした。シャワーを浴び、クリームをすり込んだ。俺の肌は張りがあってすべすべしている、だが色がきれいじゃない。ちょっと赤っぽい。小麦色からも白さからもほど遠い。化粧でもするほかないけど、さすがにそこまではできないし。夜中じゅう彼はネットでスポーツと栄養関連のサイトを読んだ。朝の六時になって、もうすぐ明るくなるな、このまま起きていられそうだ、と思いながら眠り込んだ。目覚めたのは昼近くだった。息子はテレビを観ていた。

ごめんよ、寝ちまった。

いいよ、と息子は答えた。なんか食べられる？

トムはチキンの胸肉を焼き、グリーンサラダを作って、そこにイチゴを入れた。子どもはサラダからイチゴだけ取り出し、一粒ずつ舌でドレッシングを舐め取ってわきに置いてから、あとで食べた。どういう汚い食い方だ。ちゃんと食べろ。

（おまえが週末を俺の家で過ごして戻っていくと、おまえの母親は体重を量りやがる。日曜日の夜は、金曜日より平均〇・六キロ軽くなってるとさ。あのクソ女。）

部屋の空気がよどんでいた。

外へ行こうか？　トムは言った。

トムがジョギングする隣を、息子が自転車で併走する。トムが飲む水筒を運んでくれている。とうとう俺にもアシスタントができたぞ。公園はこの日も人だらけで、一度ならずぶつかりそうになった。

やってられない、これじゃ走るむち打ち刑だ。トムは目を細めて、まわりのものをできるだけ見ないようにした。息子に水筒を出してもらったのは、家の前だった。

気分よくなった？　シャワーから出てきたトムに、息子が訊ねた。

よくなった、とトムは答えた。おまえ、帰る前にもうちょっと食っていってくれ。なにがいい？

息子を引き渡しに行き、ジーンズ姿の彼女が戸口に現れると、また火のような怒りが胃の腑から湧いてきた。俺だって息子の母親を憎みたくはない、せめて憎しみがもう少しおさまればとは思う、だがあのはじめての日と、憎しみはちっとも変わらない。

月曜日は澱《おり》になった眠気が残り、体が重く、夜は長くてわびしい。出動は三回、どの回もひとり暮らしの老女だった。ふたりは呼吸困難、もうひとりは背中の痛み。当直の運転手はあいまを見て眠り、トムは本を読もうとしたが、ほとんど今日の約束のことばかり考えていた。

そんなわけで、ここにいる。平和な行き止まりの道に。墓地に面した家のまわりに石塀がめぐらせてあるが、その塀越しにプラムの木がこちらに枝を垂らしている。木の下の歩道に、五十歳ぐらいか、野球帽をかぶって手にビニール袋を提げた男がいる。周囲を見回し、トムに気づくが（そう、まだここにいるのだ）、にこりともしない。だが躊躇いもせず、黄色いプラム《ミラベル》を枝からもぎ取って袋に入れはじめる。トムはじっと眺めている。ミラベル泥棒。道端の木ではない、よその家の土地に生えている木だ。野球帽の男はトムのほうをちらちら見つつ、実をもぎつづけている。とんだ人間がいるものだ。それから、男の野球帽が色褪せていることに気づく――同情心ってのを持たなきゃいけないか。ミラベルを盗んで、びくびくあたりをうかがっている。そもそも、きょうびミラベルなんかだれが好きこのんで食うだろう。

　時計を見る。最初の十五分が過ぎた。早く来すぎた十五分。次の、ふつう遅刻が許される範囲の十五分がはじまろうとしている。昨今は時間を守るやつはだれもいない。そこそこ時間を守るつもりなら、ぼちぼち街路に姿が見えてくるはずだが、ちょうど去っていくミラベル男をのぞけば、通りに人影はない。早く来すぎるとこういう目にあうわけか。早く来すぎる人間は人生に罰せられる……そんな言い回しがあったろうか。最初の十五分はらくに耐えられる。次の十五分は一分ごとに自尊心が傷つけられていく。あの女、息子の母親は、いつもほんとうなら着いているはずの時間になって、ようやく尻を上げやがった。もう着いてなきゃいけない時間なんだぜ、なんでおまえそんな時間に出られる？　それは相手を待たせようってことでしかないぞ。それとも、そこまで考えが及ばないのか？　おまえには相手はどうでもいいのか？　自分以外の人間はまるきりどうでもいいってか？　わざとそうしているという疑いは、もちろん証明できなかった。彼を怒らせるためにしているとは。その疑いが見当はずれでもないと思うのは、彼女が昔からそうだったわけではないからだった。俺をまだ愛していたときには、雪のなかで四十五分も立って、公衆電話ボックスの順番を待っていた。俺と話すために。俺はすっかり忘れて外出してしまい、だれかとビールを飲んでいたのだが、彼女は雪のなか四十五分立ちんぼして、結局管理人としゃべっただけだった。泣きながら家に帰った。十年間、これを言われるとぐうの音《ね》も出なかった。きょうびはもう電話ボックスもない。

　トムが今日待っている女が時間を守る女なのかどうか、知るよしもなかった。最後に会ったのは二十五年前だ。彼女は三つか四つ。その兄きが俺のいちばんの親友で、十歳だった。彼の名もトムといった。トムとトム。彼女は俺がわかるだろうか？　そもそも憶えているだろうか？　まるで俺も彼女の顔を憶えているみたいな言い方だけど。いや、憶えている。俺がトムの家にいたとき、台所で、あの子の顔から突然すうっと血の気が引いたことがあった。それだけであとはなにもなかったけど、顔をまっ白にしたまま突っ立ってた。するとお母さんが飛びついて、あの子の胸をはだけて、湿らせた布巾でマッサージをはじめた。きみ、いまは心臓だいじょうぶ？　そう訊いてもいいだろうか。

トムともうひとりのトム——別トムとは、小学校にあがった最初の年に知り合った。入学式で二列に並ばされたときに、トムは別トムの隣になり、それが四年生まで続いた。先生も含めて、ふたりはしょっちゅう人から間違われたり、双子と勘違いされたりした。背丈も同じだし、金髪なのも同じだったが、別トムのほうが少し痩せていた。かわりにトムよりも足が大きく、永久歯が早く生え、大きな糸切り歯がちょっと斜めで、口に小さなハの字ができていた。別トムは六人兄妹の三番目で、兄がふたりと妹が三人、ほかにも赤ん坊のときに死んだきょうだいが三人いた。亡くなった子らは自宅に隣接する墓地にある二つの墓に眠っていた。母親は家のベランダに出ると、子どもの墓こそ見えなかったが、花であふれツグミやリスが棲む墓地を見下ろすことができた。すると子どもを思い出し、あの子たちもこののどかな青葉の茂る世界にいるんだと思えて、ちょっと心が慰められるという話だった。母親がじっさいに墓参りに行くのは年に一度、万聖節のときだけで、行けば、思っていたよりずっと長くひどく泣いてしまう、とも。

別トムとその兄たちは墓地で遊ぶことを禁じられていたが、むろん言いつけを守らなかった。だから怖さは倍になった――死人も怖いしお母さんも怖い。ベランダに出てきた母親に見つかりはしないか。彼らは隠れ場所から隠れ場所へ忍び足で移った。中が空洞になっている巨大な繁みがあって、そこをクラブハウスと名づけた。ふたりの兄はトムとトムに、苔を集めてきてクラブハウスの地面をじゅうたんみたいに覆え、と命じた。ふたりは出かけたが、木の幹から爪ほどの大きさの苔を一枚剝がし取ったところで、別トムが、兄ちゃんたちは俺らを追っ払いたいだけだよ、きっといまから自分たちだけでなんか別のことするんだ、と言った。どこにいるか、知りたくない？

別トムは、死んだ兄弟が眠る墓をトムに見せた。男の子のひとりはトムより先に、もうひとりはトムのあとに生まれた。女の子は、その子がいちばん上だったが、どこか別のところ、死産の赤ちゃんの共同墓に眠っている。別トムは死んだ姉の名前を知らなかった。ひょっとしたら名前がなかったのかもしれない。両親が気力を奮い起こして墓参するのは年に一度がやっとだったので、亡兄たちの墓は石板で覆われているだけで、墓碑の隣の花瓶もからっぽだった。墓地の草はらに勿忘草《わすれなぐさ》が一面に咲いたとき、トムとトムは花を摘んで束にし、花瓶に挿してやった。その眺めがとてもよかったので、別トムは墓地で遊ぶたびに花を摘んで挿すようになった。だがじきに草花がみすぼらしく思えはじめた。それに花も少なすぎる。だれかが捨てた花から萎れきっていない花や造花を探して取ってくるのは問題外だった。俺の兄弟にそんなことできるもんか。そこでふたりは、できたての墓の供花や、よその墓の花瓶に供えてある花をちょうだいするようになった。できあがったのはカラフルというよりはいろいろすぎて寄せ集めもいいところの花束だった。あちこちの墓からそれぞれ一輪だけ、せいぜい二番目にきれいな花を失敬してくるのだからむりもない。人間はそれぞれに色も形もまったく好みが違う。そうやって、別トムはいっとき取り憑かれたように花を集めて回った。ふたりはなにがなんでも墓地に日参し、新しい花を探し、花束を替えなければならなかった。やがてトムのほうは飽きてきた。ふたりは話し合いを持ち、双方が納得できるような取り決めをした。

どう見ても花は盗んだものにしか見えなかったが、だれにもなにも言われなかった。それがとんだことに発展したのは、別トムが、万聖節のときには花でなくて蠟燭を盗んできて兄の墓のまわりにぐるっと飾ろう、と思いついたときだった。別トムは墓参りの人々が帰ってしまうのを待ち、わざわざ家に戻ってマッチをくすねてくると、墓場に舞い戻って、ずらり並べた蠟燭に火をつけた。火をつけてから喜び勇んで、母親をベランダに呼び出した。サプライズだよ、母さん、喜んでくれると思うよ！

大スキャンダルになった。両親は怒鳴りちらした。それも当然、なにかにつけて怒鳴っていたから。子どもが歩道に白墨で絵を描いたといって怒鳴り、服を汚した、濡らした、破ったといって怒鳴り、バスルームの床をびしょびしょにした、ランドセルがそこらに置きっ放し、靴を磨いてない、ゴミを出してない、ちゃんと妹たちの面倒を見てないといって怒鳴った。ボールが逸れてガラス窓を割ったりすれば殴る蹴る、部屋に閉じ込め、おもちゃを取り上げ、小遣いを止めるなどなど、別トムの両親は思いつくかぎりのことをしていた。このたびの蠟燭の件は、家族内ですませていい話ではない、村ぜんぶに関わることだ、と両親は考えた。親に対してだけじゃない、あろうことか万聖節に蠟燭を盗まれた遺族たちに想像を絶する苦痛をあたえたのだ。火事の危険があることは言うまでもない、そもそも墓地は遊び場じゃないんだ、なんてトチ狂ったことをしでかしてくれた、そんなことを面白がる者がどこにいる、他人《ひと》がなんと思うだろう。要するに、両親はこう考えたのだった――他人は結局のところ、親が悪いと思うに決まっている。六人の子だくさんの貧乏所帯、床には汚れの目立たない茶色のマットを敷いて、割れない食器を使ってるような家だからねえ、そもそもいまどき九人のうち三人の子が死ぬなんてどこの話だろう、と。墓場の隣に家があるだけで、胡散臭いって目で見られるんだ。でもだれかが墓のそばに家を造るしかないじゃないか、でなきゃ墓場を村のどまん中に置くほうが悪いんだよ。それにもちろん、トムとトムと兄たちが背を丸め足を忍ばせて動き回ったかいもなく、彼らの姿はしっかり目撃されていて、日ごろから墓場で遊び回っていたという証言がつぎつぎと飛び出した。蠟燭の件は別トムが単独でしたことだったけれど、もうひとりだれかいた気がすると言う者も出てきて、トムはいっとき心臓が止まりそうな気がした。ボクの言うことなんてだれが信じてくれるだろう、だれも信じてくれやしない、子どもはみんな嘘をつくものだって、それが常識なんだから。だがさいわいそれ以上の追及はなかった。とにかく盗みをはたらいたというのが問題だったからだ。子どもの身でそんなことをしでかすなんて、なんとまあ末恐ろしい。両親はまっ先に司祭のところに駆け込み、どうすれば罪を償えるでしょうかと、感情まる出しでながながと話し込んだ。といっても献金はできませんよ、六人の子持ちで、パンを買う金があるだけでありがたいっていう身の上なんです、みなさん方に蠟燭の弁償もできない。だけど大事なのは、そういう物質的なことじゃなくて道徳面ですよね。正しい道に戻すにはどうすればいいのか、村を守るためだけじゃない、あの子を自分自身から守らなくては。罰としてなにを課したらいいだろう、どこでさせればいいだろう、墓地でか、いや墓地こそまずいか、どんなふうに学校に支援してもらおうか、通信簿の操行点はさておき、どこまで問題を拡大するべきだろう、クラスだけでいいのか、学校全体の問題とするべきか、カウンセリングを受けさせるべきか、それともいっそ、矯正施設にやるべきだろうか。両親はかねがね矯正施設に入れるぞと子どもたちを脅していたのだが、こんどばかりは父親がそれを真剣に検討しているらしい、とトムは自分の母親から聞き知った。うちにはまだほかに五人子どもがいますからな、あの子たちのことも考えてやらねば。かわいそうなトムくん、とトムの母は言った。子どもが六人もいると、だれかひとりが悪者にされてしまうものなのね。

結局どうなったのかと言えば——もちろん別トム宅の閉じられた扉の奥でなにが起こったかは不明だし、それを証言できる人間は口をつぐんでいたわけだが——別トムは司祭と校長のそれぞれと面談をし、さらにクラスの前で、僕はパクりましたという表現でなければ、泥棒をしましたとか、窃盗行為をはたらきましたとか）と言わされるのみですんだ。学校での処遇が云々されたときには、トムはまた内心激しく動揺した。トムもいっしょだったと言いふらされるのではないか、なんたってトムとトムは四六時中つるんでいたのだから。噂はいともたやすく世間にひろまる、だれかの気まぐれひとつで。さいわい、そういうことを思いついた者はいなかった。ただ別トムのほうは、それっきりだれにも相手にされなくなった。なぜ、どのように、いつそれがはじまったのかすらそのうちみんな忘れてしまうほどだった。とにかくだれも別トムと口をきかず、別トムのほうもだれとも口をきかなくなったのである。トムともしゃべらなくなった。だがトムは、心臓をどきどきさせ、黙ったままだったけれど、別トムのそばに留まった。休み時間、校庭の繁みにあった倒木の幹に並んで腰をかけた。トムは別トムとしゃべろうと、いっときはがんばったのだ。あのことを話題にするのではなく、いっしょに遊ぼうとはたらきかけた。段違い鉄棒をやりにいこうよ、とか。そうやってしばらく努力したが、のちにはただ無言で隣に座った。トムは休み時間二回分辛抱した。三回目の休み時間に段違い鉄棒に走っていって、頭からぶら下がった。

学年の終わりごろ、例年のように全員参加のマラソン大会があった。別トムは兄たちと同じくいつも学年のトップで、別トムの優勝ははじめから決まっているも同然だった。トムのほうはいいときには別トムに次いで二位になったが、いつもとは限らなかった。その日のトムは好調で、しばらくすると別トムといっしょに集団から抜け出し、ふたりで半周先を走っていた。運動場にスラグの赤土が敷いてあったころで、空気もほこりっぽく、肺も目も灼けつくように痛かった。最後の一周に入ったところで、別トムがぐんとスピードを上げた。トムはとくに苦もなくついていった。別トムのエネルギーに引っぱられた感じだった。長く持ちこたえられるとは思っていなかった。汗とほこりでほとんど前が見えず、足が地面を踏むたびに衝撃が体に走った。次に目を開けたら別トムに何メートルも離されているだろう、と思いながら、トムは一瞬目をつぶった。ところが、その正反対のことが起きたらしかった。別トムのスピードが落ちたのにちがいない、トムは目をつぶったまま、別トムのかかとを踏みつけてしまったのだ。いっしょに転倒しなかったのが不思議で、ふたりともよろけただけだった。トムは大股でよろけながら別トムのわきをすり抜け、前に出た。別トムは靴のかかとが脱げ、足を引きずって、靴を履きなおすために足を止めた。トムはその間によろけながら前に行った。止まるべきか、スピードを落とすべきか、待つべきか、別トムのそばに戻るべきか、どれがフェアなのだろう？それとも競走では他人《ひと》のことを考えてちゃいけないんだろうか？　自分は五歩六歩、前にいる、別トムはもう靴を履きなおした、後ろの集団はまだ迫ってこない。競走だ、とトムは心を決めた。このリードを守る、守れるものならば。わざと踏んだわけじゃないんだ、ふだんなら、別トムは自分なんかよりはるかに上だもの、その気があればいつでも追い抜けるはず。

追い抜かれなかった。トムが勝ち、別トムは二位になった。トムは別トムのほうを見る勇気がなく、別トムもそのころのつねで、トムに話しかけなかった。ふたりはそれぞれ賞状をもらい、翌日にはもうマラソン大会のことを考える者はいなかった。休暇前の最後の一週間がはじまったのだ。その休暇中に、トムの一家は引っ越した。両親が引っ越しのことを子どもたちに告げたのは、引っ越す前日かそこらだった。子どもが友だちとぐずぐず涙の別れをするのを見たくなかったのかもしれないし、あるいはそんなことも意に介していなかったのかもしれない。じっさいトムの妹は車に乗っているあいだずっと泣きじゃくっていたが、トムのほうはどこかしら浮かれていた。別トムに、そして彼のニタニタ笑いの兄たち、クスクス笑いの妹たち、怒鳴りちらす親にこれでもう会わなくてすむ。そう思うと、心が軽くなっていた。

黒枠のついた封筒は、母の住む住所に配達された。開業して町に腰をすえた女医だったから、たやすく見つけられたのだろう。トムに電話して告げればいいだけなのに、母親はそうせずに、封書をトムの住所に転送してよこした。そのため知らせが届いたときには、葬儀は前日に終わっていた。

電話越しに、トムは母親に怒声を浴びせた。きのうが葬式だったじゃないか！

悪かったわね、と母親はいつもの口調で言った。母がどう感じているのか、なにか感じているのかどうか、口調からは読み取れなかった。そもそも関心のかけらすらあるのかどうか。悪かったわね。だってわからなかったもの。

わからないはずがあるかよ！　差出人を見て、どういう手紙かわかったらすぐ電話して、封を開けてみようかと訊くもんだろう！（また俺は、あたりかまわずわめき散らす人間になっている。）

ふたりともしばらく口をつぐんだ。母の呼吸。トムの呼吸。ごめん、トムは最後にしぼり出した。

いいのよ、母親は言った。


手紙の差出人はカタリーナで、別トムの末の妹だった。なぜ彼女からなんだろう、見当もつかない。三人姉妹のどの子がカタリーナといったかを憶えていること自体、奇跡だった。あの子が生まれたのは俺たちが一年生だったときだ。そして四年生の終わりには俺が引っ越してしまった。トムは、カタリーナに電話をかけ（もちろん声に聞き憶えはなかった。あの家族独特の言葉づかいも、電話口からはわからなかった）、墓の位置を教えてもらった。奇形の白樺の木の近くだと。数日おいてから、トムはふたたびカタリーナに電話し、せっかく説明してもらったけど墓を見つけられなかった、と言った。じつは行ってもいなかった。ひとりで探すとすれば、行くのをずるずると延ばし、結局は放棄してしまうだろう――考えたすえそういう結論に達したのだった。そうでなくても、墓に参ってどうなる。墓はなにも語ってくれない。トムは身内のだれかに会いたかった。妹に会って、別トムのことを語らいたかった。〈死去しました〉ってどういうことだ？　急死だったのか？　長患いをしたのか、すぐだったのか？　悲劇的なことでもあった？　そもそも別トムは、この二十五年間、どう生きてきたのだろう。

もう二十分遅刻だ。三十五分前から俺はここに立っている。その間に老人の小集団が墓地の入り口に集まり、案内人に連れられて中に入っていった。連中はどいつもこいつも、中に入るまであやしい者でも見るかのようにトムを睨《ね》めつけていた。ふだんならとっくに引き上げていただろう。十五分、それ以上は一秒たりと待たない。あの子の母親にも、俺はそのことをわからせようとした。いくら言ってもだめだった、あの女も、ほかのだれでも。自分が礼儀知らずだと気づくかわりに、俺のことをおかしいと言いやがった。あなたはいつだって、奥底で攻撃的なのよ。

俺が、奥底で攻撃的？

そうよ。それがときどき表に出てくる。

俺がだれになにをしたってんだ、ええっ？　おまえになにかしたか？

わめくのやめてくれない？

ついに（十五プラス二十五で、四十分待った）姿を現した彼女には、遅刻を詫びる気はさらさらなかった。だがトムにはもうどうでもよかった。街路に姿が見えた瞬間、たちまち心臓が早鐘を打ちだした。二百メートル先、女の小さなシルエットだ、だんだん近づいてくる。黒い髪、スリムな体、ジーンズ。子どものときはあの家のみんなと同じ、金髪だったが。二百メートルのあいだ、近寄ってくる人間をひたと見つめつづける。とくだん足を速めているふうもない、急いでいる人のようではない。

細部が判別できるまで近くなってみると、彼女はトムの記憶にあるほかの家族とまったく似たところがなかった。ひらたい丸い顔、大きな目、万華鏡じみた、緑と青の点をちりばめた虹彩。一瞬、会うはずの相手ではないのでは、と脳裡をかすめた。

だが、彼女だった。自己紹介をして、トムですかと訊ねた。

トムはうなずいた。(俺はめちゃくちゃ緊張している、笑顔も作れない。)

来てくれて、ありがとう。

いいのよ、と彼女は言うと、ほほえみらしいものを浮かべた。万華鏡のような目の上の眉は黒くて細く、無声映画時代の眉のようだった。

墓地は草木が美しくゆたかに生い茂り、トムは嬉しさにしばしわれを忘れた。どうしてもっと早く来なかったんだろう。このあふれんばかりの緑、信じられないほど美しい。それに射し込んでくる光、そしてカタリーナの、この世ばなれした両目の印象。天国だ、とつかのま思った。やや斜め前を歩いている女に目をやるまでは。ぴっちりしたジーンズの中で丸い尻が動いている。それでトムはまた現実に戻った。

彼女はトムをともなって、墓地をどんどん奥に歩いていった。トムははじめ放心していて、行き方を頭に入れなかった。帰りには憶えられるだろう。そこそこに広い芝地のとっつきまで来た。草地にひらたい石板が並んでいる。

これよ。

五列め、端から二番目。ひとりで探したとしても、おそらく見つけられなかっただろう。墓碑のついた立派な墓を想像していたから。それに、奇形の白樺ってどこだ？　近くに奇形の白樺なんてないぞ！　いや、あれか。白樺だ。芝生の反対側の端。だけど奇形ではない。幹が三本に分かれているけど、奇形じゃない、近くでもない。

ここだったのか、とトムは言った。あっちを探してたよ。白樺のへんを。

俺は嘘がつけない、赤ら顔がたちまちもっと赤くなる。子ども時分、顔を見られたくなくてそうしたように、トムはうつむいた。その必要はなかった。彼女は彼など見ていなかった。足もとの石板を見下ろしていた。名前と二つの年号が書かれただけの。俺たち、花を持ってくるべきだったな、とトムは思った。俺は花を持ってくるべきだった。

どうして亡くなったの？

心臓に欠陥があったのに、気づいてなかった。

（湿らせた布巾だ。）彼女の横顔しか見えなかった。耳の手前のあたりだけ、化粧がうまく地肌になじんでいない。境目が見えた。白い肌に茶色っぽい化粧。

急に心臓が止まった？

そんな感じ。

どこで亡くなったの？

自宅。

ベッドで？

彼女がトムを見た。その目をのぞき込まないではいられない。でなければこの眼差しに耐えられない。

ええ。そのまま目覚めなかった。

だれが見つけたの？

ありがたいことに彼女は目を逸らした。また石板を見ている。

上司。

上司？

ええ。仕事に来なかったから。

どんな仕事をしてたんだろう？

林務官と、鳥獣保護員。

林務官と、鳥獣保護員？

ええ。

どこで？

ヴォーザイ。

それはどこ？

シュタットトリッツの近く。

（このしゃべり方はわざとか？　わざとならなぜ？）

どこの州？

ザクセン・アンハルト。

仕事は好きだったのかな。

と思う。

あんまり会ってなかったの？

あんまり。

（ありえない。この女、どうやったら話に乗るんだ？　ありえない。話をする気がまったくない。墓の場所を教えには来た、そうしないとさすがに無礼だから。だけど彼女はいま、ここにいながらないも同然にふるまおうとしている。ありえない。）

トムはしばらく口をつぐんでみようとした。そうすれば彼女のほうでもっとしゃべってくれるのではないか。

兄は職業教育を受けるために村を出たの、そのときわたしは九歳だった、兄はそれからあまり家には帰ってこなかった……とか、話さないだろうか。

クリスマスのときは？

あ、帰ってきたわ、もちろんクリスマスは。でも最近は戻ってこなかった。

じゃあほかの兄姉《きょうだい》は？　みんな戻ってきた？　それともみんなばらばらの生活なのかな。僕は、大家族は結束が固いものと思っていた。よくそう言うじゃないか。子どもは多いほど強い、って。それとも結束は固いのかなあ、ひとりをのぞいて。だけど、兄さんもたまには家に帰ってきたんじゃないの？——そんなふうに訊いたらどうだろう。

きみは、どんな仕事をしているの？　黙っていても彼女がいっこうに話しださないのを見て、トムは訊ねた。

旅行関係。

どんな？

旅行代理店。

旅行代理店って、いまも需要はあるの？　いまどきは……

彼女が口をへの字に曲げる。

あるわよ。好調よ。

家族は？

だれの？

彼の。家族はいたんだろうか。子どもは。

さあ。知らない。

トムの鼓動はまた速くなった。こんどは怒りから。（なんだこれは、この女はなんなんだ？　昔からこんな薄情なやつだったのか？　バカだな、あのときはまだ赤ん坊だった。いまは間違いなく二十八にはなっている。なのに思春期の俺の娘って態度だ。思いっ切りビンタをくらわしてやりたい、パンパーンと、右も左も。この厚化粧じゃ、顔が赤くなってもわからないか。俺の顔はとっくに茹でたカニ状態だろうな。）

じゃあ、ご両親は、とトムはこわばったあごで訊いた。元気かな？

彼女の目がいくらか生気をおびた。

元気よ。父は膀胱癌なの。腫瘍になった部分をちょっとずつ削り取ってもらってる。そのうち膀胱が薄くなりすぎて、破裂するらしい。そしたら膀胱ぜんぶを取るって。

そう言うとともに、また目の輝きが失せた。彼女は腕組みし、肩をいからせ、凍えそうとでもいうように立っていた。訊ねてくれなかった。トムがなにをしているのか、どんな暮らしをしているのか。救急隊員なんだ、離婚して、息子がひとりいる。息子は二週間にいちど家に来る。それ以外の日々は、息子に会えるのをひたすら待ち暮らしている。ときどきは、息子以外のだれかを愛そうと、こころみはする。ちゃんとした大人を。だけど、なかなかうまくいかない。俺は息子の母親を本心から愛していた。彼女に家を追い出されてから、もう四年が経つ。だけど、あのときの失意がまだ心の奥深くに巣くっていて、俺はどうしても人を信頼することができないんだ。本はよく読む。こんなことも読んだ——大人が子どもしか愛する対象がなくて、成人した大人への愛情をはぐくめないのはよくないことだと。教育者のなかにもこの問題を抱えた人がけっこういるらしい。虐待の話のつながりで読んだ。女の心理学者が、こう言っていた。家庭で虐待を受けた子どもが施設に入る、そういう施設で働いている人は、大人とか人の助けが不要な人とかとうまくやっていけない人で、だからこそその仕事を選んでいる。そういう人は、弱い者、病んだ者、トラウマのある者しか愛せないし、そういった側からの愛しか想像ができない。それが問題です、と。この記事を読んだとき、俺は煮えくり返った。えらそうな口をききやがって、この女。女どもはいったい、どうなってるんだ。俺の元妻は、俺がストーカーだとぬかしやがった、そして警察を呼びやがった。彼女を取り戻そうとしただけじゃないか。花を贈って、手紙を書いた。よくよく自制することね、とあいつは言った。でないともう一生子どもには会えないわよ。後ろをあいつの友だちが取り巻いていた。俺たち共通の知り合いはひとりもいない、新しい友だち連中が、ごついボディーガードを気取っていた。かえってよかったぜ、と俺は思った、でなきゃ、俺の奥底の攻撃性とやらをぶっ放してたかもしれない。かわりに、俺は平身低頭、許しを乞うた。脅すなんてとんでもない。息子に会わせてください、とせつせつと頼んだ。そうやって、いまこうなっている。林務官で鳥獣保護員か、おどろいたな。俺は救急隊員の仕事は好きだよ。だけど、もういいかげん耐えられなくなってきた。ゆうべは、ひとり暮らしの女を三人運んだ。ひとり暮らしでも男だと、たいがいもっとひどい状態で見つかる。死んでることもざらだ。仕事は肉体的にもきつい。だから体を鍛えはじめた。しゃべっていて、俺の筋肉に気づいた人間は、見ているとそれが顔に出る。だけど、この女の顔にはなんにも浮かんでいない。ゼロだ、関心ゼロだ。だからひとり語りするしかないよな。これから教育者になるのは遅すぎるだろうか？　とにかく年寄りばっかり。このところ、人間という人間がいちいち癇《かん》にさわる。いま俺が辛抱できるのは、子どもがたてる音だけだ。あとは静かな、おだやかな、人間のいない場所に行きたくなる。ちょうどここみたいな。なんで長いこと、墓地に来なかったんだろう、こんなに緑があ……

さ、と彼女が言った。行くわ。あなたはまだ残るわね。

そう言った、もういっしょに歩かなくても、もう言葉を交わさなくてもすむように。いいさ、どうせ俺は赤の他人だ。それよりもっと悪いのは、この女には自分の兄貴までどうでもいいらしいってことだ。とんだ人間がいたもんじゃないか。こんな連中がどれだけいるんだろう。じゃあねとも言わなかった。こっちもなにも言わないか、それとも彼女の背中になにか声をかけようか。言おうか、どう言おうか、トムはちょっと考えた。結局「じゃあ」と後ろから、つとめてさりげなく呼びかけた。

ひとつの名前、二つの数字。墓地で働いている人たちが、芝生を刈り、藪をきれいに整え、ツタを切っている。墓石が草で覆れる前に。トムはその人々に挨拶した。

午後も筋トレの時間もどのみちつぶれてしまったので、トムは家でコンピュータに向かって、インターネットで彼の妹たちを探した。会ってもなにも話してくれないのならしかたがない。まん中の妹はユリアだ。上の妹の名前は思い出せなかった。兄たちには興味がない。トムは写真を探した。さいわい、別トムの一家はあまり見かけない姓だった。ほうら、やっぱりな。ユリア・レスツェク。この妹のほうはいまも金髪だ。だが詳しいことを知るには、友だち承認されていなければならなかった。長女はアンナマリアだった、とはっと思いついた。だが、似たような顔つきの者は見つからない。この歳月のうちに姓が変わったということはありうる。最後にようやく、トム本人を検索してみればいいことに気がついた。引用符で囲んでフルネームを入れる、出てきた。トム・レスツェク、釣りとハンティング、云々。クリックすると（どきどきする。トムはどんなふうになった？　俺たちはいまもそっくりだろうか?）、彼の写真でなく、森のけものの写真ばかりが出てきた。追いかけっこをするウリ坊たち、母シカとそう変わらない体格なのに、母親の乳に吸いつくノロジカの仔。ネズミをつかまえたフクロウ。闘い合う二羽のワシ。犬用の水飲みボウルの前で鉢合わせしたリスとシジュウカラ。赤い水飲みボウル。風景写真もまじっている。山あいの湖、滝、雪をかぶった森林、日の出、日の入り。トムは一枚一枚を食い入るように眺めた。どれもこれも、すべてが美しい。完璧な一瞬、完璧な撮影。ウリ坊が、くり返しくり返し出てくる。可愛らしい、縞もようのウリ坊たち。可愛らしい、斑点を散らしたノロジカたち。俺には、どう考えたらいいのかわからない。トムはコンピュータを閉じた。

火曜日。出勤まであと一時間ある。シャワーを浴び、ひげを剃り、クリームをすり込む。あと十日、つまりあと夜が十回ということだ。そうしたら、また息子との週末がくる。それまで俺が持ちこたえていられたら。

マリンガーのエラ・ラム

二十一時十四分発の列車になんとか乗り込んで、二十三時にはアパートに着いた。だけど二時まで起きていた。六時間半寝たということだ。いいご身分ね、とあたしは母さんの声をマネして、自分に言う。月曜日はスタジオを十一時まで開けないから、ちょっとのうちお陽さまにも会える。六月にはあたしの部屋の窓にも、午前中はお陽さまが入るのだ。あたしは窓辺にぴったり身を寄せて、ネスカフェのカップを片手に、目を閉じている。お酒を飲むことをおぼえた。といっても、いまだにラムコーラとか、ウォッカオレンジのレベルだけど。本物のコーヒーはいまだに飲み慣れない。まあいいけど。どっちみち目は覚めないもの。目を閉じてお陽さまを浴びる。お昼までだって、こうやっていられる。（そんなことを前にしたのはいつだったろう？　憶えてもいない。）中庭にはイタリアポプラが生えている。いい香りがして、さわさわ音をたてて、そしてもちろん葉っぱの上でひかりがたわむれている。というか、いまは目をつぶったまぶたを透かして見ているんだけど。うっすら目を開けると、窓枠の前に肘から下の自分の腕が見える。ブロンドの体毛がきらきらひかっているなかに、ちいさな茶色いしみがぽつぽつ散らばっている。肘のほうにいくにつれて画《え》がすごく白っぽくなっていって、それに気をひかれる。こんどは目をぱっちり開いて、カップを置き、その手を伸ばしてカメラをつかみ、またさっきの姿勢に戻って、腕をさっきの位置になるようにして片手で写真を撮る。あたりまえだ、ボケてしまった。ほかの角度からも撮ってみたかった。そのうちに暇ができて、三脚とセルフタイマーがあるときに。それか、あたしのかわりに窓辺に座ってと、イヴェットに頼んでみようか。あの子は色が黒いし、腕は脱毛しちゃってるけど。

スタジオに着いたら、ほんとはもっと早く来てショウウインドウの窓拭きをしなければいけなかったんだと気づいた。それでやりはじめていくらもたたないうちに、店長が出勤してきた。あたしは下手くそで、拭き跡が残る。どうしてかわからない。もう山ほどガラスクリーナーをかけまくったのに。

店長は咳き込み、入り口のドアを固定して、風が通るようにする。

なにやってるんだ？

あたしもわかんないです。

さきに窓枠のほこりを払ってからやってほしかったな。

あたしは窓拭きをやめて、窓枠と受付のほかの場所のほこりを払う。

エラ、どうしてそんなに眠そうなんだ？　週末になにやってる？

土曜は店長といっしょに、結婚式の撮影に行きました。日曜は、子どものところに行ってました。

ああ、そうか、そうだったな、店長はそう言うと、にやっとする。

そのにやりは、土曜日にあたしと一日いっしょだったから？　それともあたしにベンジーって子がいるってことを忘れてたから？　それとも忘れていなかったからか。店長はそろそろまた頭を丸刈りにするころだ。髪の毛が長くなると、頭頂がつるっぱげってわかってしまうから。まだ若いのに。ショウウインドウの汚れは外側であることを期待して、あたしは外側のガラスを拭く。店長は、もういい、ほかにもっとだいじなことがある、と言ったけど。そういう日があるんだ、なにをやっても完璧にはいかないっていう。あとで郵便局に行ったときにも、またそう思う。郵便物を入れたかばんは必要以上に重いし、道はいつもよりも急勾配に思えるし、石の舗道はあいかわらず百年前のでこぼこで、花屋の前は滑りやすく、あたしは足を挫いてしまう。週末が体にこたえてるんだ、とはあたしは言わない。なんで週末なんだろう、疲れるのはほんとなら平日のはずだろうに。

十月から四月までの、結婚式があまりない季節には、あたしは土曜日の朝に列車に乗ってベンジーを迎えに行く。急げば一時間後の列車で戻れるから、お昼にはふたりでこっちに着く。あたしたちは駅で食事する。ファストフードだけど、ベンジーは好きだし、あたしも好きだ。日曜日の晩は同じことの帰りになる。ただこんどは二時間に一本しかない。二十一時十四分に乗り遅れると、次は二十三時十四分だけ。でも最悪でもそれぐらいだ。

ただし結婚式のシーズンになると、ほとんど毎土曜日どころか、日曜日にもけっこう仕事が入る。洗礼とか堅信礼とかもある。往復六時間も列車に乗るのはナンセンスだから、日曜日が空《あ》いたときは、あたしが向こうへ行ってみんなと一日を過ごす。日曜日は家族の時間、家にいる時間なのだ。中心は食事で、それに散歩が加わったりするのだけど、庭どまりになることが多い。というか、あたしが庭で終わってしまうのだ。リンゴの木の下に寝ころがる、そしてリンゴの木の下に寝ころがると、あたしはきまって眠ってしまう。パパはあたしのことを〈眠れる森の美女〉と言い、ベンジーは以前、あたしのまわりに花とか草とかをいっぱいに敷きつめたことがあった。目が覚めたら、額《ひたい》から草の葉がこぼれ落ちた。あたしは、体の輪郭の跡を写真に撮った。その写真をベンジーにプレゼントしようかと思ったけど、結局やめた。

お母さんはすごく疲れているのよ、とあたしのママはベンジーに言って、額にかかったベンジーの巻き毛を横へなでる。大都会で、とってもきつい暮らしをしているの。

そしてベンジーに聞こえないところでこう言う。せめてたまには夜更かしをやめなさい。目の下たるんでるじゃないの。

それはほんとうだ。あたしの涙袋はパパからの遺伝だ。十五歳のとき、ママはあたしにアイクリームと金色のミラー付きケースをくれた。半分がそのままで、あと半分が拡大して映るやつ。十六歳のとき、あたしはアイスクリーム屋でバイトしてて、そのときママはよくやってきてダブルコーンを買っていった。十六だったあたしには、アイスをスプーンですくって食べる人はすてきだけど、舌で舐める人はいやらしく見えた。陽に照らされたママの、みだらな舌。ママは幸せそうで、自分のことも、あたしのことも、誇らしく思っているように見えた。ママも昔はアイスクリーム屋でバイトしたことがあったし、やっぱり合唱団に入っていたし、やっぱり女友だちと映画に行って、そのあと笑い合って家に帰ったりした。でもそのときのママはもう二十歳で、婚約していて、そしてあたしを受胎したのはベッドの上だった。ベンジーみたいに公園でなく、そしてろくに知らない相手となんかでなく。ペルセウス座流星群が出現していたときで、あたしは流れ星を十四個数えて、人生でこんなに幸せだったことはない、って思ったけど、じつはその前にもすごく幸せだと思ったことは何度もあった。

あたしの子ども時代はすばらしかった。というか、あたしは、幸せのほんのちょっとした動きを感知できる才能があるんだと思う。一日一日の表面に、幸せが立てるさざ波を感じられる。ぬるいお湯のなかにたゆたって。幸せの感覚はたいていほんの一瞬で、数秒しか続かない。ときには、何分間かのこともあるけど、すぐに消えてしまうか、現実にパッと引き戻されてしまう。いやおうなく引き戻されることがほとんどだ。子どもでも大人でも、人生ってそんなもの。

あなたのこと、命かけて愛してる。そんなせりふを、あたしはまだだれにも言ったことがない。ママははじめパパに言って、それからあたしに言って、こないだはベンジーに言った。あたしたち三人はにっこりし合った。

ママはセクシーで、元気はつらつの女性で、母性がゆたかで、しかも少女っぽくもある。目、唇、髪の毛、バスト。朝はだれよりも早く起きて、歌をうたいながら動物や植物や人間の世話をして、みんなの額や頬や唇にキスをしてまわる。ふつうの人が一日かけてやることをお昼までにみんなすませてしまう。だから、あたしが到着したときに、すでにちょっとくたびれているのは無理もない。その日二度目か三度目にキッチンに立って、でもほかのだれにも手を出させない。キスのためには片側の頬しか差し出さない。ママは料理の腕はふつうだけど、もちろんあたしたちよりは上手で、手伝いはいらないわ、というより、お願いだから手伝わないでちょうだいと言う。たしかにあたしたちがキッチンで手伝うことはなにもなくて、ただ邪魔になるだけだ。調子よくいくときは、ママは料理中せかせかして血相変えたりせず、汗だくにもならず、ぜんぶがいっぺんに食卓に並んで、あたしたちも呼ばれなくてもちゃんと自分の席につき、いい雰囲気で食事がすすむ。でも、デザートまでママが持ちこたえることは、めったにない。ママはとつぜん、がくんと疲れて、まぶたが下がり、口角も肩も下に落ちてしまう。目を閉じてしまって、立ち上がってもつむったまま。見えなくても方向がわかるのだ。いますぐ横にならなくちゃいけない、精も根も尽きはてて、休まないといけない、お願いだからあなたたち、わたしを休ませてちょうだい。あたしたちはママを休ませて、デザートを食べて（たいていフルーツ入りのカッテージチーズ）、テーブルを片付ける。

別バージョンでは、ママは目を閉じるけど、椅子から立ち上がってごめんねと言って部屋に戻ることをしないで、そのまま食卓についている。唇が動いて、わたしは精も根も尽きはてたわ、あなたたちがそうさせたのよ、あなたたちってなんにもしないで、やってもらうだけだもの、とくにあんたって子は、動かないことといったらあんたの右に出る人間はこの世にいないくらいなんだから。うちに着いてからもう一時間半はたつでしょうに、ベンジーに、今週はなにをしたの、って訊いてみたの、あんたは？　あたしはちゃんと訊ねていた。ママがお昼ご飯を用意しているときに。でもそう答えたって、答えなくたって、どっちみち答えは間違っている。そうしているうちにママの閉じた目から涙が流れ出して、ママは寝室のドアをバーンと閉めることになる。ママはいま、あたしからちょっと解放されなくちゃいけないのだ。あたしたちみんなから。

パパがテーブルを片付ける。あたしはベンジーに、だいじょうぶ？　と訊ねる。ベンジーはうん、と答える。

ベンジーは、おばあちゃんがあんなふうになるのは週末だけだよ、と言う。週のうちはとってもやさしいよ。

パパとあたしは、ママが平日でもああなることを知っている。平日のいつでも。昔、あたしはテーブルの下にもぐって、パパが家に帰るまでにこのあとどうなるんだろうと思ったことがよくあった。

出てらっしゃい！　とママは言って、あたしをホウキで引っぱり出そうとしたんだった。いいわ、そんならそこにいなさい。

どうしてテーブルの下なんかにいるんだい、と帰宅したパパが言った。笑顔だった。バカなことしてないで、出ておいで！

だめ、とママが言った。もうそこにずっといるのよ。

パパはご飯のとき、テーブルの下に食べ物を差し出して、あたしの口に入れてくれた。ママにとってそれはあんまりだった。いいわ、出てらっしゃい、テーブルについてお皿から食べてちょうだい。でもパパは、テーブルの下からあたしの口に食べ物を入れるのをやめなかった。あたしたちがクスクス笑い合っていると、ママがワーッと泣きだした。それでママが気の毒になって、あたしたちはまたママをあたしたちの中心にしたのだった。

一時間か二時間すると、ママは部屋から出てくる。それか、あたしたちが散歩から戻るとママがにっこりして迎えてくれて、キスして、あたしの髪とか肌とかについてなにかやさしいことを言ってくれて、そうしてまたもとどおりになる。

結婚式がないときは、もっとずっとシンプルだ。あたしはベンジーを土曜日に迎えに行く。たいていはベンジーのトランクがもう詰めてあって、ママがたっぷりの食料をもたせてくれるだけだ。でもときどきはなにも用意してなくて、ママは、あなたたちにちゃんとできるかしら、と言ってじっと見ている。できますとも、あたしは五分でトランクを詰め終えて、食料を買いに行くばっかりにする。アパートではあたしとベンジーは、あたしのダブルのマットレスで寝る。まわりにクッションを敷きつめて。日曜日の晩にひとりでアパートに戻ってくると、ベンジーの匂いがまだしている。

ベンジーを連れてくるようになったのは、ベンジーが五つになってからだ。その前は難しかった。ベンジーが生まれて最初の五年は、あたしの人生で唯一、幸せのちいさな池だけでは苦しみが和らげられなかったときだった。痛み、叫び、吐き気、不安の、地獄の日々だった。ベンジーをなににも増して愛しているのに、五分といっしょにいるだけで、足もとの地面がなくなるような心地になった。産婆さんは、じきにそういう時期は終わるよと言ったけど、終わらなかった。学校を卒業して、ほかの町に出て職業教育を受けることになったとき、あたしはほっとして泣けたほどだった。はじめ銀行員になる訓練を受けたけど、半年しか続かなかった。でもあたしは家に戻らず、アパレルのブティックの店員をして、週末だけ帰った。二週間に一度のときもけっこうあった。インフルエンザが大流行したときに五週間帰らなかったら、病気のママが電話してきて、こんど来なかったら、こんどこそもう縁切りよ、と怒鳴りちらした。あたしは家に帰り、そしたらそのあと三週間、あたしたちふたりとも病気になって床についてしまった。そのときママがあたしに言った。あなたをずっと愛してるのよ、わかってるでしょう、と。うん、とあたしは言った。わかってる。

のちにあたしはここでカメラマンになる職業教育を受けさせてもらえることになって、それ以来なにもかもいいふうになっている。ベンジーは五つになって、ものすごく可愛くて、そしてベンジーを愛することはもう苦しみではなくて、それひとつが幸せの小部屋みたいになることが多くなった。あたしはママみたいに猛烈には愛せなくて、ベンジーをぎゅっと抱きしめたり顔中にキスを浴びせたりはしないけど、あたしたちは歩くときも眠るときも手をつないでいる。


店長が言い当てたとおり、月曜日は仕事にならなかった。最後の一時間は二分ごとに時計を見て、今夜はなにを食べながら窓辺でポプラの葉ずれを聴こうかとか、そんなことばかり考えていた。上の階で、またコントラバスの奏者が練習をするかもしれない。

スーパーでレジに並んでいたとき、愕然とした。今夜、もうひとつ仕事があるんだった！

家まで走り、階段を上がり、買ってきたものを投げ出し、服をひっぱがすように脱ぎ、わきの下を洗って、洗濯してある上衣をひっかけ、道具をかきあつめた。充電がしてない、少なくともしたばかりじゃない。自転車にまたがる。さいわいわずか三キロ先だ。

ぎりぎりまにあった。充電もメモリカードも足りる。打ち合わせどおりに、壇上のディスカッションの様子とその前後を撮影する。四時間、税込み百九十九ユーロ。銀行グループ主催。カルチャーイベントの担当はレズビアンで、あたしのことを好いている。あたしは彼女に向かってにっこりして、仕事をくれたことにお礼を言う。彼女もにっこり、あたしの片手を両手で包んで、あたしの目をのぞき込んで、またよろしくね、と言う。

家に帰るために自転車の鍵を外そうとして、また愕然とした。膝ががくがくしてしゃがみ込んでしまう。しゃがんだまま鍵のところをガタガタ揺らしてみるけど開かない。脚がしびれてくる。悪態をつく。電話が鳴る。イヴェットからだ。どこにいるの、なにしてるの、会わない？　あたしは、いや、今日はだめ、自転車の鍵が外せなくて。イヴェットは笑って、せいぜい楽しんでねとか言う。鍵はぜんぜん外れてくれない。鍵に向かって怒鳴りつけたら、やっと開いた。

その後バス・自転車レーンが通れなくなっているところがあって、車道の右端十センチのところをバランスをとりながら走る。いま撮った写真を頭のなかでテーマ別にまとめようとするんだけど、司会をしてた女のひとの整形した顔しか浮かんでこない。引っぱってこめかみのところでよれている皮膚、ぼってりした唇の輪郭。ふいに、今夜はあの女のひとしか撮ってなかったような気がしてくる。ほかはなにも思い出せない。自転車がふらついて、後ろからクラクションを鳴らされ、あたしは、くそったれ！　と怒鳴る。と同時に歩道に警官が立っているのに気づいてまたぎくりとするが、警官はなんの反応も示さない。でもあたしはだいぶ先までこないで、警官に見られないところまで来てようやく停まり、イヴェットに電話する。

あたしたちは飲み屋でノートパソコンを囲み、写真を眺める。イヴェットは笑って、写真、だいじょうぶじゃん、と言う。

ね、このひと整形だよね？

うん。でも関係ないでしょ。

かなあ。

週末はどうだった？　結婚式は？

あたしは、イヴェットが関心を持っていることを話す。ロケーションはどんなで、ドレスはどんなで、靴や花や食事や音楽はどんなだったか。

ベンジーはどう？

ベンジーは元気。


夜、顔を整形したひとの夢を見る。あたしに向かってにっこりする。あたしのすぐそばにいる。蠟みたいな肌、ぼってりした唇。あたしが好きなんだ。もうすぐキスされるわ。その前に目が覚める。


火曜日、家族写真の撮影が二つ、あたしに回ってくる。まずは三人姉妹、ひとりが赤毛でふたりが褐色。赤毛の子がまん中。次はひいおばあちゃんとおばあちゃんとお母さんと娘が一枚におさまるポートレート。最年長は八十ぐらいで、最年少はまだ一歳前。三人に照明を当て、四人に照明を当てる。四人姉妹の末っ子ちゃんねえ、と赤ちゃんににっこりする、お母さんに、ひいおばあちゃんに、おばあちゃんに。

あなたはお子さんは？　おばあちゃんが訊ねる。

います、とあたしは答える。息子がいます、七つです。

それはいいわねえ、と他人のおばあちゃんが言う。もう学校にあがってるの？

はい。

どこの学校？　お母さんが訊きたがる。

このへんの学校じゃないんです。

赤ちゃんはパーフェクトだ、まるで真珠みたい。大人の女性たちには、あたしは念入りな仕事をする。きれいに写ってるって喜んでもらえるように。


仕事のあと、イヴェットと歌のレッスンに行く。あたしはソプラノで、イヴェットはアルト。あたしはウェストサイド物語の《どこかへ《サムホエア》》、イヴェットはピンク・マルティーニの《働きたくないの《ジュ・ヌ・ヴ・パ・トラヴァイエ》》。終わってからアパートの通りにあるインドネシア料理店でいっしょに鶏もも肉のカレーソースがけを食べ、向かいのバーに移ってワインを飲む。バーは好きじゃない、たばこが充満してるし、うるさいし。でもイヴェットの気分を害したくない。あたしたちはイタリア男ふたりにおごってもらう。

こら、きのうはまたどこへ行ってた？　翌日、店長が訊く。

どこってどういうことですか？

髪の毛がたばこ臭いぞ。ははあ。赤くなったな。

あたしは唇を嚙む。

すまん。悪気はないよ。

しばらくして店長の子どもたちと奥さんが立ち寄る。女の子はフロレンティーナといって、あたしのことが好きで、エラ、あなたって超きれい、とあたしに言う。ありがと、あなたもよ、とあたしは答える。女の子は気持ちをくすぐられて、心得顔でほほえむ。男の子のほうはあたしには知らんぷりで、父親の膝に乗っている。

ラムさん、と店長がにやにやしながら言う。この若い紳士にリンゴジュースを差し上げてくれないかな、僕はいま手があかないんで。

ラムって、ひつじって意味なのよね、と九歳になったフロレンティーナが言う。

幼い弟が笑う。ひつじ？　ひつじって名前なの？

そうよ（また顔が赤くなってないといいけど）、とあたし。じゃあ、あなたの動物おなまえは？

チボー。

チボーね。名字は？

チボー。

チボー・チボーっていうの？

母親があたしをぎろりとにらむ。息子が名字を知らないのがまるであたしのせいみたいに。あたしはにっこりしながら男の子をかまいつづける。

あなたの動物おなまえは、もしかすると、くまかな？

男の子が笑う。ちがうよ。

じゃあ、おおかみかな？

きつねかな？

ライオンかな？

そう！　と男の子。ぼくライオンだよ！　あたしたち四人は笑う。

そうして奥さんは愛想よくなって、あたしに、うちでベビーシッターしてくれないかしら、と言う。

あたしはまた赤くなる。店長がかわりに答える。

エラはいつも忙しくてね。


その日の真夜中少し前、あたしたちは三人でソファに腰かけている。イヴェットと、ビアンカって人と、あたしと。ビアンカは〈べにばら〉という名前の古着屋をやっている。その日、お酒付きのバーゲン《プロセッコ・ウント・プロツェンテ》があったので、お客さん同意の上であたしが撮った写真を、眺めているところだ。ほとんどのお客さんが撮ってほしいと言った。試着をして、にこにこ笑って、あたしもいいと思ったんだけど、あたしはなんで笑えなかった？　写真の出来がひどく悪かったからだ。お客さんにもそれがわかった。期待に目を輝やかせてモニターをのぞき込むんだけど、うーん、と言って肩をすくめ、ほかの服を選びにいってしまう。

どうしたの？　とイヴェットが訊いた。

光が足りない、とあたしはつぶやいた。

あんた、暗いところで撮影する腕はピカ一じゃん、わたしそう思うよ、とイヴェット。するとその言葉で、あたしはほんとにうまく撮れるようになった。お客さんの顔がほころぶようになり、ビアンカは服が売れだして、やっぱり前よりほくほくして、あたしもそれでほくほくした。

キックボードに乗った若いイケメンが店に立ち寄る。ベンジーと同じ年ごろの女の子を連れていて、その子もキックボードに乗っている。女の子のお母さんを探しているらしいけど、その女のひとは今日はまったく顔を見せていない。ふたりはキックボードで去っていく。いまの彼、わたしの好みだけどさ、とイヴェット。でも彼女が怖いのよね。魔女みたいな女でね。そう言ったか言わないうちに、その女が現れる。美女だし、愛想がいい。ビアンカとイヴェットも愛想よくしている。そのひとの黄ばんだ歯が、まっ赤な唇のあいだで光る。超ミニのピンクのワンピースを試着して、あたしが撮影し、彼女はポーズをつける。きれい。でも、自分はもっときれいなはず、と思っている人だ。女はそのワンピースは買わず、かわりにレース編みの白いショールを買う。人ってわからない。

最後の客が帰ったのが午後十時。あたしたちはソファに座って、三人ぴったり並んだまま、残ったワインを飲む。ソファの上の壁に蚤の市で買ってきた絵が飾ってあって、髪を手でかき上げているヌードの女が描いてある。

あんたに似てる、とイヴェット。この女はブロンドじゃないけど。

ヌードだとこんな感じなの？　とビアンカ。

こんなだったらいいんだけどなぁ、とあたし（でもほんとはそのとおり。似ている）。

イヴェットが絵の値段を知りたがる。ビアンカが二百、と言うと、じゃ無理だというしぐさ。

三十になる前に男を見つけたいな、イヴェットが言う。

あら、じゃあまだまる二年もあるじゃない、とビアンカ。ビアンカは四十代半ばで、子どもを持つことはもう考えていない。何人かの子を引き取って何年か育てたことはあるらしい。ベンジーが十八歳になるとき、あたしは三十五だ。世間でよく言うように、ふたりとも人生まだこれからだ、というところか。

オレンジジュースがあるか訊いてみたけど、ないというので、混ぜ物なしのスパークリングワインを飲む。イヴェットがあれこれ試着している。あなたもなにか探して、持っていってちょうだい、とビアンカがあたしに言うけど、あたしは立ち上がれる状態じゃない。こういう店で合うものがあったためしはないし。あたしのサイズは四十二だ。あたしがこの店のものはもらっていく気がないことにむっとしかけて、ビアンカが立ち上がる。そして自分で、あたし用に一着探し出す。赤い水玉柄の白いワンピース。こんなの着たら乳搾りの女みたいじゃん、とあたしは心で思う。口に出してはこう言う。たぶんあたしには入らないと思います。

ビアンカが着ろと言ってきかない。着てみたら入った。

ほらね。ビアンカは満足顔。サイズの見きわめは、わたし得意なのよ。

セクシーよぉ。食べちゃいたいくらい、とイヴェットが言う。体にぴったりフィットしたブルーのワンピース、黒いファーのマフラー。会計士だけど、モデルみたいに見える。イヴェットはお金をぜんぶ服に注ぎ込んでいる。葦みたいにスリム、でも大足。もしイヴェットが死んでも、あたしはなんにももらえるものはない。

水玉のワンピースはかび臭く、布地はごわごわだけど、お礼を言ってそのまま受け取る。

あたしのママにもと言って、あたしたちはほかのものも探してみるけど、見つからない。いまやそこらじゅうがかび臭い。こんな匂いがするものを、ママにはとてもあげられない。

ムダだと思います、とあたしは言う。うちの母、とってもうるさいんです。他人が着たものを身につけたことは子どものとき以来いちどもない、って言ってるぐらいだもの。はやく結婚したのも、仕立てなおした服を着るような暮らしはいやだからって。

お母さんはすごい美人なのよ、とイヴェットがビアンカに言う。

イヴェットはもっとつけ加えたそうにするが、なにも出てこない。イヴェットも、いま着ているブルーのワンピースと黒いファーのマフラーをそのままもらっていくことにする。しばらくして自転車に乗ったとき、あたしはイヴェットが自分の脱いだ服を店に置いてきたんじゃないかと気づいたけど、黙っておく。もう戻るのはごめんだ。

家に着くと、またいっぺんに夜が長くなる。メールが来ていて、lumen. co のサイトであたしの撮った写真が二枚売れた、という知らせ。五枚出したうちの二枚が売れたってことだ。

《グリーン》――ひと気のない夜の通りで、まん中に緑色の信号が光っている。

そして《イエロー》――映画館の前の、黄色いランタンがいくつもぶら下がっている木。

どちらも同じ人が買っている。いちばん安いバージョンで、ポスター印刷用の。あたしの取り分は一枚につき二十五ユーロ。計五十ユーロ、ベンジーのところまで一往復できる。うれしすぎて眠れない。もうベンジーの匂いがしないマットレスに寝ころんで、写真を買ってくれた男の人（なんで男だと思うんだろう。男を想像してしまう）のことを思う。あたしが夜の通りを歩き回っているところが思い浮かぶ、ある晩、灯りがともっている窓を見ると、あたしの写真が飾ってある。それがすごくくっきり見えて、しかも視線は目と同じ高さだ、だとしたら、これはもう間違いない、あたしはいま眠ってるんだわ。そのとおりだった。外の通りから、パーティー帰りの人の騒ぎ声が部屋の窓まで聞こえてくる。この建物の表側は飲み屋になっているし、近くにはちいさいホテルがけっこうあるのだ。若い子たちのグループだ、英語かイタリア語をしゃべってる。携帯で写真を撮り合っている。あたしは自分の重たいカメラをぶら下げ、なんだか不格好に建物の壁に体を押しつけている。カメラを隠したい。いかにもダサいって気がして、バッグを背中に回す。カメラバッグだって気づかれないといいけど――ふわふわしたすてきな夢だったのに、こんな展開は残念だ。建物の壁の影になったところは、いやな匂いがする。イヴェットはどこ？　なんだってあたしひとりここに立って、金髪カールの男の子が女の子にキスしてるところを眺めてなくちゃいけないの？　カップルを見ていると辛くなる。だけど目を逸らすことができない。ほほえみが凍りついて、もう顔が痛いくらい。あたしはがんばってその場を離れる。スタジオへ行こう。あたし観光客じゃないもの、ここの住人だもの、やることがいっぱいあるんだもの。カップルから離れたとたん、あたりがぐんと暗くなって、スタジオまで壁から壁へ、建物を伝い歩きして行くしかなくなる。店長のことを考える。店にいてくれそうな気がする、いまは真夜中だけど、でもいるのが当たり前のような気がする。ところがだ、スタジオはまっ暗で閉まっている。そしたらすごく辛くなってしまって、もう歩けない。あたしは敷居に座り込んで、朝になって店長が来て入れてくれるまでどんだけ座ってるんだろう、と思う。そのうちはっと気づく、あたし、なにもできずに絶望してなくてもいいんだ、あたし、自分の鍵を持ってるじゃない！　そこで目が覚める。

ありえないんですけど、とあたしは店長に言う。あたし、真夜中にここまで来た夢を見ました。

ありえないんだけど、僕もだよ、店長が言う。

あたしはもう店長の目を見ていられない。からかっているのかなんなのか。

あたしたちはまる一日、近所のお店のウェブサイト用にめがねを撮影する。ほんとは商品撮影の腕をもっと上げないといけないのだけど、でもこういうのは、あたしにはなんともつまらない。


夜はまたイヴェットと、こんどは地下のバーの開店。イヴェットの職場の同僚がなにかの形で、たぶん資金で関わっているバー。あたしはすごく喉が渇いていて、ラムオレンジを飲み、すぐおかわりする。食べ物はなくてピーナッツだけ。バーの椅子に座り、カウンターにちいさい三脚を置く。片手にピーナッツを握って、片手でシャッター。撮っていく――ドリンク、ボトル、グラス、人の手、ゴールドに塗られたカウンターの縁《ふち》、ゴールドに塗られたテーブルの脚、イヴェットの果てしなく長いまつげ、イヴェットの網タイツの脚、イヴェットの網タイツの下の膝のおさらのシャープな角、顔あり、顔なしのほかの客たち、床や壁におどる影。しばらくしてブラックライトに切り替わると、みんな、こんなのは何年ぶりかだと言ってヒステリックに笑う。あたしは露出を長くして、目とか歯とかの安っぽい画像にならないようにする。クールじゃん、とイヴェットが言う。暗闇こそあんたのおはこだね。あたしは興奮で酔いしれて（たぶんラムにも酔って）、カメラを持ったまま床に寝ころがる。床は信じられないぐらい汚い。どうしてだろう、店はオープンしたてだし、外は泥だらけでもないのに。きっとだれかがなにかこぼしたんだ。

ちょっとあなた、わたしのスカートの中撮ってない？　と女の声があたしの上でする。

撮ってません。

見せてよ。

あたしはほんとに酔っ払ってたんだろう、あやうくその人を突き飛ばして、あっち行ってよ、と言いそうになった。でも自分を制して、ぱっと立ち上がって、ディスプレイを女の鼻先に突きつける。どうぞ。右半身がべとべとに汚れている感じがし、そんな姿で立っていると思うと、またむらむら怒りがこみ上げてくる。この人がここでろくでもないこと言わないといいけど。言わなかった。うわあ、と言って、いっぺんに愛想よくなる。いい写真撮ってるじゃない。

ありがとうございます、とあたしは言う。うちはポートレートもやってます。

名刺を出そうとしてバッグをかき回しながら、また顔が赤くなる。〈うち〉とか言ってしまったのに、出そうとしているのは自分の名刺で、しかも自分のスタジオがあるわけでもない。店長はなんて言うだろう、もしあたしがこの人を連れていって、この人あたしのクライアントです、って言ったりしたら。取り上げられるに決まっている、当然だ、なに考えてるんだおまえは、って。外で撮影しようと言いくるめないと。木の幹に寄りかかってるところ、ベンチに座っているところ、草原に腰を下ろして、さいしょはスカートの中が見えないように座るんだけど、そのあと下着姿でしどけなく寝そべって……。みんなあたしのせいだわ、あたしたちきっと後悔することになるわ……。やっと名刺が見つかる。

ありがとう、と女の人は言うが、さいわいなことに電話してきそうな感じはしなかった。

あたしは撮影をやめ、イヴェットと踊る。ほかの人たちがあたしたちを撮る。きみたちイケてるじゃん。ありがと、とあたしたちは答える。こんなに酔っ払ってなければよかった、と思い、もっと酔っ払っていたかった、と同時に思う。

帰るとちゅう、《グリーン》を撮った通りにさしかかる。いまは信号が消えていて、街灯が横断歩道を照らしている。ねえ、とイヴェットに言って、そのときはじめて、毛むくじゃらのウーキー（映画『スター・ウォーズ』に登場する種族）が道を渡っているのに気づく。

わお、とイヴェット。犬の着ぐるみの男か。あとつける？

いやだ。あたし酔っ払ってるもん。

イヴェットが脚をぶるぶるさせる。ついていきたい気持ちと闘っているのだ。でも結局あたしのそばに留まる。あんたのせいで、命かけて愛せる男をパスしちゃったじゃん、と鼻息あらく言う。

冗談じゃないぞ、エラ。店長が言う。疲れてるかなんだか知らんが、きみは二日に一度はまったく使い物にならなくなる。なにもかも三回言わなくちゃいけない。三回言って、それでもぼうっとしてるからって、あとから僕がぜんぶチェックするしかないとなると、きみは助手どころか、僕に余分な仕事をさせているんだ。そこまで大目には見れんぞ。わかってるのか？

もちろんわかっている。あたしはひと言も言わず、うなだれて、店長の前にじっと立っている。バカにしか見えないけど、あたしにはそれしかできない。

僕は真剣だぞ。正直に言いなさい、クスリをやってるのか？

いいえ、とあたしは言って、店長を見る。クスリなんてやってません。耳鳴りがするんです。

耳鳴り?

はい。

店長はあたしをじっと見る。まだ怒りのしわをくっきりと寄せたまま、信じられないというふうに。そして言う。

じゃあ、三十分、お陽さまに当たってこい。

ありがとうございます。

サンドウィッチをひとつ買って子ども公園に行き、お陽さまの当たるベンチに腰をかけて、眠ってしまう。膝にサンドウィッチを載せたまま、野バラの香りにつつまれて。この遊び場にはいろんな野バラの生け垣がある。黄、白、赤、ピンク。外の大きい通りの生け垣はピンクしかない。並木も、外の通りは種類を決めて植えてある。大通りにはマロニエ、裏通りには菩提樹やイタリアポプラや桜、それとやっぱり菩提樹。菩提樹は好まれる。プラタナスも。ときたま観賞用の実のなる木もある。でもこれはあまり好かれていない。秋になると実が道路に落っこち、車につぶされて腐って、葡萄搾りの工場みたいな匂いをさせるから。おまけに蝿は来るし雀蜂は来るし滑るし。あたしはその匂いが好きだけど。ママはローズヒップをそこらじゅうから採ってくる。食べられると知ったら、なんでもみさかいがない。スイバでもミラベルでも。花のついた枝とか種とかはもちろん。採ってきて庭に植えるためだ。花を盗《と》るのは泥棒じゃないのよ。泥棒よ、とあたしはまだ子どもだったけど、言ったものだった。

というようなことを夢に見ていたのか、頭で考えていただけなのかわからない。二、三秒目をつぶっていただけで眠ってるとは思わなかったけど、ふいに、口をぽかんと開けていたことに気づく。口を閉じると、寝たあとの味がするし、膝の上のサンドウィッチはばらけている。まわりを見回したけど、こっちを見ている人はいない。子どもが数人遊んでいて、端のほうに母親たち。顔が日に焼けた、とくに額が。

額にヨーグルトを塗って、あとで眉を描くのを忘れちゃだめだぞ、と思う。あたしの眉は描かないかぎり見えない。まつげもだ。眉を描いてまつげを塗って、赤っぽくてかっている鼻にパウダーをしないと。鼻のあとは顔全体に。リップはどこだろう、スモークローズ系のリップ。そういうメイクにしよう。というのは、今夜コンサートに行くのだ。なにを着よう。あのもらったワンピースか。ジャズコンサートに乳搾り女、別に悪くないか。この建物に住んでるコントラバス奏者が出演する。あたしは練習の音でしか知らない人だけど。その奏者が、あたしの下の階に住んでいる画家とあたしとを招待したのだ、この建物で芸術家はわれわれ三人だからって。いちどあたしとベンジーはその画家の住まいに行ったことがあって、そのとき、ちいさな樹皮になにか抽象っぽい絵を描いたものをもらった。それから一週間後、まだ持ってる？　と訊ねられた。それとももうなくしちゃった？　あたしはちゃんと持っていて、入れる額《がく》を調達するつもりだったんだけど、うちのスタジオで売っている額は値段が高すぎた。あるとき壊れていた額があったので、もらっていいですかと店長に訊いたら、だめだ、それは当然、返品交換してもらうんだからな、と言われた。そんなこんなのうちに、あたしは結局ほんとに木の皮をなくしてしまった。部屋のどこかにあるはずだけど、どこかはわからない。メイクのこととか絵を描いた樹皮がどこにあるかなとか、考えているうちにまたうとうとするが、しばらくそのことにぜんぜん気づかない。部屋を行ったり来たりして、抽象画付きの樹皮がないかどうか、ひとつひとつ物をひっくり返して見ていくんだけど、それは頭のなかだけだったんだと思う。ない。そのかわり、ここじゃなくて両親の家にあると思っていたものとか、実家どころかもうとっくになくなったり壊れたりしたものが見つかる。心臓が高鳴る、夢のなかでメイクして、昔の品物を見つけるって気持ちいい。ねえ、あたしは夢のなかでイヴェットに言う、気持ちいいよね？

なんなのさ、とイヴェット。なにしてるのよ？　どこうろついてるの？

どうして？　あたしはまだ目をつぶっているけど、気分はさあっと下がる。目の前で寒暖計の水銀がさあっと下がっていく感じ、というのは、たったいま、まぶたの向こうがもう明るくないことに気づいたのだ。暗くなっている、でもそんなに遅いはずがない、いったい何時？

イヴェットが、とうてい嬉しそうとはいえない声で、十時五分前だと言う。ってことはね、あと五分であんたの友だちのコンサートがはじまるのよ、わたしはクラブの前に立ってるのよ、入場料十六ユーロ、さいわいまだ券は買ってないけど、だってあんたがいないのに、十六ユーロプラスドリンク代みたいなコンサート、行くわけないでしょ。ところでどこにいるの。まさか忘れたんじゃないだろうね？

あたしはむくっと起き上がって、両目を開く。部屋は暗く、乾いたヨーグルトの匂いがし、顔はつっぱっている。

忘れてない、とイヴェットに言う、逆よ。寝過ごした。

寝過ごした？

うん、ごめん。

どうして寝過ごせちゃうのよ？（およそ面白がってはいない。よくもそんな失礼なまねが、ということ。）

疲れてたんだと思う、とあたし。

疲れてたんだと思うって？

うん。

そいでわたしがここに立ってる、と。

ごめんね。

そもそもわたしジャズ嫌いなんだよ。

ごめんなさい。

ごめんなさいをそのあと千回ぐらい言うが、イヴェットはたいしてほだされない。ふつうならこれではっきり目が覚めて、ふつうなら起き上がって、イヴェットを探してお詫びに一杯おごるところだけど、今回は電話を切ったあと、またぱたんと眠ってしまう。イヴェットの怒りはそのうちとけるだろう。それにあたしは、正直なところ気が軽くなったのだ。ジャズコンサートに行かずにすんで。

翌日は土曜日で、結婚式の撮影があった。あたしはビアンカにもらった水玉のワンピースを着ていく。お客たちが目を丸くしてあたしを見る。

ちょっとセクシーすぎたな、と店長。

あたしは赤くなる。

店長はにやっとする。僕はいいと思うよ。きみを見たら、客のほうは写真のときしゃんとする。

ただ花嫁だけは、いつまでも顔色が悪く、ナーバスだ。妊娠してるんだろうか、いや、そんなはずないか。あたしたちが着いたとき、花嫁が階段から転げ落ちた。もし妊娠してるんなら、もっと大騒ぎになっていただろう。新婚夫婦の希望で、あとからその階段のところで招待客みんなの写真を撮る。ペアだったり、家族単位だったり。最初の組のころはまだお陽さまが射していたけど、最後の組ではもう暗くなって、フラッシュを焚く。

最後の家族の写真を撮り終わって、あたしは中庭に出る。門の両わきにそれぞれ三本ずつ、ポプラが生えている。そのあいだに立って、さわさわする葉ずれの音に耳をかたむける。門にポスターが貼ってある。スウィング・バンドのコンサートの知らせ。ベンジーの父親も、スウィング・バンドにいた。サックスを吹いていた。あたしはその人に恋していたわけではなかった。練習したかっただけだった。ポスターの顔をひとりひとり見つめる。共演にアニータという女性歌手。

ふり返ると、店長が後ろにいる。

ごめんよ。驚かすつもりはなかった。

だいじょうぶです。足音が聞こえませんでした。ポプラがすごくさわさわいってて。

店長がほほえむ。

あたしは言う、この音、好きです。心が落ち着くんで。

そうだね。同じ音だな、僕の耳鳴りと。

知りませんでした。あの、店長が耳鳴りがするって。

店長はいいやというように手をぴっと払う。九年前からだ。ポプラの下に来ると、耳鳴りがやむ。あたしのアパートの中庭にポプラがあります、と言って、また顔が赤くなる。さいわいもう暗い。

そりゃよかった、店長がにやっとする。

店長が運転し、あたしは助手席で、車のライトがつぎつぎに照らし出す道の並木を見つめている。


日曜日、あたしはまた十時の列車にしか乗れない。胃がむかむかする。結婚式で砂糖の衣がかかったケーキを食べすぎたせいと、もうひとつには、ママになんと言われるだろうかと不安なせい。ばかばかしい。二十四にもなって、四つのときより母親が怖いなんて。

それふつうよ、とイヴェットが言う。

じゃあいつ終わるんだろう、とあたし。

お母さんが死ぬとき、とイヴェット。

列車は予約券が無効になってしまっていたけど、運よくなんともなかった。寝ていたから検札されなかったのか、そもそも検札が来なかったのかわからないけど。


到着すると、ベンジーが昔のあたしの部屋で遊んでいた。あたしはベンジーのとなりでカーペットに寝そべって、窓を見る。空しか見えない、まっ青で、お陽さまが照っている。昔うちの庭に、罌粟《けし》の花があった。緑色のけしぼうずを下からのアングルで見たことを思い出した。あれを写真に撮りたかったと思った。けしぼうずを置いて、写真を撮りたい。

庭に行こう。

ベンジーは行きたがらない。

行っていいかな？

うん。

外へ出て、何枚か撮る。お陽さまの当たっている場所を見つけ、露出オーバーにして、植物がなにか抽象的なものに見えるように補正する。罌粟の茎、けしぼうずがあったらいいのに。これだというものが見あたらない。なにもかも、くっきり判別できすぎてしまう。

誕生日を迎えたママに、こないだの夏に撮った写真を贈る。あたしが写真を撮るとママは喜ぶけど、デブに見える写真は消せと言ってしつこい。

くだらないわ、とあたしは言ったんだった。さ、ママ、ヌードを撮ってあげる。

それはいいねえ、とパパ。

ママは顔を赤くして拒否したけど、まんざらでもなさそうに笑った。

そのとき撮った新しい写真が、ママの気に入る。

ほかにも、結婚式から持ち帰った花のかんむりを贈る。花嫁の望みで、招待客みんなが花輪をかぶって写真を撮ったのだ。パパとベンジーとあたしにもひとつずつ。あたしたちは庭に出て、あたしは花のかんむりをした三人を撮影する。そしてタイマーを使って、あたしたち全員を。

ママのお客さんたちが着いたので、ベンジーとしばしふたりきりになる。あたしは芝生に横になり、ベンジーが草であたしの腕や首をくすぐる。ぞわぞわして、あたしたちは笑い合う。ベンジーはあたしの顔をくすぐり、目をつついてしまう、痛いな、お願い、気をつけて。ごめんなさいとベンジーは言いながら、そのあとも二回あたしの目をつつく。あたしはいらっとして、あわてて起き上がる。

ママの誕生パーティーを、男や女の友だちを撮影する。生活はどうしているのかと訊かれる。写真スタジオで働いています、ほかにアート写真も撮ってて、ギャラリー経由で売っています、イベントの撮影とかも頼まれます。みんなあたしに満足する。この子もいいふうになって、よかったわねえ。で、あなたの人生には、いい人もいるのかしら?

はい、とあたしは言う。いい人がいます。

ママがこっちを見る、いぶかしそうに、信じられなさそうに、でもそんなこともありうるかという目、ついで心配そうに、そして、あたしが話していなかったことに気分を害して（あとでパパに、あの子、あなたに話してた? してない? なんだ、じゃあただの作り話ね）、そして最後に肩をすくめる。きょうは自分のパーティーだし。

みんなベンジーの話をする。子どもは若さのもとよね、とか。学校が褒められる、ベンジーの成績とか、音楽の授業とか。あたしはベンジーを探す。中にはいない、庭でほかの男の子と遊んでいる。

ふたりでブランコに乗っている。この二連のブランコは、あたしが子どものときにもうあった。あたしはひとりっ子だったけど。ママとあたしとで乗って、二声で歌ったことがあった。ママはメゾだ。お客さんがまだいるけど、あたしはベンジーを寝かせに行く。お話をしてやる、犬の着ぐるみを着て、街を歩いていた男の。

どうしてその人は、犬の着ぐるみを着てるの？

それはね、最後の章になったらわかるの。

長い休みまであと何週間あるか、ふたりで数える。三週間半。結婚式のシーズンにかぶるけど、店長にも子どもがいる。スタジオは二週間閉めて、結婚式も無視することになっている。店長さんちはフランスに行くの、あたしたちはどうする？

またイヴェットと海に行く？

そうね、そうしようか。

イヴェットは調子に乗ると、あたしたちが同性カップルみたいなふりをする。とはいえ、あたしとベンジーといっしょのベッドでは寝ない。だれとも寝ない。部屋すら同じにしない。たんに耐えられないんだそうだ。わたしがそのうち男を見つけて、海行きもおじゃんになるかもしれないしね、どう、エラ？　とイヴェット。まさか、とあたしは答える。

ねえ、とあたしはベンジーに言う。訊きたいことがあるの。ベンジー、あたしのアパートで、ずっといっしょに暮らす？

いいよ。

ほかの学校へ行くのよ？　新しい友だち見つけられる？
うん。
ほんと？
うん。
喉がぎゅっと締めつけられる。心臓がどくどくする。ベンジーの手を取る。
おばあちゃんには言わないでね。おじいちゃんにも。
言わないよ、とベンジー。ぼくバカじゃないよ。
下のキッチンで、ママと友だちが笑い合っている。
じゃあ、ぼくが寝るとき、毎晩そばにいてくれる？
うん、あたしは答える。もちろんよ。

森に迷う

夏、シーズン中は、彼は日の出から日の入りまで働く。日の出に出かけ、日の入りに戻る。すばらしい。日の出と日の入りと同じだけの時間走る。いっしょに出発して、いっしょに到着する――若い男と、お陽さまとが。残念なのは、お陽さまがいつも自分の背後にしかいないことだ。朝は西に向かって走るし、夕方は東に向かって戻るから。むろん日の出も日の入りも、なにを手がかりにしてもわかる。だが、お陽さまがミラーに現れるときには、彼はお陽さまそのものを目にできるのだ。そうやって走る――ミラーに目をやりながら。一方のサイド、まん中、そしてもう一方のサイド。毎日数秒ずつ、数メートルずつずれていく。だが二、三の場所では、しばらくずっと見えている。カーブを越えたあと、左側だ、小森のそば、丘の上。場所によっては二つのミラーに同時に映ることがあって、一瞬、目が眩む。ときどき、しだいに頻繁になってきているが、そのあと短く目をつむる。いち、にい。三つのミラーすべてにお陽さまが同時に映っている、と想像しながら。そこになにも意味はない。ただそう想像するのが好きなだけだ。危険がないわけではない、朝も晩も道は混んでいるから。それでも、その二秒間だけは事故が起こらない、と信じないではいられない。

昼間は屋内にいる。ホテルのフロントのカウンターから、湖が見える。水は見えないけれど、岸辺の葦が。葦の揺らぎ、その背後の湖面に反射する光、雲の浮かぶ、あるいは雲ひとつない空。これもすべてがすばらしい。夏はすばらしい。ひどく暑いけれど、ホテルはエアコンが効いている。暮れどきに外へ出ると、たまっていた熱気がどっと押し寄せるのを感じる。そしてまた、ミラーに映るお陽さま。

冬は反対に、ほとんど闇しか見えない。闇のなかを出かけ、到着まぢかでも出発のときとほとんど変わらず暗く、勤務をし、また闇のなかを戻る。そういう生活をしている人は多い。しかもホテル勤めの当初は、夜のシフトしかなかった。求人がそうなっていて、夜間カウンター業務、追加手当として二百ユーロ支給、とあり、自分でも望んだのだった。けれどやはり耐えられなくなった。要は、あなたにはもっと光が必要ということですよ、と医者が告げた。彼が二百ユーロのことを言うと、そうですか、と言われた。それでも結局、思い切って上司に訴えた。せめてときどきは陽の光に当たらせてくれまいかと。

夜勤しかない状態が終わったことは、人付き合いにも役立っていいはずだった。以前は友人がたくさんいたし、いまもそれに変わりはないのだが、夜勤だけのころにはほとんど友人に会えなかった。それ以前は毎晩のように集まって、いっしょに遊んでいた。ビリヤード、ダーツ、ボウリング、バドミントン、週末はサッカー、テニス。よく食べた。ピザ、ハンバーガー、ホットサンドウィッチ。ビールベースのカクテルを飲んだ。陽気な仲間たちで、男も女もいた。彼が昼間のシフトに変わったことで、この付き合いが戻せるはずだった。なのになぜか、戻らなかった。自分でもわからない。いつからか俺にもわからない、受付カウンターの後ろにいる孤独な夜々、葦と湖のさわさわいう音を聴こうとたまに玄関先に出る孤独な夜々のうちにだろうか、日の出と日の入りに走るうちにだろうか、心のなかにしのび込んだ静けさを、彼はもはや壊すことができなくなっていた。仕事から戻ると、床に入って、まだ高校生ででもあるかのように詩を読む（いま読んでいるのも学校時代の教科書だった、まだ持っていた）、いつもではないが。生じてくる静けさはかならずしも安定しているとは言いがたく、言葉が頭に入ってこないこともある。ときには音楽すらも。（なのに洗濯機の音が気に障ることはめったにない。）そんなときには、眠りにつくまでの二時間でも三時間でも、彼は精神を集中し、静けさを壊すまいとする。もっと悪い人生はある。たしかなのは、彼になにが起こったのか、友人たちにはさっぱり理解できないということ、そしてまた彼自身、説明がつかないということだった。

とはいえ、以下の出来事が起こった日は、はじめからしまいまで静けさの出る幕はなかった。しょっぱなに、事故に巻き込まれそうになった。住まいのあるのは街道沿いの、丘のふもとにできた村で、カーブのきわにある彼の家はとりわけ冬、道が凍結するときには危険だった。丘の上からカーブを曲がってきた車がちょうどその場所でスリップし、まっすぐ家に飛び込んでくる。さいわい表に堀割があるので、家屋にまともにぶつけられたことはなかった。記憶にあるかぎり三度、堀割に飛び込まれただけだった。いまは夏だけれど、それでも土地勘がなく、例によって風景に気をとられた旅行者が（せめてゆっくり走っていればいいのだが、反対にスピードを出していて）この日の朝も対向車線をはみ出したとき、彼は自分も寝ぼけまなこで、ちょうど家から車を出したところだった。キキーッと鳴るタイヤ、あちらとこちらでカッと瞠《みは》った目。バンパーとバンパーのあいだに指一本の隙間もない、両方の車線が塞がった、永遠と思われる一分間。続いて、両者は車から降りもせず、言葉も発せずに、少しバックしてからすれ違った。つまりはなにごとも起きずにすんだわけだが、しかしホテルに着いたときにも、彼の動悸はおさまっていなかった。

昼休み、上司が彼を呼び寄せた。

手短に言うとね（これがその女性上司の口癖だった。さて、手短に言うとね）、あなたはうちの最高のスタッフのひとりだわ。仕事は正確で、集中力があって、礼儀正しく、律儀。あなたには全幅の信頼を寄せています。

ありがとうございます、と彼は言った。

ひと言で言うとね、お伺いしたいのは、あなたにフロントのチーフになっていただけないかってこと。これまでわたしの仕事だったけれど、わたしもひとつ昇進するの。受けてくだされば、スタッフ四人を受け持つ責任が生じ、月額三百五十ユーロが加給されます。

ありがとうございます、と彼は言った。ひと晩考えていいでしょうか？

もちろんよ、上司は言った。目にいくらか当惑を浮かべて（それとももう失望したのかもしれない）。彼が考える時間を乞うたからではなかった、時間が要るのは当然だから。そうではなくて話のあいだ、彼がまったく表情を変えなかったからだった。三百五十というと、夜間勤務より百五十多いだけだ、だがそれも最後に思いついたことだった。すでにそれ以前に、なんの驚きも、なんの喜びも、なんの興奮もなかった。いつもどおりの、礼儀正しさだけがあった。

　シフトの残りは、女性の同僚がたばこ休憩から戻るたびに、彼自身も外に出た。たばこを片手に、別の手に携帯を握っているその若い女は、ホテル以外のところで自分の人生を築いている。というかたんにこういう人生か。仕事中でもメールをやめない。長い髪に赤い口紅の、陽気な若い女。上司はメールにいい顔をしないし、この部下の態度も、彼女自身も好いてはいない。彼はどちらに加担する気もない。たばこは吸わないいし、メールもしない、今回のこともだれかにすぐ知らせたり、助言を請うたりする必要もない。ただ灰皿のそばに立つ。湖に顔を向け、ズボンのポケットに両手を突っ込んで。

　帰路、見たこともないほどお陽さまが燃えさかっていて、あらゆるものが真紅の光にひたされていた。この光の洪水とくらべたら、三つのミラーに同時に映るという想像など、なんと他愛ないものだろう。岸辺からあふれ出すまでその存在を知る人もなかった、大河のごとき光。彼は目を開けているのが辛くなり、どっと疲れをおぼえた。しかしこのまま家に帰るわけにはいかなかった。人と会う約束があった。

　彼女はきまって早めに来るし、彼はいくらか遅れがちになる。帰宅して着替える時間はなかったから、このままフロントの制服姿で、ネクタイを胸ポケットに突っ込んでいくしかなかった。汗臭いだろうな、やっぱり。上衣は後部座席にある。人を乗せなければならないと思って見ると、車内はいかにも汚かった。くしゃくしゃになったファストフードや菓子の包み紙。いまもひどく腹が空いていたが、まずは彼女を拾った。

おだやかになった残照のなか、歩道の端に彼女が立っていた。体にぴったりフィットした短いワンピース、ハイヒールの白いサンダル。近づいていくと、あと数メートルのところでそばの街灯がぱっとともり、彼女の銅色《あかがね》の髪がまばゆく輝いた。会うときのつねで、彼女は美しく、ほがらかで、余裕がある。それにこれも会うときのつねで、彼女は休暇中、自分は仕事中だった。来るのは一年に一度、夏にだけ。しかも長時間ではない。なぜなら、いつどこで会ってなにをするか、彼がなんの提案もできないからだ、というのが彼女の言い分だった。彼女は今回、山の上（ほんとうはただの丘。高さ四百メートルもない）の展望台、子どものころから記憶しているばかでかい木造の塔に上りたがった。その塔には、彼は何度かしかたなく行ったことがあった（学校や、大人の付き合いで）。塔はときおりひどく荒れた——落書きされたり、釘がさびたり、しまいには階段が閉鎖されたり。いまはあたらしくなっていると聞く。展望塔まで行こうよ、そこから夜の町を見下ろしましょう。

まずサンドウィッチを買うよ、と彼は言った。飢え死にしそうだ。

彼はファストフードの店で、ハムチーズのホットサンドを買った。

そんなの食べちゃだめよ。それより食事に行く？　それか、いまごろ思いついてはだめね、ピクニックの用意をしてくるんだったわ。遠足よ、ピクニックバスケットを持って。夜のピクニックで町を見下ろす。すてきだったろうな。どうして思いつかなかったんだろう？　ほんとに計画性がないわ。わたしのせいね。

別にいいよ、と彼は言った。いまこれがあるし。

彼が食べ終わるのを横で待ちきれない彼女は、自分が運転すると言いだした。彼は合意した。ひどく疲れていた。彼は助手席にながながと寝そべり、膝をダッシュボードに押しつけ、脂っこいサンドウィッチを口に近づけた。さあひと噛みというところで、チーズがシャツに垂れた。いかん、これはもうぜったいに落ちない、このシャツはおシャカだ。別にいいけど。慣れない車で彼女の運転はぎこちなく、しかもスピードを出すので、彼は胃の腑でカーブを感じた。彼女がペダルを踏み替えるたびに、両脚がまぶしかった。暑いのに目の細かいストッキングをはいている。きらめく脚、きらめく髪。俺より年上なのに、俺より若く見える。彼女は努力していて、俺はしていないから。

このふたりの特別な関係を秘密めかすつもりはない。逆に、このおかしな状況を名前で呼ぼう、ふたりは異母姉弟《きょうだい》なのだ。しかし父親も、またそれぞれの母親も、ふたりが会うことを望んでいない。彼女は三十三、彼は三十。自分たちが生まれた町で年に一度、こっそりと会う。彼は近郊の村で、はやく職を退《ひ》いた父親と同居し、彼女は帰郷したときは、この町に住む母親の家に泊まる。ふたりとも出かけるときには、だれとどこへ行くのかを訊ねられるので、なにかしらを答える。ほほえみひとつですませられるとはいえ、ばかげていることに変わりはない。そんなわけで彼は、彼女と会うのをけっして断らなかった。どんなに疲れていようと、あるいはすでにだれかと予定が入っていようと(以前のことだが)。

二十二時になろうというころで、当然もう暗いが、町はもちろん灯りがついている。ふたりは市立公園のそばを通り、豪雨のとき水浸しになる深すぎる地下道を抜けた。山手の住人は、そのときは町へ出るのが難しくなる。山手には富裕層が住んでいた。プールもテニスクラブも、町でいちばん星の数が多いホテルもそこにある。ホテルを過ぎてからはもう家はなく、森と、展望塔への道だけが続く。

ここで曲がるんだっけ？

と言いながら彼女はもう曲がっていた。森の道には街灯はなく、狭いし、アスファルトも粗くて道端が崩れている。彼女はヒューと口笛を鳴らすと、こりゃヘンゼルとグレーテルだ、と笑った。

どう？　元気なの？　仕事は？

元気だよ、と彼は答えた。また昼間のシフトになったんだ。（疲れはするけれど、睡眠はちゃんととれる。彼女と会うために寝るのをあきらめる必要もなくなった。いつか目を開いたまま寝ていたこともあったな、水浴ができる湖の、岸の芝生にふたりで腰を下ろしていたとき。ジュースに集まった雀蜂がボトルの中で溺れ死に、彼女のまばゆい体が、お陽さまを浴びてくるりくるりと回転していた。）ちょっと楽になったよ。ただ残業は増えたけど。たとえば今日も、上がろうというころにイタリア人の団体が来て、それがひとり残らずイタリア語しか話せないんだ。イタリア語がわかるのは僕だけだというんで、しかたなく残った。でもじつのところ、たいしてできやしない。なんとかなりはしたけど、とても上出来とは言えなかった。できないも同然だった。昔はあんなに好きな外国語《ことば》だったのに。

しかたないわよ、会話する相手もいないんじゃ、と彼女がなぐさめた。イタリア人なんてめったに来ないものね。最後にイタリアに行ったのはいつだった？

疲れすぎていて、計算する気も起こらなかった。ずいぶん前だ、それだけはたしかだね。やりなおしイタリア語みたいなＣＤがきっと出ているだろうから、出勤のとき聴くといいんだけど。

そう言って、言った刹那《せつな》に確信した。そんなCDを買うことはぜったいにないだろう、と。自分はなにをはじめても、終えるはるか手前でやめてしまう。思わず指の関節に目をやったのは、途中で挫折したいくつかの職業教育のひとつで、極細麺《バーミセリ》を刻んだことを思い出したからだった。ナイフ、指の関節。あれもときどきチェックしてみないといけないんだ。極細麺《バーミセリ》が俺にまだ刻めるかどうか。

塔が右手に現れた。明るい、黄色っぽい木造の建物。徒歩で行く短い小径がついていた。闇のなかに、ピクニック用に木製のテーブルとベンチが二つあるように見える。彼女は車を道端に停めた。白いハイヒールのサンダルで、暗い小径を歩く。これじゃダメね、と彼女が自分を笑った。しばらくするとふたりの目は闇に慣れ、足は小径に樹皮のチップが敷き詰めてあることを感じ取って、石や木の根につまずいて転ぶ心配もなくなった。あちこちで木々がきしみ、風を感じないのに梢がさわさわと鳴る。闇のなかの葉ずれ。なにをするにも暗すぎる。新月だ。姉は空を見上げた。彼女の住んでいるところはいつも空が明るくて、ほぼ一年をつうじて星は数えるほどしか見えない。ここに来るとおびただしい星が見えるのがつねだった。今日だけは違った。低い白い靄のような雲がかかっていて、それだけだった。

まだ着かないうちに、ふたりは塔が閉まっていそうな気配を感じた。それでもあきらめず、行くだけ行ってみないではいられなかった。やっぱり。閉まっている。木造の塔、木製の階段、鉄格子の扉。まわりにも落ち着けそうな場所はなかった。そこの子ども広場の木の列車に座るか？　それともシーソー？　彼女ならそうするかもしれない。もし彼女がここで、じゃあシーソーしましょうよ、と言ったら、彼はシーソーをするだろう。自分からはぜったい提案しないけれど。まっ暗な森のなか、姉とするシーソー。だが、彼女はそんな提案はしなかった。ふたりは車に戻った。しばらく中にいましょう。車で話をするのもいいわ。

再度、なにか変わったことはあるかという話題。こんどは彼女について。

変わらないわ。夫とやっている事務所はうまくいっている。ストレスもあまりないし、あっても生産的なストレス。子どもをつくろうかという話が出ているけど、それはわたしたちっていうより、まわりがつぎつぎと親になっていくからね。自分たちはまだ踏ん切りがつかないの。(彼女には、子どもができると醜くなって不幸せになるのではないかという不安がある。だがそのことは、夫以外にはだれにも漏らさない。)

で、ご両親は元気?

彼女がそう訊ねるのは、もちろん、父親がどうしているかを知りたいからだ。しかし彼は毎回ほとんど母親のことばかり話す。彼の母はとっくに父とは離婚して、そのあとすぐ病気になり、労働不能を認めさせるために闘い、引っ越してあたらしい男と暮らし、その男とも別れてまた引っ越して、車を買った。それがこの車なのだが、母親はとちゅうで月賦が払えなくなった。それで彼が自分の古い車を売り、母親の車を引き取って、いま支払いをしている。だから母親が出かけたがるときには車で連れていってやるのだが、それでも不満な顔をされる。なぜなら彼は昼間はずっと留守で、母ぐらいの歳で夜に出かけたい人間はそういないから。

彼女はほほえむ。彼は父親について報告することを忘れてしまった。彼もまた、彼女の母親のことをけっして訊ねない。父は彼の母親といっしょになるために、彼女の母を捨てたのだ。母なら元気よ、ありがとう、と彼女は心のなかで言う。母は健康で、仕事もあるし、暮らしていくお金もある、飲んだくれたりいびきをかいたりする亭主もいない。たったひとつ、してはいけないのは、三十年前に別れた夫を思い出させること。そうしたが最後、母はたけり狂ってしまう。わたしが家を飛び出してその晩戻らず、翌日、娘にまた会えたことに母がほっとして、そうやってやっと落ち着く。

（わたしたち、親より長生きしましょうね、と彼女は去年言った。

先のことはわからないよ、と彼は言った。）

もうひとつ、今日は出来事があったよ。昇進することになった。

ほんと？

たちまち彼女が火のように昂《たかぶ》った。手も髪も脚も動きはじめ、全身がまばゆく輝いた。昇進はいいわ、キャリアアップっていいことだわ、少なくとも「なにかものにしなきゃ」。チャンスをつかむの、可能性をぜんぶためしてみるの。与えられた枠のなかで、あるいはそれを超えた、あたらしい枠で。それいいわね！

枠がどうとか、なんのことかさっぱりわからなかった。それ以前にもう、キャリアという言葉を耳にしたとたん、そんなものは望んでいないとはっきり思った。フロントのチーフにはならないだろう。四人の部下と三百五十ユーロの加給。キャリア、なんて言葉だ。

どうだろうな、と彼はさぐりを入れながら言った。どうなんだろう、かなりのストレスだよね、それに見合うだろうか。

彼女はふたたび、いわゆるポジティブなストレスに言及した。ポジティブなストレスってあるのよ。

彼はうなずいた。なるほど。そりゃあるよね。わかるよ。

（ひとつのレクリエーションから次のレクリエーションへ目まぐるしく移った。サッカーのユニフォームを脱いだら、こんどはワイシャツ姿になって、ほかの連中がもうビリヤードホールで待っていた。ちょっと知っている女の子がいて、気になっていた。〈女の子〉と思ってしまうけど、いまやみんな立派な大人か。結婚して離婚した者もいるし、子どもがひとり、どうかするとふたりいたりする。その子どもたちに会うまでにはとうとう至らなかった。）

もしかしてあなたには、もっとストレスが必要なのかもよ。彼女が隣で言った。

そのとたん、猛烈な怒りが衝《つ》き上がって、全身が熱くなった。彼は唇を噛んだ。脂っこいチーズの味。顔がまっ赤になっているだろう、間違いない。白いシャツの襟の上の、まっ赤な顔。三十歳。すでに髪が薄くなりかけている。

彼女はまったく鈍感なわけではない。彼が落ち着くのを待った。窓の外の暗い森に目をやり、しばし待ってから、こう訊ねた。

あなたの夢はなに？　いちばんなにがしたい？

（なんにも。日の出と日の入りをじっと見ていたい。一日のうちのその数分のため以上には生きていたいと思わない。食べないですませたい、なにも。眠りたい、想像の生き物のように。日の出と日の入りを見るときだけ目覚め、それからまた眠る。それをくり返す、永遠に。）

大きな声で言った（怒りを長引かせず、また彼女と話せるようになるためだけに）、サンドウィッチ店かな。さっき行ったところみたいな。ホットサンドの店。

するとやっぱり、彼女は即座に乗ってきた。熱くなれる人なのだ、彼女は。サンドウィッチ店ね、いいじゃない！　理想を言えばもちろん、さっき寄ったようなネオンピカピカの、べとべとの屋台みたいな店じゃないといいわ。そうじゃなくて、イタリアンバーみたいなのよ。上等のエスプレッソマシーンがあるの、毎日閉店時に三十分かけて掃除しなきゃだめ、みたいなとこ、それではじめておいしいコーヒーが淹れられるっていう。あともちろんトラメッツィーノね、あなたの言うホットサンドよ。でもその店ではトラメッツィーノっていうの。焼き野菜をはさんだ一品もあって、それはアンティパスト入りトラメッツィーノって名前にする。イタリア人の旅行者も少しはやってくるから、あなたはイタリア語をしゃべるのよ。そのうちだんだん口コミでひろがっていく、イタリア人がほかのイタリア人に話して、やがてイタリアからの旅行者が、わざわざあなたの店のためにこの美しい小都市に足をのばすようになる。でなくても訪れる価値のある町だもの。いつかある日、同じぐらいの大きさのイタリアの小さな町とこの町とが姉妹都市になったりして。そしたらイタリア男がこっちの地元娘に恋をして、地元の男がイタリア娘に恋をするかもしれない。あなたもそうなった暁には、わたしにはイタリア人の甥や姪ができることになる。

彼女はまた声をあげて笑った。愛らしいその輝き、目の、唇の、頰の輝きに、彼は怒りを解いて、自分もかすかにほほえみを浮かべた。

それとも、もうだれかいる？（つまりは女が。）

彼はほほえむのをやめた。いまのところいないよ。

残念、彼女はため息をついた。それからふたりとも、ある人のことを考えた。七年のあいだ彼の恋人で、婚約者にもなったが、最後に去っていったアンドレアのことを。

アンドレアが去ったのは、彼が夜に働いて昼に寝ているからだった。そして目覚めているときはろくに口をきかず、その上いっしょにいられるはずのわずかな時間に、自活のできない彼の両親の世話にほとんどかかりきりだったからだ。金のことは言わずもがな、あれやこれやとしじゅう無心された。薬に診断書に修理代、なんの役にも立たない無駄な買い物。財布の底までさぐられるけど、それもよしとしよう。でもどうするのよ、いつかわたしたちに子どもができたら？

姉は当時、アンドレアの立場がわかると言った。

彼は当時もいまも、こう言った。連れ合いは、いっしょにそういうことに耐えるものだ。どんなことでも？　どれだけ長くても？　永遠に続いたらどうする？

永遠に続きなどしなかった。

七年は短くないわ。もしあのままだったら、かれこれ十年よ。そしてこれからどれだけ続くかわからない。

（彼女はふたりに共通の父親に仕返しをしたいだけなんだ。父親が彼女のそばにいなかったからって、と彼は思って、こう言った。）なにかほかのこと話さない？

ふたりは黙ったまま座っていた。十秒か、二十秒か。まっ暗な森、空。

そのとき突然、どこからともなく、いや下だ、町のほうから、けたたましいエンジン音がし、ぱあっと強い明るい光が射した。でかい車だ、こっちに走ってくる、ライトが、車が向かってくる。こっちの方向どころではない、もろ自分たちめがけて。きっと目の錯覚だろう、どうせぎりぎりすぐそばを猛スピードで通り過ぎるんだ。だが、そうはならなかった、こっちめがけて迫ってくる、猛然と、でかい音で。そしてなにがなんだかわからないうちに、轟音とともに衝突が起こった。彼らの車は前へ押し出されて、道路から落ちた。樹皮チップが敷き詰めてある塔の小径のほうでなく、その隣の斜面のほうへ。ハンドブレーキは引いてあったし、彼女は反射的にブレーキを踏んだが、ずるずると滑り落ちた。さいわい遠くまでは落ちず、まもなく途中にあった木にぶつかって止まった。頭上に、依然明るすぎるライトをつけたまま、衝突の勢いで道をななめに塞いだ車がいた。巨大なジープだった。

エンジンをかけたまま、運転していた男が飛び出してきた。目の上に手をかざし、おおい、と呼ばわったが、車のそばを離れず、こちらには下りてこない。それどころか体を返してジープを一周し、助手席に回ってドアを開け、だれかと話している。

だいじょうぶ？　と姉が訊ねた。怪我はない？

怪我はなかった。彼女にも怪我はなかった。ドアも開けることができた。

おおい、ジープの運転手ががなった。さっきのように突っ立って、手で目《ま》びさしを作っている。スキンヘッド、白ズボン、なにか文字の書かれた白シャツ。ステレオタイプだ、絵に描いたみたいな。

ライトを消してくれない？　と姉ががなった。ライトを消してよ、なんにも見えないわ！

スキンヘッドはエンジンを切り、ほとんどのライトを消すと、また現れてがなった。

道のどまん中に停めやがって！　どまん中だぞ！　ライトもつけず！　頭おかしいんじゃねえか！　ライトもつけず道のどまん中に！

言うことはそれだけ？　靴に入った土をふり落としながら、姉が叫んだ。車がどうなってるか見えないの？　怪我はないか訊くもんでしょう！

怪我はないか？

どうやら、ないわ。

ジープの男の女友だちはいっこうに出てこない、車内で震えているのだ。男が警察を呼んだ。

ここで彼も車から外に出た。彼が乗っていた側のほうが斜面にふかく懸かっていたので、立っているには車で体を支えなければならなかった。手探りして前に行き、木とぶつかったところを見た。ボンネットに食い込み、まるで木が車から生え出たようになっている。おシャカだ。車はおシャカだ。

だいじょうぶ？

明日はこれで出勤するしかない。

保険かけてる？

保険かけてるかだと？　彼はがなった。なに考えてんだ？　かけてるかって？　俺が？　保険を？

彼は車に手を掛けながら登り、両手を使って斜面にかじりつくと、四つん這いで這い上がった。道に達すると同時に、勢いよく走りだした、下に向かって。

待って、と彼女が叫び、どこへ行く、とジープの男も叫んだ。ここにいろよ、いなきゃいかんぞ、警察がいまに来る。だが彼は、町の方向へ坂道を駆け下っていった。俺はまだ速く走ることができる。トレーニングしていないけど、それでも。山の下りはじき膝にくるけど、別にいい。彼女のほうは、ハイヒールではとうてい追いつく見込みはなかったが追いかけようとした。四つん這いになって斜面を上がり、道に戻った最初の一歩でアスファルトの端にけつまずき、足を挫いたが、なんとか転ばずに、あとを追って走った。

ジープの男は狐につままれたようだった。こいつらなにやってる。これ、現場逃亡じゃないか！ てめえらトチ狂っ……

ハイヒールのサンダルに急な坂道。カンカンと音を鳴らし、あるいは足を引きずり、つまずきながら彼女は走った。そのうち勢いがつきすぎて、足を滑らせて転んだ。両足が前に滑り、尻もちをつく格好。尻と腿のストッキングが破れ、皮膚がすりむけたのを感じた。ヒールはどっちみちもうおしまいだ。それに較べれば皮膚の傷はたいしたことはない。砂利が肌に食い込んでいるけど、また落ちるだろう。彼女は道にへたり込み、スカートをずり上げたまま、彼の名を呼んだ。姿はもう見えなかった。かわりに、ジープの男がこっちに向かって坂を下りてくる。走ってはいない、ひょっとして手を貸しに来ただけかもしれない。彼女は座ったままサンダルを脱ぎ、片手にぶら下げると、立ち上がってまた坂を駆け下りた。粗いアスファルトで足裏が傷だらけになったが、それに気づくのは翌日のことになる。ジープの男はそのまま立っていた。置いてかないでよ、と女友だちが叫んだのかもしれないし、本人が悟ったのかもしれない、こいつらに関わっても無意味だ、と。

彼女は道が大きな通りに合流するところまで下りてきた。彼の名前はもう呼んでいなかった。（彼はペーターで、彼女はペトラといった、とひと言紹介はしておくべきだろう。）息が上がっていて呼べなかったのだ。明るく照らされた道は、ひと気がなかった。彼女はスカートを下ろして、スリップを隠した。サンダルを手に提げたまま、また下っていった。
遠くないところで彼を見つけた。スイミングプールの柵のきわに立っている。そこから少し町が見える。だが彼は町ではなく、夜間は閉まっているプールの敷地を眺めていた。隣にテニスセンターがある。こんなところで彼も若いときにはテニスをしたのだった。希望に満ちた才能ある人間だったときに。

彼は青い水を一心に見つめていた。青いのは、槽の壁に青いタイルが貼ってあるからだ。いっとき、彼女のことを忘れてすらいたかもしれない。なんにしても先刻から彼女の声は聞こえなくなっていた。サンダルを持って並ばれて、はじめて気がついた。後ろの道をパトカーが二台、丘を上がっていった。

（きみは運がよかっただけだ、と彼は思った。俺より運がよかった。だからといって、もちろん咎《とが》めてるわけじゃない、だけどお気楽なことが言えるのは、そういうことだからだ。）

お金を貸してあげられるわ、と彼女が言った。たいした額ではないけど、足しにはなる。

要らない。しばらくはいいとこの原付きを使える。

（原付きで見る日の出。）

何時？

そろそろ十一時よ。

（あと七時間だ。）

シャツが破れちゃってる。

（ほんとうだ。どうしたんだろう？　別にいい。どのみちおシャカだった。トラメッツィーノ《ホットサンド》、プロシュット《ハム》、フォルマッジョ《チーズ》。)別にいい、と声に出した。たんなる物だ。

彼は彼女をまじまじと見た。破れたストッキング、汚れた両の手。それでも変わらずまばゆく輝いている。身だしなみがよくて、ゆとりがあって。彼女に怒っているのではなかった。そんな理由はない。ただたんに、彼女は違う世界の人だということだった。(ごめんよ。だけどそうなんだ。俺に必要なのは、俺と似た人間だった。)

なんとかなる、と彼は言った。まだ三十だ。人生のさかりはいまからだよ。

ほほえみながらそう言ったのは、原付きのバックミラーに映る朝陽を思うと心が静かになって、そして自分たちは結局なんの関係もないんだ、と得心がいったからだった。そしてそう腑に落ちると、また心が解かれて、彼女を赦してやった。赦すことなど、そもそもなかったけれど。

彼は言った。上に戻るほうがよさそうだ。

彼女は言った。いっしょに行くわ。

靴、履いたらどう?

ポルトガル・ペンション

朝六時十五分に目覚めた。七時〇〇分まで待って、恋人にショートメールを送った。

おはよう、美人さん!

返事はなかった。ちょうどいまごろバスルームなのかもしれない(彼女のシャワーの浴び方。お湯を前半身だけにかけるから、長い金髪は濡れない。その髪が目に浮かぶ、腰のくびれとお尻、そこがお湯で赤味をおび……エロすぎる、やめろよ)、それともとっくにツアー客の世話に出ているのかも(それなら髪をひっつめて、おとなしいメイクをしているはずだ。色のかげんで唇がややきつめな感じになるが、大きな青い目をしているから、いつも印象はやさしい)。

彼女の名前はインドラ、彼はマリオ。彼女は二十代の終わり、彼は三十半ばで、体に締まりがなくなってきている。Tシャツと、ワイシャツもしだいに腹まわりがきつくなってきた。なにかしないとまずい。部屋はどこも家具でいっぱいで、マリオは安楽椅子を二つ動かして、二平方メートルのスペースを作った。マットがあるといいのだけど、持っていない。絨毯に、下は板張りの床。絨毯はアンティークで、床も同じく。肋骨を床につけよう、むかし柔道をやっていたころの、伸びの運動からはじめるか。もつれた毛玉よろしく縮んで固い彼の筋肉は、縮んで固い腱につながっていて、古いとも綱のようにギシギシいった。最低限も動かせなかった。関節と床板が競い合うようにポキポキ、ギシギシ鳴る。中からも外からもガタが来てるな、体といっしょに家も伸ばしてるぐあい。だめだ、とてもできない。もっと易しいのにしよう。腕立て伏せ、これなら苦しいだけですむ。汗がたらたらと右腕を伝い、手首のほうに垂れた。彼は四つん這いになった。猫のポーズよ、できるでしょ？　インドラはヨガをしている。彼女のお気に入りはねじりのポーズ。はじめてふたりが寝たとき、彼女がその前にしてみせたのがそのポーズだった。しかもまさしくこの場所だった、絨毯のここ。やってみる価値はある。彼は座った姿勢になり、右脚を左のももの外側に置いた。下になった左脚を曲げようとしたとたん、刺すような痛みが膝からももを伝って背中に走った。どこか攣《つ》ったのか、脚はそれ以上曲げることも伸ばすこともできない。凄まじい痛みだった、たぶん人生初の。燃えさかる矢、しかも痛みに休みがない。マリオは息ができずに喘いだ。助けてくれ、僕は固まっちまった。人生最大の激痛だ。長い数秒が経って、ようやく背中から後ろざまに倒れ、脚をほどくことができた。背中の引き攣りは続いていた。

続く十五分は、絨毯に転がったまま、起き上がれる程度まで痛みがひくのを待った。焦燥の汗に痛みの汗が加わり、露出しているところは肌に絨毯の毛が貼りついた。彼は口で息をしていた。想像してみろ、毎日自分の体を産まなきゃいけないとしたら、これだぞ。

さいわい椎間板ヘルニアでもどこかの裂傷でもなかったらしく、しばらくすると立ち上がることができた。シャワーを浴びるとほぼよくなった（わずかな痛みがその後数日続きはしたが）。だが鏡に映った縮れっ毛は、またくしゃくしゃに乱れている。乾くととくにそうだ。赤い髪だが、はやくも色が褪せて薄くなりかけている。若いときは肩まで伸ばしていたもんだ。ついたあだ名が〈いばら姫〉。マリオはほほえんだ。

砂糖入りコンデンスミルクを入れたミルクコーヒーとチョコクロワッサンの朝食をとると、二階に下りて、一号室のゲイカップルを送り出した。

滞在はお楽しみいただけましたか《ディッドユー・エンジョイ・ユアステイ》？

かたわらにスーツケースを置いたふたりと、廊下で中身のない話をにこやかに交わした。双方でそれが二回くり返されたとき、ヘロインのあばずれのドアが開いた。

うるさいわよ《ドンビーソーラウド》！

細く開いたドアの後ろにヘロイン女が下着姿で立っているのを、マリオだけがちらりと見た。ゲイカップルはドアの隙間から、ぱらりと垂れた茶色とオレンジの縞の長い髪だけを見た。

すみません《ソーリィ》、マリオとゲイカップルは言った。

髪がまた引っ込んで、ドアが閉まった。ヘロイン女はバーで夏だけのバイトをしている。夜に働いて、昼間は眠る。はじめは自分の部屋で、ついで庭に出て日光浴用のデッキチェアで。頭から足の先までチョコレートなみにまっ茶色で、ミイラみたく痩せている。くるぶしの内側になにかの刺し痕がたくさんある。ほんとうにヘロインをやっているのかどうか確証はないが、いつもあれだけぼうっとしているのは、きっとなにかあるのだ。マリオとゲイたちは残りの挨拶をひそひそ声ですませた。気をつけてお帰りを。ご友人にうちをご推薦ください。

カップルが去ると、マリオはそれぞれの部屋の前で聞き耳を立てた。ほかはもう残っていなさそうだ。イギリス人カップルはたぶんもう出かけただろう、デンマークの中年カップルがいないのはたしかだ。ゆうべかなり帰りが遅かったけれど、オーストリア人元教師もいない。最近年金生活に入った男だが、それ以来がぜん精力的に動き回っている。気がつくとマリオは、ヘロイン女のドアの前ではなるべく音をたてないよう、息まで詰めていた。いくらなんでもこれは気のつかいすぎか。マリオはふうっと息を吐くと、ゲイカップルが泊まった部屋に入った。

一号室はいちばん暗い部屋だが、いちばん広い。ダブルベッドが二台入っていて、マリオは同性どうしの旅行者にはかならずこの部屋をあてがっている。ほらやっぱりな、ベッドはひとつしか使われていない。刺繍入りの枕カバーにふたりの頭の跡が残っている。この刺繍入りリネンのシーツは、母が生前に買い集めたものだった。入っていたイニシャルによれば、もとの持ち主はA・Jという人。ベッドのほうはこれまたネオルネサンス様式のオーク材で、おびただしい彫刻が施してある。一台は花のモチーフに童子《プット》の姿や顔を彫ったもの、もう一台はベッドエンドのどまん中に、怒りの形相をした年配の男の顔がある。偏見のない客（つまり最小限のユーモアはありそうとふんだ客）なら、マリオは両者の違いに言及しておき、それぞれお好きなベッドを選んでくださいと話をする。当然、ゲイカップルが選んだのは童子のほうだった。ふたりの愛はさぞかし強いか新鮮なのだろう。あるいはどちらも眠りについてはうるさ型ではないのか。なにしろベッドは古く、形式も古くて、長さも幅も短い。人間がもっと小柄だった時代のものなのだ。

彫刻のくぼんだ部分は木の色が暗いのがふつうだが、たとえば掃除が行き届いていなかったりすると、そこに灰白色の埃がたまる。賃貸の入居者のひとりに掃除を頼んでいるが、あの女は掃除婦としては最悪だ。洗濯をして絞り機にかけるのはどうにかこなすが、掃除は得手でない。わたしは自宅みたいにすみずみまで掃除してますよ、と彼女は言う。ただ、こういう古い家具ってのは、あまりにも厄介ですよね。マリオはとくべつに家具掃除用の筆ブラシを買ってやった。だからいま筆は彼女のところにある。あの女は口にこそ出さないが、気狂いじみた装飾の家具を何時間もかけて筆で掃除するなんてまっぴらごめん、とひとり決めしているのだろう。マリオはゲイカップルが使ったハンドタオルを手にすると、彫刻部分の埃をできるかぎり払った。ついでシーツもはがした。使ってなさそうなベッドのほうも。万が一ということがある。

掃除をまかせている入居者《おんな》は三階に住んでいる。マリオは、シーツとハンドタオルを突っ込んだ洗濯物袋を引きずって階上《うえ》に上がった。いない。袋を部屋の前に置く。今日は干さないこと、とメモを残しておかなければ。それと掃除用筆ブラシのことがある。やっぱり会って話そうか。

三階まで来たついでに、向かい側の小ぶりの住居に入っている中国人の男ふたり（同僚というふれこみ）のドアで、聞き耳を立てる。物音ひとつしない。最後に見たのはいつだったろう？　一抹の不安がよぎる。その拠り所は、ありていに言ってマリオ自身の空想だった。彼らは自分たちは同僚だとしか言わない。ほんとうは恋人どうしで、ここで同居しているのは、故国でそれができないからではないか。だからあんなに悲しそうな目をしているのだ。というか、最後に見かけた三週間前までは。そういう理由《わけ》か、あるいは休暇旅行に出ているかだ。ふたりで。いつものことか。僕には関係ないよな。家賃さえ払ってくれれば。（もしふたりが永遠に消えてしまい、なのに家賃も永遠に払いつづけられていたら？　そんなことがめったにあるもんか。また空想してしまった。）

さらに上がり、自分の住まいを通り過ぎて、屋根裏へ上がる。屋根裏部屋の半分は物干し場で、あとの半分は家具置き場になっている。ここで遊んでいいとはじめて言われたのは、僕が五つのときだったな。（そのとき父はもう五十を過ぎていた。それがどういうことか、いまようやくわかる。）夏ここに来て、風の通るなか、すばらしい香りを放つ洗濯物のあいだに立つ。不滅の体験だ。洗濯物がロープに掛かってあっちへこっちへばたつき、暑いときはたったの二時間で乾く。八月には毎日シーツが替えられていた。いまでは長期滞在の客は週に二度。

母はシーツやクロスを集め、父は家具を集めていた。ネオルネサンス様式ひと筋だった。おびただしい彫刻に飾られたオーク材、ときに胡桃材の大型家具。廊下に置く配膳台付きの食器棚、これにはライオンの頭部やドラゴン、角笛を吹く童子が彫ってあった。この前に座り込んでいたっけ、長いこと。そして童子たちとライオンやドラゴン狩りに出かけた。もうひとつ、前に座るのが好きだったのが、父のコレクションでもっとも小型ながらもっとも価値が高かった、ナイトテーブルだった。全面黒檀仕上げで、象牙の象嵌《ぞうがん》がびっしり施されている。扉中央の象嵌はヴィーナス、マルス、アモールの姿。両親はきまってアルモールと発音していた。マリオは長いこと、昔の学校ではそう習ったんだろうと思おうとしたが、このごろ親たちが間違っていただけなんだとついに自分を納得させた。上品でいい人たちだったけど、アモールも知らなかったんだ。

アンティークの家具は、自分で修理しないかぎり、いい投資にはならない。だけどわが家は投資をしたわけじゃなかった、コレクションだった。利発なマリオがはじめて、税務署の手前、家具を売るつもりがあるかのごときふりをしたのだった。マリオのコレクションの大部分は、自分の法律事務所に調度した家具だった。獅子足の事務机、書棚、会議机、それに付属する玉座のごとき高椅子八脚、うち二脚は肘掛け付き、六脚は肘掛けなし、いずれも背板に彫刻を施し、座面には赤いビロードが張ってある。マリオは何時間も、事務机の引き出しの鍵を回してみたり、巨大な会議机のひとつの椅子から別の椅子に移ってみたりしてよく午前中を過ごした。またときどき（少なくとも日に一度は）事務机に敷いた緑の革製デスクマットにじっと頬をつけた。自分でもやりすぎだと思ったが、やめられなかった。子どものころの迷信じみた遊びと似ていた。毎日少なくとも一回はやらなくちゃいけない、でないとなにか知らないけど悪いことが起こる。あるいは、いまうまくいっていること（人生）が、これまでどおりにいかなくなる。これまでどおりがいいのだ。僕は幸せな子ども時代を過ごした。

　ネオルネサンス様式の事務室家具はざらに見つかるものではなかったから、三人みんなが喜んだ。彼はそのあとも二種、スペイン様式とアールデコ様式（アールデコが僕の様式ってことになるな）の事務室家具をそれぞれ揃いで買って、とりあえず屋根裏に運び込んだ。その後自分の住居用にも家具を買ったが、またぞろ買いすぎて、余りはやはり屋根裏に上げた。それらの家具の一部は、両親の住居を改装して、ペンションの客室といま中国人が借りている住居に変えたときに使った。入居者が出ていって、彼の隣の小さめの住居が空くと、そこにも調度を入れた。隅柱轆轤《すみばしらろくろ》仕上げ天蓋付きベッド、そしてドレッサー。すばらしいご婦人用の住居に仕立て上げて、そしてみごとにもくろみは当たった。インドラと知り合ったのだ。

このところ買っていない。たんにもう置き場がないのだ。買ったものも多くはそのままで、屋根裏に上げたときの、解体して番号を打った板の状態で置いてある。家具職人が各部に書き込んだ太い文字。売る前に組み立てないといけないが、そのためのスペースがない。組み立てずみの家具がまず出ていかないと。主に衣装だんす、ベッド、キリスト十字架像。人生に必要なものばかり。ベッドを買ったら、もれなくその上に掛けるキリスト十字架像が付いてくる。今日三時に買取商が何人か見に来ることになっている。四年経つが、相続税をまだ払ってない。

　遅くできたひとりっ子だった。それでも三十にならないうちにふた親を亡くすとは思っていなかった。父は七十六で、母はまだ六十七だった。父が死んで二か月後に母が死んだのはどうしてなのか？病んでいたわけでもないのに。まったく理解できない。

　おまえのせいだろ。おまえだよ。両親が中二階におまえの法律事務所を作ってくれた。おまえがその中にじっと座って、ほっぺたを緑の革のデスクマットに押しつけ、どうやってここから抜け出そう、この嘘に殺される前に、と思っていたからだ。いっぱしの弁護士を演じるのが得意だったからだ（その前は優秀な生徒を演じた。いつもいつも。だがずっと感じていた、自分はなんでも知っている、だけどなにも理解してはいない、と）。ほんとうは暗記して憶えられるものなど、ずっとうんざりだった。そして完璧にアンティークで揃えたオフィスに踏み入ると、とたんに気もそぞろになった。しかも秘書ってやつのなんといううざったさ！　スタッフの前ではいやでも仕事のまねをするしかなかった。暗いオフィスを出るに出られず、ようやく昼になると、ながながと昼休みをとった。まるでこれがスタイルだと言わんばかりに。洗練された流行のスーツに身を包んで、ぶらりと行きつけのレストランに入り、そこにあるものを、トリュフ・レモンバターの自家製リングイネとかを食べる、飲み物はワインの炭酸割り、あとからエスプレッソ。だがそれも終われば、戻っていくしかない。そして、依頼人はほんとうにやってくるのだ。だれもが避けて通れない、法律にかかわる個人的案件。われわれはそれで食っている。気が狂いそうに退屈な、避けて通れない事柄。だが、それならおまえはほかになにがしたいのだ、息子よ？（と円卓のアーサー王は訊ねた。ほかの騎士たちは黙ったまま思いやり深い目をした。）僕はダンディに（騎士じゃなくて）なりたいんだよ。夕方からの自分でいたい、一日中。だらしない望みだとは思うよ、褒められたことじゃない。まともな人間なら、こんな僕を支えてやろうとは思わないだろう、どんなに愛していたって。マリオは思い切って世界を旅することとすらしなかった。思いついたのも遅すぎたのだ。いい息子、賢くてまじめな息子を演じることに懸命になって、法律事務所を開いたりもしたけれど、その前にほかになにができるかも考えなかった。法律事務所を開いておいて、それでは世界旅行に出かけますでは、さすがにぐあいが悪い。この順番では。ある日マリオはつくづくと思った、自分が自由になれるとしたら両親が死んでからだ、と。それからいくらもせずに、父が心筋梗塞で死んだ。父母はちょうど海辺の別荘に滞在していた。母とふたり車で帰ったときのことを、いまもありありと憶えている。町の方向へ、日没の方向へ走りながら、彼は――幸せだった。自分が愛する人が、自分を愛する人が、未亡人になって、いま隣にいる。これまで考えることもできなかったことが、これからもっとできるようになる。

これに即して、彼はこれまで以上に有能な弁護士を演じることに全力を傾けた。演じていた、仕事に忙しい謹厳な人間を、それぱかりか、すこぶるつきの思いやりのある人間を。毎日かならず母のもとを訪れて、ありとあらゆる世話を焼いた。ATMにひとりで行かせることすらしなかった（以前も父母は用心のためにいつもふたりで出かけていた）。そしてマリオがだんだんと自分に、自分のしていることの欺瞞に、その欺瞞が自分のみならず母をも追いつめて暗い檻の中に閉じ込めてしまったことに、怒りにも似た後悔を感じはじめた矢先に（美容院に行くのに現金が要るからATMにいっしょに行ってほしい、と母が僕に頼まなければならないような状況は、まともではなかった）、母が死んだ。あの女が掃除に入って見つけたのだった。これも僕たちのあいだのしこりになっている。彼女が僕よりはやく母を見つけたことが。

あれから四年経ち、マリオは両親の住居だったところをペンションに改装し、そこに有り金を注ぎ込んだ。あなたは、相続税を払わなければならないことを忘れていらっしゃったのですか？

忘れていた。だが学問を修めた弁護士がもちろんそんなことを認めるわけにはいかなかった。税務署の彼の担当は女性で、ヴァムブートといい（どうしてこんな名前があるんだろう？）、話のわかる人だった。

ヴァムブートさん、問題は、あの建物そのものに修復が必要だってことなんです。

ふうむ、そうかもしれませんね。ここでいう相続税は、修復前の建物のみを対象としていますから。修復費用がのちの納税に適用できるかどうか、いずれ調べておきましょう。

わかりました、とマリオは答えて銀行へ行った。担当はゼーヴァルト（だったかヴァルトゼーだったか）という女性で、直近の納税申告書を提出して収入証明をしてほしいと言った。四年前のしかない。またヴァムブートさんのところに舞い戻った。

ヴァムブートさん、と言ってマリオは短い脚を組んでみせた。このウェーブした赤い髪、この白いワイシャツ。ヴァムブートさんを籠絡《ろうらく》できないか？　確信はない。とてもフレンドリーだし、なにか、うん、どうも僕を好いているような。僕に母親のような口をきく。母親であるはずはないけれど。ヴァムブートさん、どうしましょうね？　じつのところ、現金はまったくないんです。

わかりました、アマーデオさん、おっしゃるように、家具を売却しないのは市況が好転するのを待っているため、というのでしたら。でも、あなたの法律事務所はどうなっています？　経費だけで、収入が発生していないのはなぜでしょう？

私がいま開業していないからです、それでふたりの弁護士に事務所を貸していたんですが、つい最近これも出ていきまして。（どうやらふたりともごろつきだったんだ。いっしょにやれなかったはずだ。藪から棒に、共同事務所もやめる、オフィスも引き払う、ときた。翌朝行ってみると、古い地球儀が床に転がっていた。父が生前に買ったやつ。一九四四年製で、ボヘミアとモラヴィアがドイツ帝国領になっていた。その地球儀がこなごなに砕け散っていた。ようやくひとりを電話でつかまえたけど、しらじらしいこと言いやがって。ぼくがオフィスを出たときは地球儀は机にまだありました、だと。）ですが、いまちょうど新規で関心のある人がいて、交渉しているところです。（しかも事実だ。名前はカミーラ。学部の同期だった。メモだ——電話すること、つかまえておくこと。）

ではあなたのペンションはどうです？

ペンションではありません。宿泊客用の部屋と二戸の住居を貸しているんです。

食事の提供はなさっていますか？

朝食を。

魚、サラダ、ステーキ、アルコールも？

たまに出しますよ。いままで文句が出たことはありません。

生活するには家賃収入で足りるはずだ、とふつうは考えられるところですが、いろいろ投資なさった結果、最低限の生活費を下回る利益しか出せていないのですね。

そういうことでしょうね。なんとかやっていますが。

相続税もその他の税も払っていらっしゃらないということを除けば、ですね。

ヴァムブートさんはすこぶるフレンドリーに、もし納付なさらないなら、銀行口座を凍結し、最終的にはおたくの建物も強制競売にかけることになるでしょう、と説明した。彼の当たった官吏がヴァムブートさんで、人をつるし上げることに無上の悦びを感じるタイプでなかったことは幸運だった。彼など苦もなくひねり潰すことができたろうに、ヴァムブートさんは屈辱的なしかたで通告する必要すら感じていないらしかった。彼女の関心は、両方が生きのびられるような解決策だった。というわけで、こう提案されたのだ。はじめの一歩として、善意を示すために家具の大半を売却してください。それからまたお目にかかりましょう。（それと、ここだけの話ですが、自分用の食料品をペンションの必要経費に計上してはいけません。いますぐおやめください。）

そういうわけで、今日買取商が来る。

そうこうするうちに十二時になった。買い物をしておかねば。宿泊客には朝食をつけている。はじめは、なんてことはない、宿泊客はそう食べやしないだろうと思っていた。ところがたくさん食べるのだ。毎日バター一箱。以来、保存のきくクロワッサン、マーガリン、安めのジャムを買っている。保《も》ちがいいものだ。それと長期保存できる脱脂乳を一本、冷蔵庫に。あとは粉コーヒーとティーバッグ。いままで文句が出たことはない。

スーパーは総合スーパーで、衣類やおもちゃや電化製品は安っぽく見える。だが肉や魚はまるで絵に描いたみたいだ。（つまりどうなんだろう？　同じ目で見ているのに、プラスチック製品は安く、魚はよく見えるってのは。）エスカルゴもある。インドラの好物だ。というかまあ、僕らはこれで親しくなったのだった。一晩中雨が降った翌朝だった。中庭の草のなかに蝸牛《かたつむり》がいた。マリオはそのとき自慢げに、蝸牛を料理できるよと話した。もちろんここにいるやつじゃなくて、クレタ島名産の養殖のだ、トウモロコシ粉で中からきれいにしておいて、タイムを餌に与えたもの。まぁ、と彼女は言って、それで彼は――いっぺんでとりこになった。蝸牛で吐きそうになったりしない女性。翌々日、マリオはインドラの部屋の扉を叩き、自宅のキッチンに呼び寄せて、昼前からブイヨンとワインでことこと煮込んだ大鍋のエスカルゴを見せた。彼女は金髪を肩の後ろにかき上げ、指を舐め、その指をパンで拭い、そのパンを食べた。そしてパンがまだ口にあるうちに続けてワインを飲んだ。ワインにひたされた、タイムとニンニクとオリーブオイルのついたパン。ワイングラスについた唇の跡と、テーブルの下に伸びた長い脚。彼よりも八センチ背が高いが、そういうこともあるものだ。気にせずハイヒールを履いてよ、とふたりで外出するときに彼は言う。むしろ履いてくれよ。ハイヒールの女性は、裸でつま先立ちして歩く女性に匹敵する美しさだからね。とはいえ、ふたりで外出することはあまりない。彼女はしょっちゅうツアーに出ていて、こちらにいるときは、家にいて彼の作る料理を食べたがる。タンゴを踊りに行ったことが一度あったが、汗だくになるわね、というのが彼女の言だった。

エスカルゴ、ワイン、パン。真夜中にいっしょに食事をして、シャワーも浴びずに眠る。そうだ、僕にも幸福はある。

帰宅して見ると、洗濯物袋はまだ部屋の前に置かれたままだった。（てことは、一号室のベッドメイクもまだということか？ そうだ、そういうことだ。）マリオは買ってきた物をぜんぶ左手に持ちかえて、右手で洗濯物をつかんだ。自室に戻って荷物を下ろしたところに、下で呼び鈴が鳴った。一号室の新客だ。特別なお客だ、だれでも特別だけど、これはほんとうに特別。というのは、ポルトガル人なのだ、つまり自分の同国人。マリオは顔を輝かせながら、その女に挨拶した。（残念ながら僕のポルトガル語はもううまくない。それともはじめ難しいだけかな。舌が慣れてくるまで。）ポルトガル女性のほうも大喜びで、やっぱり顔を輝かせた。大きなオレンジ色のリュックサックを背負っているから、小さく見える。じっさい小柄だ。身長百六十五センチ未満なのはたしか、それにショートヘアだ。そのかわりにゆたかなまつげ。一長一短、か。なんでもそうだ。モデルのように美しく、花崗岩のように硬い――これはインドラだ。この小柄な女は、経済専門学校を卒業した言わば若手マネージャーというところ。本式に働く前に、まず世界を旅しているのだという。ひとりで？ ひとりです。マリオは彼女にベッドを見せた（童子たちと怒った老人とを）。うちの家族のコレクションだったんです。申し訳ないんですが、ベッドメイクがまだでしてね、僕がいま急いでやります、一分でできますよ。じつはもうひとつ申し訳ないことがありまして、明日小さいほうの部屋に移っていただかなければならないんです。デンマーク人が泊まっている部屋のことだ、ここには明日またゲイカップルが入ってくるから。彼女はどれもなんの問題もない、と言った。若くて融通がきくんだ、この女は。うん、そうですよ、僕はここで生まれたんです、ポルトガル語は両親と祖父母が話していたのでね。お上手ですね、と彼女は言った。

　ここが庭です。

　小さな方形に、草類《グラス》、夾竹桃、ドラセナ、無花果《いちじく》、そして鉢植えのオリーブ。デッキチェアが二つ。ひとつには予想どおりへロイン女が寝ている。顔の上に載せていた麦わら帽をちょっと持ち上げて、まただれがしゃべってるんだという感じで見た。（帽子で隠しても顔は体と寸分変わらずダークブラウンに灼けている。）

　お元気そうですね《ユールックグッド・ディアー》！　とマリオは呼びかけた。

　彼女は世辞ににたりとすると、また顔を覆った。

　マリオは若手マネージャーに目くばせした。ちなみに名はアデリア。とてもすてきなお名前ですね。

　アデリアの到着は、この日の波立った水面をまた少しおだやかにしてくれた。気持ちのいい女性だ。マリオは心がなぐさめられて、部屋を出た。階段の踊り場で出くわしたのはインドラで、気分はいっそうよくなった。

ダーリン！

ハロー。

インドラは疲れて不機嫌に見えた。書類がのぞいている重い革のショルダーバッグを肩から下げ、手に赤いハート形のクッションを持っている。

これ、あげる。

ハートのクッション？

そう。

（わざわざ買ったのか？　彼女が？　ハートのクッションを？　それともホテルのプレゼント？　なんでもいい。僕に持ってきてくれたんだから。）

頭が痛い、と彼女は言った。

上がっておいで、コーヒーを淹れるよ。イタリアン？　フレンチ？

早くできるほう。

マリオは湯を沸かし、コーヒーメーカーに粉を入れた。インドラが上目づかいにちらちらとこちらを見る。いらついている。抑えが効かないのだ。だがこれでももちろんこらえているのだ。第一に、慣れたから、第二に、これ以上早くしろと言ったってどのみち無理だから。インドラはカップを手に蛇口に近づくと、できたコーヒーに冷たい水を入れ、早く飲めるようにした。ポットは五分もしないうちに空になった。二人前ポットとはいえ。

もう一杯淹れようか?

ええ。砂糖はある?

こんどは砂糖入りをいくらかゆっくりと飲んだ。頭痛用の錠剤もいっしょに。

コニャックも合わせて飲むといい。

ムリ。仕事中よ。

と言いつつ、彼女はコニャックを飲んだ。

よくなった?

ほんとはもう一杯飲みたいところだけど、飲んだら酔っ払っちゃう。はやく薬が効くといいけど。

かわいそうに。

マリオはほほえみながら彼女を観察した。疲労困憊のていで、歳よりも老けて見える。いまなら僕らはちょうど似合いだ。ミドルヒールの黒いパンプス、肌色のストッキング。仕事だからしょうがない。

椅子に腰をかけていては、抱き合うのは難しい。マリオはとりあえず彼女の手だけを取った。冷たく、いくらか湿っている。手に汗をかいてるのか?

調子がよくない?

よくないもなにも。こんな短時間のために。やっとのことで抜けてきたのよ、ものすごいストレスだった。ばかばかしい。行きに三十分、帰りに三十分。

マリオは彼女の手に口づけた。

インドラは自分が添乗している団体の予定を並べたてた。今朝、午後、夕刻、明朝、午後、夕刻、明後日の朝出発。自分もいっしょに発つ。

いつ戻ってくる?

水曜日。

夕食にまた来ない?　エスカルゴを買ったんだ。

いま話したでしょ、団体といっしょに夕飯しなくちゃいけないって。あと二十分。さっとシャワーを浴びるわ。

インドラは立ち上がったが、バスルームではなくドアのほうに向かった。

ここでシャワーしないの?

自分とこに行くわ。……なにそれ?　なんでついてくるの?

いま言ったよね、あと二十分あるって。

だから?

いや、それだけだけど。

あのね。シャワーも浴びさせてもらえないの?　まったく。ここまで走ってきたのよ、気も狂わんばかりで。昼ご飯もパスした、がんがん頭痛はする。そりゃわたしだって、どこへ行ってもみんなを満足させて、だれにも不足が出ないような人間になりたいわよ、だけどだめ、ムリ。悪いけど《ソーリィ》。

いいんだ、と彼はインドラをひとりで部屋に行かせた。ドアを閉める前に、今夜せめて客が寝たあとで、もういちどこっちに来れないかと訊ねた。

考えておくわ、という言葉のうちにドアが閉まった。

待ってるよ！　ドア越しにマリオは叫んだ。

彼女は出かける前にまたドアをノックし、ふたりはキスを交わした。そのうちはやくも家具の買取商がやってきた。

三人招いたが、来たのはふたり。

ひとりは五分後に帰っていった。

もうひとりはじっくり見て回った。

分解してあるんだな、とその買取商は言った。

ええ。分解しないと運搬できませんからね。

だが分解できないものもじゅうぶんにあった。たとえば男が関心を示したベッド。

まあ、これなんか、娘にでも買ってやるか。むろん修理が必要だが。

どこを修理する必要があります？

ここ。

胡桃の化粧板にほんのわずかな疵《きず》があった。脚のそばの隅っこに。買取商は、もとの値段の十分の一の値を言った。（それは覚悟していた。わかっている。どんなにうまくいっても半値以上がつくことはめったにないと。だけど。三人招いたのなら、当然おたがいに競り合ったりするだろうと思っていたのに。）しばらく交渉してから、もとの買い値の四分の一に落ち着いた。これではなんの助けにもならない、だがどこかではじめるしかないのだ。踏ん切りをつけるしか。娘にでもだと。馬鹿にしやがって。おまけに臆面もなく、額をひとつおまけに付けろときた。どうしていやだと言わなかったんだ？　不安だった、いやだと言ったらベッドも買わなくなるんじゃないかと。額はさっさと持ち去られた。ベッドのほうは二時間したら人が来る。百ユーロ札一枚を手付けだと言って置いていった。

運送業者を待っているあいだに、マリオはエスカルゴを火にかけ、シーツを洗濯して干した。作業員に見られるだろうが、しょうがない。それにしてもあの入居者《おんな》はどこへ行った？　もしや休暇に出たとか。断りもせずにか。とんでもない話だ。正式な雇い人とは違うが、家のことをしてもらうことになっている。洗濯も掃除も。しかもぜんぶモグリだ、これもやめないとまずい。あの女を経費で落とせるようにしないと。でないとみんなが困ることになる。（といっても彼のほうがより困るのだが、そう利発でもなさそうだから、あの女は判断できないだろう。とはいえ、わからんぞ。頭はよくなくても、こすっからいかもしれない。）

運送業者は予定より早く来て、見るからに急いでいた。礼儀もへったくれもなく階段をどかどかと駆け上がり、何語かわからない言葉でしゃべり合い、分解して番号を付けてあった家具が運び出しの邪魔になるとわかると、荒っぽい手つきでどかしはじめた。

ゆっくりやってくれ、ゆっくり、とマリオは言ったが、聞く耳を持たない。男のひとりは体からタマネギの匂いをぷんぷんさせていて、洗いたての香りのいいシーツが心配になるほどだった。マリオは買取商に電話をかけた。

おたくの連中、そうとう仕事が荒いんですが！

すぐ行く、と買取商は返事した。

電話は一分もかからなかったが、作業員がベッドに運搬用ベルトを掛け終えたのはもっと早かった。礼儀はゼロだが、プロではある。電話を切ったときには、作業員はとっくに階段に出ていた。そしてマリオが屋根裏部屋のドアを閉めて出たまさにそのとき、階下でものすごい音がした。わめき声、ののしり声、さらにまたわめき声。

なにがあった？

ベルトがずれて外れたのか、だれかがつまずいたのか、結局わからなかった。作業員は話すのもわめくのももっぱらお国言葉だった。ベッドが二階と三階のあいだの階段に斜めに挟まって、動かなくなっていた。前の角は壁に穴を開けて食い込み、後ろの脚の一本は、階段の手すりの子柱から突き出している。もう一本は折れてよそに転がっていたが、マリオがそれを見るのはもっとあとになった。まずもって頭を占領したのは、ベッドの下方、客室に続くドアのすぐ前でうずくまって、手の怪我にひいひい言っている作業員のことだった。怪我のなかったもうひとりは電話している、おそらく救助を呼んでいるのだろう。マリオはフレームによじ登ってベッドを越えた。傷めた手はひどい挫傷で、陥没をおこし、切り傷から出血して同時にひどく腫れている。中手骨《ちゅうしゅこつ》を骨折したようだ。

いかん、とマリオは言った。待ってて、氷を持ってくる。

氷なんてあったっけか？　保冷剤は？　製氷室に入ってたか？　どれもはっきり憶えがない。冷凍グリンピースぐらいはあったか。

なにもなかった。カチカチに凍った肉、魚の切り身、ブロッコリーだけ。なにができるか。冷凍ブロッコリーを手にすると、怪我の男のもとへ飛んでいこうとした。階下からまだ騒ぎ声がしている、悪態のようだが、ひとりがもうひとりをなだめているだけかもしれない。もうひとつ別の声、あれは買取商だ、じゃあやっと着いたんだ。

マリオがベッドのところに来たときには、二階の踊り場にはもう作業員の姿はなかった。音から判断するに、たったいま下で家を出ていったところだ。

おおい！　マリオは叫んだ。おおい！

ここにいるぞ！　買取商が返事した。

やけにのんびりと、悠々と階段を上ってくる。マリオは冷凍ブロッコリーの袋を手に、ベッドのフレームの中に立っていた。灼けつきそうに冷たい。

買取商は歯のあいだからヒューと口笛を鳴らした。

なんでまたこんなことに？

わからない。そばにいなかったんで。ものすごい勢いだった、尻に火がついたみたいな。このあとなにか予定があったんですか？

もうなくなった、と買取商は言った。

まるっきり平然としていた。携帯を取り出すと、なんの問題もない、慌てるな、運搬はあたらしくおれが手配するから、と電話口で言った。そして次にマリオに背を向けるとまた電話し、こんどは低い声でぼそぼそとしゃべったので、ひと言も聞き取れなかった。

悪かったですね、と買取商は言った。腰を屈め、また起き上がると、折れたベッドの脚を手にしていた。

僕の責任ではない、とマリオはすばやく言った。おたくの作業員だ。

わかってますよ、大丈夫だ、と男は言った。すぐ人が来ます。

ベッドの脚を持ったまま、これを上衣のポケットに入れようかどうしようかと考えているふうだったが、結局踏み段の上に置いた。

問題ないですよ、いいですね？

そう言うと出ていった。マリオは灼けつくブロッコリーを持ったまま、ベッドフレームの中に立っていた。おい、ちょっと待って！

心配せんでいいよ！　というような声が下からして、玄関扉が閉まった。

どうしたらよかった？　やつが去るのを押し止《とど》めるか？　そんな権利はない。

買取商は出ていき、ベッドは二階と三階のあいだに挟まっていた。掃除をさせている女が戻ってきたら、ベッドを越えないと上の住居には行けない。彼女がトランクを持っていたら。買い物袋を手に提げていたら。母親を連れていたら。愚痴をたらたらこぼすにきまっている。

それにこんなときに限って中国人が戻ってきたら。（いたって運が悪いのが僕という人間だ……）

そしてインドラは。

二階の泊まり客に影響はない。ベッドを見られることのほかは。

すると図ったかのように、ヘロイン女が部屋から出てきた。こいつが仕事に行くような、もうそんな遅い時間なのか？　五時半。ヘロイン女は仰向くと、階段に引っかかったベッドを眺め、中に立っているマリオを見た（まあ、ブロッコリーだけはもう手に持っていなかったが）。そしてなにごともなかったようにハーイ、と言うと、階段を下りていった。

マリオはベッドをひとりで動かそうとした。下に立つほど馬鹿ではないから、上の踏み板で足を踏ん張って、引っぱろうとした。もちろんびくともしない。ベッドに登って下におり、表通りに出た。右へ左へきょろきょろした。そうしたら業者が早く来るとでもいうように。

早いも遅いもない、仕事帰りの車が走っていくだけ。

買取商に電話した。出ない。いまにも卒中を起こしそうだ。やつめ、このまま放り出す気だ。やつはちょっと考えてから、ベッドの脚を置いていった。おシャカになったがらくた、ただのがらくたただってことか。修理が必要だと。買った値段の十分の一で、人に修理をさせようってのか。それに壁が！

まずい、カッカして汗だくになって、縮れっ毛を額にはりつけて喘ぎながら廊下で悪態をついているなんて。泊まり客が見たらどうする。マリオは気を取りなおして、ふだん自分が家具を屋根裏に運ぶときに使っている業者に電話をかけた。ひとりつかまったが、俺もう試合に向かってるんでね、と言うなり切れた。

試合って？

サッカーだろうか。

サッカーを観るために仕事の依頼を断ったのか？

きっとそうだ。

考えられるか？　なんて連中だ。ときどき理解を超えるとしか言えなくなる。生き方も、考え方も。試合に行っちまう。人のベッドを階段に放置してトンズラ。こんな人生をどうやったら乗り切れるんだろう。なにかいい考えはありませんか、ヴァムブートさん？

若手マネージャー、アデリアが戻ってきたときには、マリオが損害報告のために呼んだ警察官ふたりが、カメラと紙挟みをしまって帰るところだった。もちろんベッドは落ちた場所でそのままになっている。警察の担当ではないのだ。

アデリアが心配そうに訊ねるので、マリオは買取商の、その業者の、そして自分の業者の恥ずべきふるまいのことを話した。

手伝いましょうか？　ふたりでやったら動かないかしら。

ふたりじゃ無理です。それにあなたは女性だ。

それでもやってみましょう。

しょうがない、じゃあ あなたは上に行って引っぱってください、僕は下から押します。（なんといっても僕は男で、家主で、そしてこの呪われた日の呪われた主人公だからな！）

彼は押し、彼女は引いた。動かない。

そこへ年金暮らしの元教師がやってきた。痩せ男で六十を過ぎているが、これが驚くほどの力持ちだった。そうしてふたりがかりで押すと、なんとベッドは上に動いた。壁と手すりがギリギリともののすごい音をたて、一度など若手マネージャーの足首がフレームに挟まりかけたが、いったん外れると、少しも重くなかった。

三人はベッドを屋根裏部屋に戻した。


十字架像がたくさんあるのね、アデリアが言った。

ええ。古いベッドには古い十字架像がつきものだと思うんでね。

信仰をお持ちなの？

それもあります。

わたしの祖母は、まだ壁に聖水用の給水器まで取り付けていましたよ、とオーストリア出身の元教師が言った。

ああ、うちもでした。

うちもだわ。

三人はそろって微笑した。


マリオはふたりを夕食に招いた。エスカルゴとパンとワインに。（インドラはわかってくれるだろう。）おふたりにお返しできる、最低限のものです。

いまからタンゴを踊りに行くつもりだったんだと、ふたりは言った。

ふたりで？

ええ。

元教師がタンゴを踊るのは知っていたが、アデリアもとは？

彼女ははじめてだった。

えらくはやく親しくなったもんですね。

元教師がにたりとした。

先に食べて、それからタンゴに行ったらどうです。

それもそうね。

やっぱりエスカルゴとあってはね。元教師は、長い人生のなかで何度かエスカルゴを食べたことがあった。アデリアは一度も食べたことがなかった。


エスカルゴは煮汁の中で絶妙の頃合いになっていた。これ、いまが完璧ですよ、正直言って、こんなにうまくいったのははじめてだ。

ここでまた、はじまるべくしてエスカルゴ談義がはじまった。どこで、どんなふうにして云々。

今回はいつもとどんなところを変えたんです？

ぜんぜん。いつもと同じようにやっただけですよ。

エスカルゴでも何年物みたいないなのが、あるいは豊作とか不作とかがあるのかなと、オーストリアの元教師が首をひねった。

もちろんありますよ。

アデリアはポルトガル人なのに、エスカルゴを食べたことがないのはどうしてだろう？

たんに出てこなかっただけ。

子どものころにだれがなにを食べたか。

週末と祝日の朝食にプディングが出たというのは、マリオとアデリアが同じだった。

元教師は、宿泊しているデンマーク人に聞いた話をした。海岸線がこんなにも長くあるのに、デンマークでは豚が好まれるんだ、と。


老人と若い女はよく食べ、よく飲んだ。アデリアは酒は一滴も飲まなかったが、オーストリア男はその逆で、一本目のワインはすぐ空になった。食べながら部屋を眺めた。家具や壁の絵画を。歴史的な市街眺望図の版画。一七五五年の大地震の前と後のリスボン。

じゃあこれは？

うちの家紋。

家紋があるの？

うん。四つの隅にあるのは、それぞれ四つの先祖の家紋からとった象徴。祖父が自分の好みでこの四つの名前を選んだんだ。十字架と五つ星はそれぞれ宗教的な象徴。ライオンと木の生えた山は力と勇気、持続と所有地を表す。王冠はポルトガルの王家に嫁ぐ権利があることを示している。

わお、とアデリア。

オーストリア男がかんだかい声を出した。いまどきはネットで簡単に家紋を注文できるがね！

もちろん。昔もそうだよ。うちも家紋を作らせたんだ。ここにあるのは、いま言ったように祖父が作った。

玄関わきに掛かっているプレートに刻まれた〈弁護士〉。あれってあなたのこと？　とアデリアが訊ねた。それとも同じ名前の親戚？

僕だよ。

弁護士でペンションの主人なの？

悪い？　面白ければなんでもやるさ。

男としてかねがね知りたいと思っていたんだがね、と年金暮らしの元教師が若手マネージャーに水を向けた。あなたは若い女性だ。どうなんだろう、パートナーを選ぶときに、相手の男の職業は関係するものかな？　あなたは弁護士と宿屋の主人と、どっちだったら付き合ってもいい？

（クソ野郎。）

そうねえ、とアデリア。母は言ってたわ、あなたを貶《おとし》めない男を選びなさい、って。祖母はこう言った、どうでもいいよ、女は結局どのみち下女なんだから。この二つから考えるに、答えはこうよ。パートナー選びに、職業はたぶんいちばん重要な要因ではない。

じゃあ外見は？　と元教師はさらに訊ねた。

（とんでもないバカ野郎がどんな職業にもいるってのは、いつ知ってもショックなものだ。）

テーブルの食事はほぼ食べ尽くされていたが、ふたりはいっこうに腰を上げない。マリオはほほえみながら失礼と言って、キッチンに行った。冷蔵庫に残っていたものをおおかたさらえる。ソーセージにチーズ、皿にあったオリーブ五粒まで。すべて木の皿に並べてから、インドラに電話をした。小声で話した。先方はがやがやしていたが、インドラも小声で話そうとしている。

どうしたの？

なにも。ただ、僕らが、きみのエスカルゴを食べてしまったってことだけ言おうと思って。

なに言ってるの？　だれがなにをしたって？

お客さんふたりがだよ。きみのエスカルゴを。招待したんだ。手伝ってくれたから。

なんの手伝い？

長い話だ。またこんど話すよ。

マリオ、どうしたの？　酔っ払ってるの？

ちょっと酔ってるかな。あとで寄る？　エスカルゴはないけど。ごめんね、でも僕はいるよ。

マリオ、言ったでしょう、行かないって。こっちでお客さんと夕飯するって。終わったらホテルの自分の部屋で横になる。まだ頭痛がするのよ。おまけにそっちがぐでんぐでんになってるんなら、悪いけど……

ぐでんぐでんは言いすぎだ……

なんにしてもよ。楽しんでちょうだい。また電話できるときにするわ。いいわね？

ああ、とマリオは言った。きみに会いたいよ。

マリオと客人はチーズとソーセージも食べ尽くし、ワインをまたひと瓶空けた。元教師は見るからに酒がまわっていたが、それでもタンゴバーに行くと言った。自分は、エミール（というのがオーストリア人元教師の名前だ）は、やると言ったことはかならずやりとげるんだ、と。ふたりはそのままの格好で出かけた。教師はサンダル履きで、アデリアはジーンズとスニーカーで。マリオはまず、いっしょに行こうかどうか迷った。次に、シャツを着替えるまで待ってと頼もうかどうかも。結局どちらもやった。新しい白いシャツ、黒いシューズ。

壁と手すりのひどい疵のそばを通り過ぎた。あらためて目にすると、疵は巨大に見えた。胸が痛い、まるで自分の肉が裂けたみたいに。もうこのなにもかもに、気が変になってしまいそうだ。めまいがした。エスカルゴが腐っていたのでないといいけど。ひとつ腐っていればこと足りる。

下の通りは臭かった。風向きが悪いと、角のガソリンスタンドがここまで匂ってくる。この場所の欠点だ。三十五年。この建物を売却したらその収入で死ぬまでやっていけるだろうか？　だけど、客を迎えてシーツを替えるのが、僕がほんとにいちばんやりたいことなんだ。そしてあの屋根裏が、僕の心の居場所なんだ。家具は犠牲にするしかない。ヴァムブートさんの言うとおりだ。

そのヴァムブートさんがにっこりとうなずいた。男といっしょだった。たぶん夫だろうが、むろん見ただけでは判別できない。ヴァムブートさんはカウンターの高いスツールに腰かけ、黒いタンゴシューズを履いた足をぶらぶらさせていた。男は後ろに立っていた。黒と白のブラウスに黒のスカート。網タイツではないが。

ヴァムブートさん！　こんなところで！

ヴァムブートさんはにっこり笑ってうなずいたが、なにも言わなかった。マリオはそそくさと奥に行き、彼女が見える、しかし彼女からこっちは見えないところに立った。ヴァムブートさんと後ろの男はカウンターを動かない。彼女がタンゴを踊るところを見られるだろうか？　踊りを申し込もうか？　それでは馬鹿すぎるか。その間に退職教師は若手マネージャーと踊っている。彼女の動きはぜんぜん悪くない。だけど教師のほうはまるでお化け蜘蛛だ。パートナーを奪うのは上品なやり方ではないが、やつも嫌とは言わないだろう。マリオは出ていって、アデリアに相手を申し込んだ。元教師は引き渡す必要はないのだが、にたにたして彼女を譲った。額に汗が浮いていて、カウンターのほうによたついていく。あそこにヴァムブートさんはいるか、いないか。マリオはそっちを見なかった。アデリアの上半身を、タンゴのやり方に則って抱きしめた。アデリアは少し体を硬くしたが、総じてうまくリードに合わせてくる。ふたりは一曲を最後まで踊りきると、もう一曲踊った。アデリアもこんどはなにか飲みたがった。ヴァムブートさんと男はもうカウンターにいなかった。アデリアは水ばかり飲んでいる。

こんなときに携帯を見るのは礼を欠くが、マリオはそれでも見た。インドラがメッセージをよこしていた。

失礼、マリオはふたりに言った。エミールがにやりとうなずいた。

いまあなたのドアの前よ、とインドラがメールしていた。どこにいるの？　そしてありがとう、死ぬほどくたびれているわたしに足を棒にさせてくれて。クソ男！

マリオはフロアの端から教師に向かって、行かなくては、と合図を送った。そして駆けだした。走りながらインドラに電話した。

すぐ行くよ！

そりゃいいわね。こっちはもうホテルよ。

じゃあまた戻ってきてくれ！　五分で着く、十分で！

頭おかしいんじゃない！　もうベッドに入ってるのよ。それになに、わたしって人間をなんだと思ってるの？　夜じゅうあなたのために行ったり来たりなのよ！

じゃあ僕がそっちに行く！

やめて。ここ入れないし。

ならこっちに来てくれ！

あのね、聞いてないの？　いやだ、って言ったでしょう！　答えはもう変わらないって！

きみはいつもいない。いつも出かけている。いつもお客さんといっしょだ。自分の生活ってものも必要だろう！

今日二度行ったのよ。もっとなにをしろっていうの？

すまない。悪かったよ。だけどどうしようもなかった。死にそうな日だったんだ。

インドラはそれきり口をつぐんだ。マリオは走りつづけた。電話で自分の息の音を聞いた。なにか言わなくては、でもなにを。

聞いて、とインドラが言った。これじゃあんまり中途半端だから。

（なにか言わなくては。だがなにも思いつかない。）マリオは走りに走った。あの角を過ぎたら、すぐ家が見える。

ちょっと……ちょっと止まってくれない？　それじゃあ話せない。あなたが走っていては。

わかった。

マリオは立ち止まった。

止まったよ。

膝に手をついた。息がひゅうひゅういっている。家はそこだ。

止まってるよ。

聞いて、とインドラは言った。ごめんなさい。じかに会って言いたかったの。電話じゃなくて。水曜日には戻らない。水曜日も、そのあともずっと。もうむりなの。わたしたち、わたしたちの生き方……ストレスなのよ。ストレスでしかないの。もう終わりにしたほうがいい。……もしもし？　……なにか言ってよ？


マリオはひと言も言わなかった。〈切〉のボタンを押した。携帯を手にしたまま家に向かった。彼女はもうかけてこなかった。

四階まで上がった。躊躇わなかった。その足で彼女の住居に入った。天蓋付きのベッド、衣装だんす、ドレッサー、チェスト。個人の持ち物はひとつも残っていない。バスルームにもなかった。きょう引き上げたのか。それともとっくの昔にここにはなにも置いていなかったのか？　あの女ならきっと知っている。ここも掃除してるんだから。あの女がなにもかも知っている。だがあの女はいない。

マリオはインドラの天蓋付きベッドに体を横たえた。インドラが留守のときは、マリオはシーツを週に一回替えさせている。戻っているときは、彼女が自分で週に二回替える。自分のベッドでなく、彼のそばで眠ったときも。

マリオはふたたび立ち上がり、自分の住まいに行った。食卓に夕食の残骸が山になっていた。片付けをし、捨てるべきものは捨て、洗い物をし、けさ引き攣りを起こした絨毯から掃除機でパンくずを吸い取った。ベッドはインドラが夕方最初に来たあとにシーツを替えておいたが、横になることはしないで、下の事務所に下りていった。

通りに面した窓のブラインドが下りていた。居心地が悪い。ブラインドを上げた。街の灯り。事務机を照らす。マリオは肘掛け椅子に腰を下ろし、緑の革のデスクマットに頬をつけた。


もしもし？

もしもし、カミーラ？　僕だよ、マリオだよ。あの、知らせたいことがあって。いまちょうど、うちのビルで住居がひとつ空いたんだ。四階なんだ。下が法律事務所で、上が住居になってる。その住居のほうにも空きができたんだよ。これ、ぜったいきみが興味を持つと思って。

マリオ？

うん。

夜中の一時よ。

あっ！　起こしちゃった？

うーん、まあね。いいのよ。ありがとう、電話してくれて。住居はどのぐらいの大きさ？

すごく大きくはない、単身用だね、でもなんにしても、はじめはそれで……きみに知らせそこねちゃいけないと思ったんだ、万が一……

そうね、と彼女は言った。ありがとう。また話しましょう、ね？　あした。それかあさって。

ああ、きみさえよければ、いつでも会えるよ。僕はたいていこの近辺にいるから。事務所をもう一度見てくれてもいい。入れたければ現代風《いま》の家具を入れてくれてもいいし、いまあるのを使ってくれてもいい。好きなようにしていいんだ。

わかったわ、とカミーラという名の女は言った。ありがとう。また連絡するわ、それでいい？

いいよ。マリオは言った。ありがとう。そしてごめん。おやすみ。そしてごめん。電話してね。じゃあまた、いいね？　近いうちに。

布巾を纏《まと》った自画像

スイス人の教師がわたしに自転車を譲ってくれた。だれかから預かっていたか、もらったかした自転車だけど、彼は乗る気はないという。こんな、バカと悪意がスピードと狭さに出会うところではね、と。要するにこの町の往来のことだ。バカと悪意がスピードと狭さに出会う——彼が自分で作った文で、えらく自慢げにしている。同じ文をフランス語で、それからもう一度イタリア語でくり返す。わたしに教えを垂れるという感じはなくて、自分で言って楽しんでいる。あなたはほかに何語を話します？　ポーランド語、とわたしは答える。彼はちょっと顔をしかめる。それを除いたら、善良そのものの人だ。わたしは彼に向かってほほえむ。このスイス製自転車の難点は、ちょっと特殊な型なので、パンクしないよう気をつけなければならないこと。タイヤチューブの替えはここでは手に入らないから。大切にします、自分の目の玉ぐらいに、とわたしは言う。

その言葉どおりにしている。これまでのどんなものよりも、ここの暮らしを楽にしてくれたから。自転車に乗るようになって以来、毎朝、そしてよく夕方も幸せな気持ちになる。道路の下に川沿いの径があるのを見つけた。遊歩道としてつくられた径なのだろうけど、この径を走っていて、いままで散歩している人に出会ったためしがない。川は道路より五メートル低いところにある。ゆったりした流れ。上の往来はやかましいけれど、下の川は静かだ。はじめに自転車を持って三十六段の階段を下り、最後にはまた持って上らなければならないけど、それだけの価値はある。

自転車に乗ったはじめての日、それがここで幸福に酔ったはじめての日。

その前に幸福に酔ったのは、フェリックスがわたしを妻と呼んだ日。

その前は、わたしがベルリンに来た最初の日。

その前は、八年生を終了したとき。そしてその前は、夏の夜、たぶん七つだったと思う。たいがいの人が寝静まった街を父母といっしょに歩いていたとき、ふいに目の前に、街灯のしわざで、どこかの庭の影が家の壁に映っているのにでくわした。人目につかない、ふだん通りからは見えない庭が影になって映っていて、そのまま歩いていくとわたしたちもその中に入っていき、わたしたちの影も巨大になった。わたしは林檎の木と同じぐらいの大きさに。立ち止まって、つぶやいた。ああ、ずっとこのままでいられないのかな。

幸福に酔った五つの瞬間？　フェリックスは言って、片方の口角をつり上げる。

いままでのね！　とわたしは威勢よく言う。（あなたはどう？　あなたはいくつあげられる？　訊きはしない。第一に、答えなんて聞きたくもないから。なにを言うかどうせわかっている。第二に、こういうことからきまって喧嘩になるから。この男は笑うってことができない。もっと怒ることならできるけど。どのみちいつも怒ってる、怒るのならできる男。）

ひとりは不機嫌で、もうひとりは怖がり屋。後者がわたしだ。大きな音や突発的なことが、わたしには骨の髄まで響く。それも最近のことではない。子ども時分からそうだった。家の前の通りはどの門の陰にも犬がいて、通るたびに吠えると知っていたのに、毎回毎回心臓が縮みあがった。サンダルを大きな音でバタバタさせて走り抜けて、犬たちを怖がらせようとした。そんな歩き方をしないといけないの？　と祖母と母が言った。レディはそんなふうに歩くもんじゃないわよ。わたしがレディだったことがあるだろうか？　それにいまやもう、レディになることは金輪際ない。

自転車の初日に喜びに浮かれたのもつかのま、また心臓が縮みあがった。橋の下の川べりにホームレスが住んでいたのだ。だからだれも散歩しないのだろう。おまけにわたしが通る最初の橋の下は暗く、敷石には土が被っていて、その土からなにか白く光るものがのぞいている。ガラスの破片だったらと思うと、自転車のタイヤが気が気でない。しかも見ると、壁ぎわにマットレスを寄せて、男がいる。長く伸びた黒髪とひげ、白目を剝き出した男。終わった、と思った。ここはもう通れない。マットレス、男、ガラスの破片、じゅうぶんすぎる。第一に危険だし、それに不躾ってものだ。自転車で他人《ひと》の部屋のどまん中を走り抜けていくなんて。次の次の橋の下で、またたれかの住まいを通り抜けたとき、まだそのことを考えていた。こっちは明るくてきちんとしている。三人が暮らしているみたい、男ふたりと女ひとり。さっきの男はなぜここでいっしょに暮らさない？　どちらが危険だったり病気だったり協調性がなかったりするんだろう？　破片のある湿った暗い場所のひとり目か、それともここの三人か。

おまけに径の終わりまで来て自転車を持って階段を上がっていったら、そこの歩道に交通取締りの警官が立っていて、こんどこそ失神しそうになった。膝ががくがくして、斜めにした自転車を支えていたけど、そのまま手を放したいくらいだった。自分も、自転車も、そのまま後ろざまに落っこちたいくらいに。最悪の場合どうなるか——命はとりとめるけど、背骨が折れて、頭を階段の角で打って、そこへ警官の顔がぬっと突き出して、意地悪く勝ち誇ったふうに言うんだろう、ざまあみろ。——が、警官はわたしを見たものの、なんの反応もしなかった。たぶん禁じられてはいないのだ、川沿いの遊歩道から自転車を持って上がるのは。それでもその後もびくびくしながら迂回して交差点を渡った。膝の震えがおさまったのは、仕事をはじめたときだった。

バカと悪意だな、とフェリックスも言う。覚悟しないといけないのはそれだ。愚《バカ》かなふるまいと悪意あるふるまい。愚かで悪意あるふるまいをぜったいにしようとか、それしかできないとかいう人間は、たぶんそんなにはいない。それでも生殺与奪を握られている者にとっては致命的な結果を招く。しかもそれだけじゃない、人間は追い詰められたり、パニックに陥ったりすると、がらりと人が変わるんだ。そうすると、バカと悪意——どんな人間の中にもある——に対抗する力が失せてしまう、そしていったんその状態になると、人間はなかなかそこから脱することができない。かたや善なるものは、幸福と同じで、一瞬で枯れしぼんでしまう。

フェリックスは人間を信じていないし、場所にも重きをおかない。用があるときにしか外出しないし、その用もめったにない。彼にはわたしがいるんだし。わたしたちは、主にわたしが掃除で稼ぐ金で暮らしている。スイス人教師のほか、ここでわたしたちの友人はもうひとり。それもエーデル《高貴》という名前で、彼がわたしに最初の三軒を紹介してくれた。いまは七軒、つまり鍵が七つ。ほとんどの雇い主とは一度も顔を合わせたことがない。受け持ちの家に入っていくと、灰皿とかカップとか石とかを重しにして、テーブルにいくばくかの金が置いてある。取り決めでは一時間五ユーロ。この方法で週の稼ぎは百ユーロになる。わたしが掃除するいちばん大きい住居は四部屋、いちばん小さい住居は二部屋。二軒には子どもがいて、二軒は独身男性、二軒は夫婦者、七軒目は、たぶん休暇客用の貸しアパートかゲストルームなのだろう。ここに呼ばれることがいちばん多い。いつもだれかが旅立っていったあとだ。そしてここがいちばん好き。家族持ちの住居がいちばんいやだ。子どもの物、夫婦の物。

　帰り道にはホームレスはいなかった。（掃除っていい。四時間から六時間やったあとは自分もきちんとなった気がして、帰り道もまた橋の下を通れるようになる。）それに暗い橋の下の破片は、ガラスじゃなくて薄いプラスチックだった。黒ひげの男は翌朝もいなくて、翌々日の朝になってようやく姿を見た。それを見て自分がほっとした（じゃあまだいたのね、戻ってきたんだ）ところからすると、これで決まりだ――つまりは、わたしはこの男と、そして橋の下を走ることにまつわる諸々《もろもろ》に慣れた、ってこと。

　自転車に乗るようになってから、うちの団地に向かう地下道も少し怖くなくなった。地下道は短いけれどまっ暗で、もちろんおしっこ臭い。自分の足を着けなくても通れるようになったことが嬉しかった。自転車をもらうちょっと前から、地下道は魚の匂いすらするようになっていた。しかも腐った魚がやがて干からびるのとは違って、いつまでたっても同じ匂いがする。息を止めて大急ぎで通り抜ける。まるで家に帰るために、毎回暗い洞窟に潜っていかなければならないみたいに。あらかじめ息を吸い込み、できれば目もつぶっていきたいけど、それはかなり危ない。地下道が途中でカーブしているのだ。反対側の光がどこにあるかを確かめ、そちらにハンドルを切らないと。目を開いていてもまっ暗闇の一瞬があり、そのたびに思ってしまう――また明るくなったとき、反対側ではみんな前と同じでいるだろうか、また息ができて、見慣れたものが見えるだろうか、と。見慣れたもの、それは団地。それぞれ度合いは違うけれど、おんぼろで落書きだらけの六階建ての建物群だ。平凡な人たち、労働者や学生向けに建てられたもの。建物と建物のあいだには広い植栽のスペースもあるけど、世話をする人はだれもいない。雑草が高く伸び、縁取りの藪も茂り放題で、中にゴミがひっかかっている。けれど木々の美しさがそれで損なわれているわけではない。柳、ポプラ、姫林檎。下から眺め、上から眺める。わたしたちは最上階に住んでいるけれど、ほかの階のことはなにも知らない。ほとんどエレベーターで昇り降りする。エレベーターは入居当初から灯りがついていない。灯りのないエレベーターなんて、生まれてから乗ったことがなかった。といっても、わたしの出身地にはエレベーターはなかったけれど。団地の人たちも、わたしたちと同様に息をひそめて暮らしている。たまに声や音楽が聞こえることもあるけど、低く漏れてくるだけで、開けた窓から出てきた音ではない。食べ物の匂いはときどきする。だけどたいがいは静まり返っているから、ここに住んでいるのはわたしたちだけで、匂いは石の匂いだけ、という気にさせられる。石の階段の匂い。いちど廊下で男のアフリカ人を見かけた。わたしがうなずきかけると、相手もうなずき返した。そして背を向けて、わたしから離れていった。

家に戻ると、たいていくたくたになっていて、自転車と幸せはどこかに吹っ飛び、フェリックスと喧嘩してしまう。はじまりはいつも同じ——フェリックスがその日外出したかどうか、もし出かけていないなら、家でなにをしたのか、どうしてなにもしなかったのか。

なにもしなかったわけじゃない、絵を描いていた、と答えることもあるけれど、フェリックスはたいてい返事をしない。返事をしないときは、たぶん描いてもいなかったということだ。絵どころか、花瓶や皿の絵付けも。はじめはふたりでやっていた。そのうちにフェリックスがひとりでやるようになった。わたしの負担を減らそうというのではなく、花瓶や皿がぜんぶ同じ描き方でないと彼の気がすまないから。モチーフがぜんぶ同一というわけではない、むしろその逆で、それぞれ一点ものを作っているのにだ。同じ手で描いたものでないと、見たときにわかる、それが彼の気に障る。わたしは描きたいのに。いちど、しかたなく粗大ゴミから小型の木の長櫃《ながびつ》を拾ってきて、上に絵を描いたことがある。

どっちみちがらくただな、と彼は言った。キッチュでがらくただ。

わかってる。いいのよ、どうせとっておきたい家のお宝なんてないんだから。

フェリックスが片方の口角をつり上げた。（あざ笑ってるの？　認めてるの？　訊ねちゃだめだ。）

絵を描いたこのがらくた箱とのつながりで、もうひとつ幸福に酔った瞬間があったことを思い出した。わたしはその日誕生日で、どこかの藪から、すばらしい芳香のする白い花の咲いた枝を何本か手《た》折《お》ってきた。枝はなかなか折れてくれなかったけど、結局皮を剝かれたのは枝のほうで、かぐわしい枝の束を手にまっ暗なエレベーターに乗ったのはわたしのほうだった。家に着いてみたら、フェリックスも下に降りていって、花を摘んできてくれたんだと知った。小さなやさしげなひな菊を、野原から。使っていない胡椒入れに挿してあった。わたしのほとんど藪そのものの花と並べると貧相だったけど、というよりか、わたしの藪のほうが、むしろフェリックスのひな菊と並べると滑稽だった。わたしは感極まって涙ぐんだ。じゃあ、やっぱりわたしのことを愛してくれていたんだ。しかもそれからフェリックスは、指輪までプレゼントしてくれた。銅線を細工して作ったもの。(降りていってわざわざ針金を探した? それとも前から持っていたの?) 家のお宝にしてくれよ。わたしはこれで大泣きした。そのあとみんな台無しにしてしまったけれど。指輪をべた褒めしたあとで、あなたアクセサリーも作れるんじゃない、と言ったから。とたんにフェリックスは、ナイフとフォークを皿(炒めたじゃがいもと人参と卵)のわきに置くと、すっと椅子を後ろに引いた。それでわたしはカッとなったのだ。

気取ってられるような時でも場所でもないのよ。大学の前でアクセサリーを売っている人だって、ペルーから来た詩人よ!

フェリックスは帽子をかぶって出ていった。

ひとりで家にいてはじめは怒り狂って泣き、そのうち待っている不安から泣いていたけれど、いやになって、わたしも外へ出た。自転車は天の恵みだ。安全で、一段高くなれて、速くなれる。ただあっというまに見知らぬ場所に行ってしまうけれど。人がたくさんいるところは問題ない。耳を澄ませて、だれかポーランド語をしゃべっていないか探して、ポーランド語だったら話しかけて助けてもらう。でもこのときは、やみくもに走って、人のいないところに行ってしまった。灯りもついていない家ばかり並んでいる。墓地を囲む壁が片側にえんえんと続いて、壁沿いの道は並木の根上がりでひび割れ、自転車がガタガタと音をたてる。街灯はひとつひとつが離れていて、暗いところと明るいところが交互にわたしをおびやかす。明るいところは人目に立つし、暗いところでは、あの地下道の一瞬のようにいきなり無の世界に落ち込んで、そのつど肝が縮む。このスイス製自転車にはライトがない。根っこに車輪をとられてすごい音で倒れたりしたら、暗い家々のどこかから人が顔をのぞかせるか、ひょっとして表に出てくるかもしれない。そのときその人はわたしを助けるだろうか、それとも逆に、わたしの弱みにつけ込むだろうか。

どうして来た方向に戻らなかったのだろう。わからない。どの道も円を描いていてそのうち行くべきところに戻っていけるとでもいうみたいに、ひたすら先へ走りつづけた。大きな、明るい照明のあるひと気のない交差点に来てようやく止まれた。ガソリンスタンド、向こうはもう畑。大きな交差点の三つの側を律儀に回り、その場を去って自分の来た方向に向かった。しばらくはよかった。墓地の壁がまた見えてきたのもよかった（これもしばらく）。だけど、フェリックスとわたしが住んでいる家を見つけられるのか、心もとなかった。というか、家は見つかるだろう、いずれ、難儀して夜の町を何時間もさ迷ったすえに。でも、彼は家にいる？　フェリックスが外出しないとわたしはいつも小言を言うけれど、彼がいざ出かけると、それきり戻らないのではと不安になる。彼が戻りたくないからではない。そうではなくて、思ってしまうのだ、この都市が彼を呑み込んでしまうのではないか、この巨大な都市が、中を移動しているうちにわたしたちを引き離してしまうのではないかと。ひとりが同じところに留まっていなければ、もうひとりが見つけることはできない。なにより、見つけてほしいと彼が思わなければ。両方がそう思わなければ。でももし彼が戻るのでなく、消え去ろうと思うのなら、それはわけもないことだ。どちらもこの都市に住みつづけながら、二度と会わないことだってありうる。あなたがいなかったら、どうやって生きていけばいいの？　どうにか生きていく、それはたしかだけど、でも――どうやって？　そのときフェリックスは自分の絵を置いていくだろうか、持って出るだろうか？　自画像ばかりずっと描いている。ほかは描かない、自画像だけ。トレードマークのつもりでいるわけではない。それしか描けないのだ。肖像画を描いてお金を稼ぐ人もいるのに、わたしを描いたことすら一度もない。フェリックスは口をへの字に曲げる。女房の絵を描く画家なんて。ましてヌードなんてな。絵を置いていくのなら、少しは耐えられるかもしれない。でもこっそりやってきて持ち去ったりしたら、裏切りだ、そうなったら、わたしはもう生きていない。

……というような愚にもつかないことを、自転車をこぎながらぐだぐだ考えた。自分がみじめで、いやだった。なにもかもわたしが悪い、なにもかも彼が悪い、そしてこの境遇が。といっても、ほんとうはわからない。難しい状況ってことだけは、いつなんどきもたしかだ。

いつのまにか人通りの多い地域に来ていた。でもこういう場所は似たり寄ったりで、出てきたときに通った道なのかどうか、さっぱり自信がない。なんにせよ通行人は感じよく、みんな若くて楽しそうだ。それでもやっぱり、ここはどこでしょうと訊ねてみるのはやめる。またそのまま走りつづけ、見憶えのあるような、ないような通りを走る。いきなり、歩道にフェリックスを見つけた。あのコート、あの帽子。近寄って、心臓をドキドキさせながら言う。ここからどうやって家に帰るかわかる？　と。フェリックスが笑う。酒くさい。じゃあ飲みに行っていたのか。上機嫌になるわけだ。むろんこのへんは知り抜いてるってことね。まったく外出しないとか言ってるわりには。（訊かないこと。）たぶん彼には方向感覚があり、わたしにはないっていうだけなんだ。地下道に来たとき、フェリックスを自転車の荷台に乗せて、ふたりで笑いながら通り抜けた。フェリックスが言ったこと。女の子に荷台に乗せてもらうのは、女の子を荷台に乗せるのと同じぐらいいいなあ。まっ暗なエレベーターの中、フェリックスに寄りかかって、帽子とコートと酒の匂いをふかぶかと吸い込んだ。顎の無精ひげがわたしの額でざらざらした。

家でわたしたちはもう一度指輪をじっくりと検分した。もう一度指に嵌《は》めてくれない、と頼んだ。そうしてくれた。同じようなのを、あなた用にも作ってくれる？　また針金が手に入ったらな、が答えだった。

愛してる、とわたしは言った。（あなたがいなかったら、やっていける気がしない。女のほうができるというけど。でもあなたがいなかったら、生きていこうと思えない。）

きみもまたなにかちゃんとしたものを描くといい、と彼が言った。

絵を描くためにだけ魚を一匹買った。ふたりとも魚はあまり好きじゃない。フェリックスはそもそもパンとカッテージチーズと牛肉スープしか好まないのだが、その牛肉スープがわたしは上手に作れない。彼はどんどん痩せていく。知り合ったころ、フェリックスは緑色の帽子をかぶっていた。わたしはあとでそれをせしめて、自分でかぶった。緑色の紳士帽をかぶったわたしはすごくシックだった。その帽子もどこかでなくしてしまった。フェリックスはもうひとつ茶色の帽子を持っていて、たまの外出にそれをかぶっていく。家では彼言うところのありとあらゆる〈道化帽〉をかぶる。それをかぶった自画像も描く。自画像なんて、わたしはもうずいぶん長く描いていない。

芸術家であることは、わたしにとってもうあまり大切ではなくなった。でも絵を描くことと掃除することのほかに、わたしにはできることがない。人に絵を教えるなら言葉がもっとできないといけないけど、自転車をもらってからまた上達しなくなった。速く行ける分、道々聞こえてくる言葉も少なくなったのだ。スイス人の先生に教えてもらうには、こちらからなにをしてあげたらいいだろう？奥さんが家を取り仕切っているけど、あのふたりも素寒貧だ。先生はお父さんが遺した絵を売ろうとしたことがあった。わたしの目から見て価値があるかどうか教えてほしいと言って、その絵を見せてくれた。水彩のスケッチ画で、画家の名前に聞き憶えはなく、絵そのものは悪くないけれどとりたててどうというほどでもなく、それに未完成だった。わからないな、とわたしは言った。エーデルさんのところに行ってみたら。もう行ってきたんだ、と彼は言った。

その翌日、スイス人教師はまた別のことを思いついた。雰囲気たっぷりにこの町の絵を描くんだよ、観光客が喜んで買うようなやつを。ミニサイズのカンバスを僕が買うから、あなたはそこに、絵葉書に描く感じで描いてくれたらいい、それを市場で売ろうじゃないか。でも、わたしは市場に身をさらすわけにはいかないの、とわたしは言った。じゃあ代わりにやってくれる人を探すよ、と先生。その人と先生とわたしが、それぞれの取り分をとる。悪くない考えだと思ったのだけど、結局あることが起こって、風景画は一枚も描かずに終わった。わたしが病気になったのだ。はじめは右肩に痛みがあっただけだった。それが下のほうに移っていった。右の腰、膝、くるぶし、足の親指。左側は下からはじまって、しだいに上のほうにひろがっていった。しまいに顎まで痛くなったのだが、これはたぶんほかの各所が痛むあまり歯を食いしばりすぎただけだと思う。アスピリンをウォッカで飲み下した。以前歯が痛かったときはこれが抜群に効いたのだけど、今回はだめだった。かわりに手の親指の関節が痛みだした。床に横たわって、固まった背中をマッサージしようとごろごろ転がり、その次はマットレスに横になって和らげようとした。

睡眠薬がいる、とフェリックスに言った。

なにを言いたいのかわからない、という顔。

お願い、下に降りて、睡眠薬を買ってきて。

薬局には僕は行けない、と彼は言った。わたしは頭に血が上った。薬局に行けないってどういうことよ、足萎えかなにか？　いつから薬局が危険な場所になった？　大声で泣きわめいた。だれかがうちの壁をコンコン叩いた。それでわたしは縮みあがって、一瞬痛みを忘れた。最後にフェリックスがビールを出してきて、温めて飲ませてくれた。

天使ね、あなたは。わたしは言って眠りに引き込まれた。

日にちが経つと痛みはひいていき、とくに自転車に乗っているときはよかった。でもまたこのごろ、ぶり返した気がする。とくに感じるのは、自転車を持って階段を上り下りするとき、とりわけ上るとき。歯を食いしばり、壁に肩をついて体を支えながら、自転車をゆっくり一段ずつ上げていく。日によってはほとんど痛まない。仕事に行き、仕事を終え、自転車を下ろしまた上げる。最近は家に戻っても、フェリックスがいないことが多い。姿がなかったはじめての日、わたしはまたもや度を超した恐怖にとりつかれた。ただおろおろして室内を走り回り、ぜんぶの窓から外を見、とはいえ外に出て探すことはできなかった。精一杯のところが、ドアを出て階段を駆け下り、駆け上がり、耳を澄ますだけ、各階の廊下には踏み込めなかった。自分にむしょうに腹が立った。なんてざまなの、どうしちゃったんだ、このどうしようもない不安はなに？　それにいまいましいこの人生に、どうして女友だちがひとりもいなかったんだろう。女でなくいつも男ばかり、女の友だちはできなかった。そのむくいがこれだ。どこへも行けない。スイスの先生のところか。あの先生がいないところで奥さんや子どもに往来で出会っても、わたしには見分けられないだろう。それもこれもこんな自分のせい。

　フェリックスが戻ったとき、大声で怒鳴りちらした。まるで彼がなにかしでかしたみたいに。彼はいつになく落ち着いた反応で、エーデルの家にいたとだけ言った。エーデル一家はしばらくスイスに行く予定だという。来月から三か月間、家のお守り役に僕たちが住んでいいんだそうだ、そうすると彼らもすごく助かるし、僕たちはここの家賃が浮く。

　わたしは火がついたように叫んだ。なに考えてるの、というふうに額を叩いた。三か月？　じゃあそのあとは？　あなたって人は、たまには頭を働かせたらどう？

　フェリックスの顔が曇った。そんな言い方をしないでくれ。

　わたしはゆっくり、はっきり言った。このボロ部屋を手放すことはできない。三か月後に新しい住居が必要になったとき、わたしたちがどこのだれの手中に陥るか、わかったもんじゃないもの。エーデル家はいったいなにを考えてる？　あいつら、ほんとにものを考えてるの？　フェリックスは、ゆっくりでもはっきりでもなかったけど、こんなことを言った。不法滞在の人間がここにたくさんいることは、みんな知っている。僕たちは同じ場所にあまり長くはいられない。

どうでもいい、とわたしは言った。わたしはどこにも行かない。

どうした？　いつからそんなバカになった？

前からよ。知らなかった？

凄まじい夜になった。わたしは荒れ狂い、そして彼が出ていくのではないかと恐れたけど、彼は出ていかなかった。終始冷静で、辛抱を切らさず、そうして最後にわたしたちは妥協案に達した。この住居はそのままにする。わたしは自転車で仕事に行き、フェリックスはエーデル宅に歩いていって、そこで絵を描き（エーデルはアマチュア画家で、画材を買う余裕がある）、晩に戻ってくる。ぜったいに泊まらないと約束。そうやってこれがはじまってから、フェリックスは前よりも快活になったように見える。毎日、行き帰りそれぞれ四十分の歩きで、足を痛がっているが。いま、しじゅう不機嫌なのはわたしのほうだ。いつもにこやかな目をしていなさい、そればかりか楽しそうにしていなさいと教えられ、それに慣れてきた。女はそのほうがいいし、人の受けもよくなると。けれど最近は体と同じぐらい顔も動かしにくい。だんだん肌寒くなっていく川沿いを、凍りついた表情で自転車を走らせる。もう橋の下にホームレスはいない。まず破片のあった暗い橋の下の男が、ついであとの三人も消えた。物がまだ少し残っている。マットレス。どこ行っちゃったの？　これがふつうなの？　夏が終わるとどこかへ行くの？　それとも自発的にいなくなったわけではないのか？　彼らが消えたことは、いまからはじまる悪いことの予兆なのか？　これだけ注意していても、わたしたちが気づかないだけで。

遊歩道の終わりの、自転車を引きずり上げなければならない階段まで来ると、またホームレスを忘れて、自分のこと、そしてほぼ毎回立っている警官のことで頭がいっぱいになる。橋の上の交通整理の関係かなにかで、警官を置くよりほかにしようがないのだろう。渋滞のなかで警官は一心不乱に手を振りつづけている。いつも同じ人ではないし、どの警官とも一度も目が合ったことはない。

このごろ掃除しに行った住居に必要以上に留まるようになって、しかもその時間がだんだん長くなっている。シーツが乾くのを待つ。アイロンをかけ、ベッドメイクをする。それから椅子に腰をかけて、きれいに片付けた部屋を見たり、窓から外を見たりを交互にくり返す。ほんとうは、だれか来るのを待っているのだ。うっかり鉢合わせしてしまうのを。だけどだれも来ない。また自転車で帰る。

フェリックスはもちろん家にいない。エーデル宅のことは〈アトリエ〉とだけ呼んでいる。なぜかわからないけど、わたしはその言葉にむしずが走る。（なにも言わないけど。）最近気づいたのだけど、住所すら知らない。前は憶えていたし、行ったこともあったのに、すっかり忘れてしまった。自分が掃除している住居と混同する。それとも、もしかして知らないうちにエーデル宅も掃除してたりして？（この混乱ぶりはなに？　痛みのせい？　それともそれと関係なく、わたしは正気をなくしてしまったのだろうか？）

できることがほかになくて、皿の前に腰を下ろす。本格的な絵を描くのは大変だろう。わたしには厳しい。装飾模様を描くのならできる。オーナメントが描ける、ゆえにわたしはまだ発狂していない。掃除はやめて、皿の絵描きをまたはじめようか。そっちのほうが冷えるけど。体を動かさないから。でもこんなことを考えるほうがどうかしている。モグリで掃除の仕事にありつけるだけ恵まれているし、こんなにたくさん絵皿を必要な人がいるはずもない。あとどこかの厨房で働くのもいいかもしれないけど、これは掃除よりはるかにきつい。体を売るにはもともと見栄えが悪すぎるし。

フェリックスが帰宅して、なにか食べる物はあるかと訊ねる。

どうして？　なにか持ってきた？

持ってきてたら訊かないね。

ないわ。考えてなかった。絵を描いてたの。

なんの？

皿に、と言うべきだったが、口をつぐむ。耐えられないだろうから。彼の口角がどうなるか。かわりに訊き返す――あなたは？

答えがない。食べる物がないってことは、ないってことだ。どうでもよさそうにも見える。彼がお茶を淹れる。熱いストレートのお茶を彼にぶっかけなくてもすむように、わたしもなにか作る。固形コンソメからスープを作って、ちぎったパンを放り込む。ヒマラヤ登山をする人もこういうのを作るのよ、と言って。

彼がわたしを見る。口元はそうでもないけど、目が笑っている。

ヒマラヤ登山をする人？

そう、とわたし。同じ感じだ、わたしたちがはじめて知り合った日と。あのとき、わたしがだれかに畑の耕し方を教えていたんだった。フェリックスがその様子をじっと見ていて、面白がった。二時間後、ふたりははやくも彼の家でベッドに入っていた。

乾いた白パンのかけらが溶けたコンソメスープは、ほんのひととき、この世の天国みたいだった。ほんのひととき、すべてが癒え、わたしは内側から温《ぬく》もり、痛みも消えた。

もちろん、痛みは夜遅くまた戻ってきた。しかもこれまで以上に強烈に。マットレスに転がって泣く。塩辛すぎるスープを飲もうにも、立ち上がることもできない。どうなってるの？　建物から食べ物の匂いや声がしてくる。下へ降りていって、アフリカ人を探して、彼らに身をゆだねたい。彼らならきっと、治せる人を知っている。フェリックスに頼んでみる。わたしの代わりにアフリカ人のところへ行ってくれない？

彼――熱でもあるのか？

が、額に手を当ててもしない。少しして出ていく音がする。フェリックスがアフリカ人と話すところは想像できないけど、こんどこそ薬局に行ったのかもしれない。

眠りに落ち、目が覚める。暗くなっている、ひとりだ。寒い。廊下は今日一日じゅう音がしていた。なにかの準備でもしているのか。ひんぱんに行き来してなにか相談しているみたい。わたしも参加したほうがいいのか。肌掛け布団にくるまって外に出ちゃえばいいや。だれも気にしないだろうし。寝ぼけた頭でよろよろと廊下に出る。布団の下は暖かいけど、足は寒い。はだしだ。冷えは関節に悪い。階段はだれもいない。冷気と石の匂いだけ。フェリックスのやつ、さっさとずらかりやがった。わたしが寝入るのを待って、他人のご立派な住居に行っちまった。もしかしたら寄り道して酒を飲んでいるのかも。わたしたちのお金を飲み代にしてる、食べ物でも薬でもなく。飲み代と絵の具代に。絵の具ならわたしも買っていいはずだ。スイス人の先生がアドバイスをくれたんだった。ホームセンターで買うといい、そこのほうが安いよ、と。そのときのフェリックスの目に、わたしは殺されそうになった。きみはそれで描けばいいよ、描きたいんならね。僕にはかまわないでくれ。でももしかしたら、彼はとっくにわたしなどどうでもいいのかもしれない。わたしとはもう終わりなの？ エーデルは町を去った。スイス人の先生は。電話はできない。直接行かなくちゃ。頭の隅では、いまが真夜中でそんなことできっこないとわかっている。恐ろしいし。なのに家に戻って靴を履く。さいしょ布団を脱いだが、あまりの寒さにまた拾い上げて、肩からすっぽりくるまる。靴ひもは結ばない。結べもしない。

建物の玄関ドアが後ろでガチャンと閉まったとき、鍵を持って出なかったことに気づく。ふだんならそれで半狂乱になるけど、ぜんぜんならない。なにも感じない。不安も。痛いだけ。よかった、せめて布団は持って出て、とだけ思う。これで野宿しても凍死はしない。たぶんほんとうに正気を失いかけていたんだろう。

玄関口の灯りもやっぱりつかない。暗がりに立っている、これはいい。目をくらませるものもなく、あたりの藪がよく見える。藪が動いている、人が後ろにいるみたい。うん、風だけではない。大麻《ハッパ》の匂い。わたしは布団を少し下げ、頭をもうちょっと出す。布団が床に触ったのを感じる。汚れてしまう。フェリックスとわたしの匂いがする布団。寝ているときいつも布団を取り替えてしまうから。

あのう！　藪に向かって呼びかける。痛いんです。なにか効くものない？　アイムインペイン、ユーゴットサムシングフォーミー？　フランス語でも言う。ジェデ・ドゥルール、プヴェヴ・メデー？　しまいにはポーランド語まで。マム・ブレ、チ・マチェ・ツォシ・ドラ・ムニェ？

わたしの声は高い。女の声だ。シルエットも。彼らはどう思うだろう。

ひょっとしたら、わたしのことがわかったかもしれない。わたしよりきっと目ざといから。わたしが彼らを見分けられないことはたしかだけど。見える範囲では、アフリカ人の若い男ふたり。ひとりはひどい痩せで、顔が細長い。もうひとりは丸顔、体も小太り。藪から出てくると、来いというしぐさをする。そんなことできない。彼らがいる藪に行くなんて。恐ろしい、それにもう一方で、背中ががちがちに固まっていて、一歩だって動けない。

なのに動きだす。ぎくしゃくと三段を降りる。土の小径の上で布団を引きずる。埃の舞う匂い。男たちは一歩後ろへ、藪の中に退く。でもさっきいたところほど奥ではない。わたしは肌掛け布団をかぶったまま、まだ外にいる。丸顔のほうが、紙巻き《ジョイント》の大麻を差し出す。

巻き紙が濡れていて、唇に彼の唾を感じながら、煙をすうっと吸う。わたしはたばこが吸えない。集中しなくちゃ。煙を吸い込み、すぐ口から空気を吸ってしまう。彼に返す。

もういいの《スュフィ》？　とびっくりした目で彼が訊く。でもいったん手にするともうそれを吸っている。

かぶりを振る。それすら痛い。もっとたくさん吸わないと。もうとっくに朦朧状態なのかも、でも、痛みはひかない。またジョイントをもらい、こんどは持っておく。丸顔は新しいのを巻いている。長い顔の男は無表情でじっと見るだけ。丸顔ももうしゃべらない、わたしもしゃべらない。藪に立って吸っている。少しして丸顔がもう一歩退いて、背後の藪を指す。木の幹が一本横たわっている。座ったらということだ。腰をかける。布団があるからやわらかい。ふたりがわたしの右と左に腰かける。

なんて名前《コマン・チュタペル》?

フェルカ。

おれはレジス。こっちは……(聞き取れない)

レジスはわたしたちと同じ建物に住んでいる、四階だ。長い顔のほうはここではない。

また会話がとだえる。ジョイントをやり、藪のあいだから星を眺める。だんだん温まってくる。木々の香り。幸せ。頭がこくんと下がり、自分ではどうにもならず、長い顔のほうにもたれる。よりによってこの男に。でもそのままにしてくれる。反対側のレジスがわたしの手を取る、布団から出してジョイントを持っていた手、その手をマッサージしはじめる。なにか話しているけど、わたしのフランス語ではわからない。どうやら手のツボを探しているみたい、背中の痛みと関係があるところを。見つけてくれる、けっこういくつも。親指と人差し指のあいだを押されたとき、激痛が走って悲鳴をあげる。すぐやめてくれたけど、わたしは止まらない。大声で泣き叫ぶ。

フェルカ? フェリックスの声が遠くでする。フェルカ?

知らない男ふたりのまん中から飛び出して、泣きながらよろめきながら、藪をかき分けて外へ出る。

フェリックス?

枝がパキパキ鳴る音、わたしの泣き声と呼び声。フェリックス? 後ろでふたりがシーッ! と言った気がする。長い顔は、そもそもわたしと関わったことを苦々しく思っている。藪からころがり出る、フェリックスの声は幻聴にすぎないと思いつつ。自分の嗚咽が激しすぎて、まだ呼び声がするかどうか聞こえない。

でも、いた。わたしたちの建物の入り口に向かう小径に。新聞紙に包んだ絵を腕に抱えて。

絵と布団とわたしの大麻の匂いごと、まっ暗なエレベーターに乗る。きつきつだ。布団の羽毛が中で動きそうなほど、わたしは深い息を吐く。

フェリックスが、わたしが前に縫って作った乾燥豆入りのクッションを温めて、背中にあてがってくれる。マッサージもしてくれる、やり方をぜんぜん知らないけど。エーデルの住居で描いた絵を立て掛ける、わたしが見えるように。ほんとうはプレゼントとしてエーデル宅に置いておくつもりだったけど、わたしに見せようと持ち帰ってきたのだ。もちろん自画像。絵のなかで、フェリックスは長い布巾を肩から掛け、鍋の蓋みたいに見える白い縁なし帽をかぶっている。

これまで描いたなかでこれが最高だね。わたしは言って、またこらえきれずに泣いてしまう。

暗くて、彼の口角がどうなったか見えない。手がわたしの髪に触れる。

求めつづけて《ア・ラ・ルシェルシュ》

着いたのは晩方で、私は冬のコートを着ていた。正門の前に、素足に金色のサンダルをつっかけたミニスカート姿の若い娘が数人立っていた。こぬか雨だった。娘たちが笑い声をたてた。バスがやってきて、中に草臥《くたび》れた顔の中年の黒人女が、灰色のパーカに頭にターバンを巻いて乗っていた。娘たちがさんざめきながら乗り込み、去っていった。

こんな最悪の場所に《ウェルカム・トゥザ・シットホール》、ようこそ！

私を迎えに来た男は、前輪がひしゃげた自転車を引いている。たったいま、運河沿いの道を本通りに曲がろうとしたところでバンに接触してしまったという。自分はきわどいところで飛びのいたけれども、自転車は引っかけられた。世の中、狂ってるよ、まったく、狂ってる。ちなみに僕の名前はオリー。

自転車は前輪が変形して、回転するたびにブレーキがリムに二度当たり、そのたびに車輪が動かなくなってしまう。このへんはどこも駐輪禁止なんだと言って、オリーは毒づきながら、自転車をカクンカクン引いてキャンパスを行く。おまけに私のスーツケースがゴロゴロ音をたてる。キャスターがもうきちんと回転しなくなったのだ。夜闇のなか、ふたりして音をたてながらふたつの車を引っぱっていく。

大学のキャンパスは広く、何十も建物があって、ひどく古いものとひどく新しいものが混在している。外灯の灯りは新しい建物には反射するが、古い建物には反射しない。オリーは古い建物のひとつに私を案内する。事務所で鍵をもらい、また歩いて、ほとんど入り口近くまで戻る。ゴロゴロいうスーツケース、カクンカクンするひしゃげた自転車、こぬか雨。あの、ここにある墓地はなんですか？石の板が並んでいるのだ。苔むし、あいだに砂利が敷いてある。昔のセファルディ・ユダヤ（中世にイベリア半島に居住していたユダヤ人の子孫）の墓地ですよ。整地してはいけないというので、キャンパスは墓地を囲んで、ぐるっとまわりに建てたんです。怖がらなくっていいですよ、彼ら、おとなしいもんだから、オリーは言って、ようやくにたりとした。

与えられた部屋は思いのほか居心地がよい。建物も中の絨毯も新しいし、窓もぴったり閉まる。ベッド、机、キッチンスペース、バスルーム、しかもバスタブ付き。暖房は自分では調節できないが、とにかくある。前回ここに来たときには——正確にはここではなくて、この都市というだけだが——ルームシェア式の暖房のないアパートに入れられて、そこでパーティーがあったとき、クロークに掛けてあった私の友人のジャケットが盗まれてしまった。彼が新しいのを買うまでのあいだ、私の冬のコートを貸したものだった。

部屋にあるひとつきりの窓は運河に面していて、外灯が木の樹冠と川沿いの径の一部と雨を照らしている。これでなにに不足があるだろう。

あるとすれば、夜ぐっすり眠ることかもしれない。十二時半に火災報知器が鳴りわたり、仰天してバスタブを飛び出す。大慌てでいいかげんに体を拭き、下着をつけずにズボンを穿きシャツを着て、靴下なしでブーツを履き、冬のコートを羽織る。階段を駆け下りる。インドの若い子たちが一段ずつ、大儀そうに降りていくそばをすり抜ける。きっと私も若いときはこんなにだるそうに動いていたんだ。それとも内部の人？　これって訓練だったの？

私は外へ出た最初の一群のひとりになった。建物の前に集まる。火は見えない。どこかのパーティーに向かう人たちがなんの関心もしめさず通り過ぎていく。建物から最後のひとりが出てきたところで、大型消防車が三台、正門から入ってくる。退屈そうな消防隊員が車の窓からこっちを見る。各車両からひとりずつ出てくる。どこかで声——卵《ユーバーント・エッグズ》を焦がしたって？　やがて全員が、自分が出てきたところへ帰っていく。


翌朝昇ってきたお陽さまは灰色、そして私のこの日の残りも同じく灰色だ。ほどよい寒さの、こぬか雨の晩秋。運河は、向こう側に遊歩道がついている。

昔から川岸を歩いたものだった。はじめは運河ではなくて、川だった。私の生まれた村はドナウ川の支流沿いにあって、私の通った中高等学校《ギムナジウム》はドナウの本流に面していた。学校の目の前が遊歩道で、そこには絵になる風景の材料がそろっていた。プラタナス、ベンチ、並木の根上がりでひび割れた歩道、胸壁のついた川岸、ところどころの階段。けれど私たち生徒がその階段を下りることは禁じられていた。そればかりか、道路を渡ったり、歩道や緑地帯を横切って、胸壁の上に腰を下ろすことも許されていなかった。だから私たちは、もう学校の前だとは言えないようなところまで行って、その胸壁や階段に腰を下ろしたものだった。

村は、そして完璧な立方体をした小さな私の家は、町から十キロの郊外にあった。バス路線があって、古いガタピシしたバスが日に六本走った。ただし、なにかの理由で運休にならなければだったが。運休にならなくても、満員だったり、なにやかやで運転手が停車できないと判断すれば、バスは停留所のわきを猛スピードで走り過ぎた。私たちのだれもが、一度は耕地を突っ切る抜け道から家に帰ったことがあった。

はじめは仕方なくしたことだったが、大きくなってそこらを遊び回りたい年ごろになると、抜け道がお決まりになった。少なくとも帰りはなにがなんでも歩きたかった。女の子は、いや歳は関係なく、女はそこらをほっつき回ってはならなかったが。商店街をぶらつくなんて売笑婦もおんなじだ、ひとりで映画に行くなんてとんでもない、それに町外れには靴屋とか宗教書の書店しかないだろうに、そんなところの通りをうろうろするなんて、まったくわけがわからない、それになんてことだろう、どうしてわからないんだい、灯りもない野っ原とか線路沿いとか川筋を歩くのがどんなに危ないことか、それも、また言うけどね、女の子がよ⁉　案じているという家族にはどれもこれも説明のしようがなかった——だったらいい、じゃあ嘘をつこう。だてに十代してるんじゃないわ。家族はバスの時刻表を頭に入れていた。それなら私も頭に入れておいて、なにかそれらしい出来事と結びつければいい。新聞部の部活は、ふだんは何時から何時までだった？　放送部は？　今日はコーラスの練習がある。今日はハンドボールのトレーニング。専門科目のコンテストの準備。物理教室の大掃除。そうやって、靴についた土を払い、ズボンについた草の実を取り去ってから、村に入った。冬はペトロールブルー（緑がかった青色）の冬のパーカを着て歩き、夏はグリーンの夏のパーカを羽織り、左の底に穴の開いた白いスニーカーを履いて歩いた。町から、とくに夜の町から出ていくことはすばらしかった。線路沿いを歩くと、線路の向こうに柳の並木があり、柳の並木の向こうに支流があって、それもすばらしかった。蛍が群れ舞うなかを歩き、小緋縅蝶《こひおどし》の雲霞をついて歩き、玉押し黄金《こがね》の引っ越し行列をまたいで歩いた。もちろん蚊はいっぱいいたけど、それがどうしただった。町には虫は少ない。虫が少ないのは町にとってはよいことなのだ。

はじめて運河沿いを歩きに出かけるとき、時間をちょっと早まってしまう。みんなまだ通勤の途上なのだ。弾丸そこのけにヒューッと音をたててわきを通り過ぎる自転車には、あんなの川に落ちてしまえばいいのにと半ば思い、ほんとに落ちそうだと半ば案じる。ロンドンの初日に、いかにして私はリージェント運河《カナル》から自転車に乗った男を救出したか——などと想像をめぐらせるが、だれも落ちたりしない。時間が経つにつれて、ジョガーも散歩者も犬も少なくなっていく。ライムハウス・ベイスン（リージェント運河とテムズ川の結節点となる地域）にたどり着いたときには、人っ子ひとりいなくなっていた。そうか、これがかのテムズ川か。茶緑色の水、小さな波。かつての産業施設を改築した高級マンションの壁を風が撫でていく。泊渠《ベイスン》に繋留されているボートの、思ったとおりのカツン、カツンという音、ジャブン、ジャブンという音。川の近くで育ちながら、私は船舶にはとりたてて関心がない。帰り道はむしろ木のほうに専心する。プラタナス、オーク、栗、ポプラ、柳。枝垂れ柳が好きだ。

わが女ブルータス、おまえもか！　とネットでだれかが言う。かつての同級生だ。本名はロベルトだけど、ネットではディヴィアント《外れてる》・マジョリティ《多数者》と名乗っている。うわさ話の好きな男だ。ったく、いまどきロンドンにいないやつはいないのかね。わが生まれ故郷の人口の二十五倍はいってるな。ドゥナカニャル地方（ハンガリーの一地方）がごっそり移民してるぐあいだろ。

でも、具体的には、だれか知ってる？　と私は訊き返す。

ファリアがいまロンドンだって聞いたぞ。

ファリアは本名マリア・ファルカス、だが十五の歳から、アーティストネームとしてファリア・マルコスを名乗っていた。私たちは学校は別々だけれど、同じ町のギムナジウムに通っていた。彼女の学校の最優秀が彼女、私の学校の最優秀が私だった。私たちは学校のあるコンテストの一環で紹介された。彼女はアーティストネームを名乗った。コンテストは彼女が優勝し、私は二位だった。翌年彼女が参加しなかったときに、私が優勝した。私たちはほぼ一年にわたって、同じ合唱団で唱ってすらいた。彼女はメゾ、私は当初ソプラノ。だが私はその後ひどい声変わりを起こし、アルトでも唄うフリしかできなくなった。最後にはすっぱりやめた。ソプラノでもアルトでも、私は彼女に肩を並べられなかった。

当時のほかの生徒のことはほぼ忘れ去っているのに、なぜ彼女だけわりとよく憶えているのか、自分でも説明できない。たとえば外見がありありと思い浮かぶのだ、ずっと彼女の写真でも持ち歩いていたかのように。暗い色の髪、当時はロングだった。アイスブルーの目。がりがりに痩せていて、当時すでにベジタリアンだった。痩せているせいで、顔がどこか馬っぽかった。鼻、口、丈夫そうな歯。いっぽう私は狐顔で、目が細く、鼻が長く、顎が尖っていた。

いや、なぜそんなによく（実際はわずかだが）知っているのか、もちろんわかっている。彼女は同年代のなかでも言わば有名人だったのだ。地方のアート新聞に彼女の詩が載ったし、絵も掲載された。当然ながら自分の学校では新聞を作っていたし、生徒代表だったたし、居酒屋でバイトして自分で金を稼ぎ、樽ビールのレバー操作までまかされていた。あと、彼女の家は全容をつかみがたいパッチワーク家族で、私たちの大半がせいぜい三人きょうだいまでなのに、七、八人の子どもがいた。私はひとりっ子で、成績は端数なしの一・〇（最高点を意味する）、だけどほかにはなんの取り柄もなかった。できれば、と担任の先生が言った、このすばらしい成績のほかにも、なにかこれって言えるものがあるといいんだけどね。それで私はしぶしぶコンテストに出場し、ファリアの次点になったのだった。一位にもなった、ファリアが出場しないときには。校長は終業式で私の名をあげて称賛した。私は表情を変えなかった。午後上映の映画を観に行き、終わると家に帰り、犬の吠え声を聞きながらそのうち寝てしまった。学校の勉強は簡単すぎて、教室で勉強しているときには一瞬、自分は時間を遡って七年生をもう一回やっているんだろうか、と思ったりした。退屈すぎて寝てしまい、課題をやりそこねそうになったことも。びっくりして飛び上がり、窓から外を見て、どこにいるのか、いまいつなのか確かめようとしたが、教室は一階で、窓ガラスの下三分の一は曇りガラスだった。

ディヴィアント・マジョリティによると、ファリアは母親が亡くなって、その後いちばん下の妹とともにロンドンに移民したという。


私は移民したわけじゃないわ、と私はディヴィアント・マジョリティに書く。少なくともロンドンにはしてない。仕事で来てるだけよ。

均等に分散した学校での能力と、それに比例して均等に分散した無関心、にもかかわらず私は職業の希望をはっきり言うことができ、それを実現することもできた。私のような面白味のない神童よりもう少しマシな神童たちの多くは、大学入学資格《アビトゥア》を得たあとは、とりあえず郵便配達夫になった。ファリアの腹違いだか種違いだかの兄もご多分に漏れずしばらく郵便配達をしていたが、やがて町から姿を消した。彼女のほかに顔かたちが思い浮かぶのは、この兄だけだ。姉妹は思い出せない。

私は一学期間にわたってロンドンに滞在し、大学のキャンパス内宿舎に住み、図書館やほかの施設を使うことが許されている。具体的には、朝から昼過ぎまでは図書館の閲覧室にいることになっている。まずいことに、これが私の職業の一部なのだ。この部分はけっして好きではないが。

授業をするのは好きだ。一年生といっしょに準備クラスや大学入門ゼミをやるのは。一方、研究のほうは、箱かなにかに閉じ込められて、否が応でもなにかをちまちまいじくっているという感じ。研究をそう定義しているのではない。私が、そういう箱に入っていないかぎりできないというだけのことだ。箱の外に出てしまうと、とたんにできなくなってしまう。だから箱に入って、いじくれるものをちまちまいじくっている。空腹と苦痛、ないし空腹か苦痛のために、やめてよし、と自分に言えるまで。ときには仕事に没頭してわれを忘れることもあるが、そんな状態も続くのは数分で、数時間というのはめったにない。やがてまた外を歩こうと、そしてその前に昼食をとろうと考える。火災報知器を鳴らさないように料理もめったにしない。地下鉄駅にある日本食のファストフードでウドンを食べる。隣に小さなスーパーがあって、ほかに必要なものはそこで買う。三日に一度コインランドリー。週の何回かはだれかとおしゃべりする。

教員はオリーのほか、私と同年代のエヴリンがいる。エヴリンは金髪から後光が射しているような人。やっぱりウドン好き。父親が亡くなってからこちらに来た。

そうね、と私たちは話をする。脚を見るとむしろよくなったような気がしたのよ、でもそのときにはもう皮膚から水が滲《し》み出していた。人が死んだら、窓を開けなくちゃいけないの、とエヴリンが言う。たましいが離れていけるように。

私はね、八年付き合っていた恋人に去られたの、と私は話す。あなたは私の命よ、と彼に言ったら、彼は去った。私の友人たちは、どんな人間にだってそんなことを言うもんじゃない、と言った。私はそれで彼らのもとを去って、ここに来た。

部屋に戻って窓を開ける。寒くなるまで。そしてまた外に出る。

冬のコートは重すぎるし暖かすぎる。ショッピングセンターのあるカナリー・ワーフまで歩き、安い衣料品チェーンの店舗を探す。ペトロールブルーのパーカはなかったが、ライトブラウンのパーカを見つける。それに合わせて、下に着られるペトロールブルーのセーターを買う。もらったレジ袋に冬のコートを入れ、帰路につく。新しいパーカのフードにかかる、こぬか雨のかすかな音。冬のコートを入れた袋を持っていなかったら、もっとずっと若く見えるだろうに、ペトロールパーカヤングに。何度か、袋をどこかに置いていきたい衝動に駆られる。でもそうしない。もっと寒くなる日が、これからないとも限らないから、いつか、どこかで。

二十八歳の人間にとって、八年はかなりの歳月だ。子どものころのことはほとんど記憶にない。そのあとギムナジウム時代の思い出といったら、やっぱり歩いたこと。それから大学生になり、ペスト（ハンガリーの首都ブダペストのドナウ川東岸地域）の小さなアパートに住んだ。郷里の町は首都からほど近く、その気さえあれば、醜悪であてにならず隙間風の吹き込むバスで、毎日往復することができたはずだった。家族の理解を得るのは簡単でなかった。ほかの何千人がしているのに、どうしておまえは毎日通えないんだ、お高くとまっているんじゃないのか。でも最後には猫の額ほどの大きさの畑を売って（畑を売るなんて滅相もない！）、私が二十三平米の一階の住居を買えるようにしてくれた。大通りに面した表側ではなく、裏側だったけれど。その大通り、菩提樹の並木道については、百年前に美しい一篇の詩が書かれている。いまは車の往来でその通りもすっかり死に体だけれど。

G――私も含めたみんなが、ほんとうにただ〈G〉と呼んでいた――と私は、大学の最初の学期に知り合った。私たちのグループで男は彼だけだった。私の彼氏にするにはGは美形すぎる、というのが何人かの意見だったし（なんだか知らないが、私のまわりはいつもみんな歯に衣着せず、ずばずばものを言った）、同級生のひとりは、彼はきっとゲイよ、すごくなよなよしてるもの、それにあなたは男みたいでしょ、と言った。私たちは八年間カップルだったが、一度も同居したことはなかった。はじめGは、新築の建物にある両親の醜悪な小さな住居で暮らしていた。両親はちょうど一年間フィンランドに行っていた。私は一、二度泊まったが、そのときは壁から引き出して使う簡易ベッドで寝た。両親が戻ってからは行ったことがない。私の住まいにはGはよく来たが、なじんだ自宅の自室を捨てることはなかった。Gは自分の時間を巧みに使い分けていた。八年の付き合いが終わって、Gが置いていたものを取りに来たときには、ポリ袋一枚で足りた。

私たちはネット上ではまだ友人で、だから私はネットもうあまりやっていない。いまちらりと覗いてみる。Gも休止状態だ。幽霊会員ふたり、これも息が合っている、いまだに。ほかのところでGを探すことはしない。どのみち、Gがなにをしているのか知っているから。変わっていないのだ。Gは自分の人生を変えようとしたのではなかった。ただ私がこれ以上彼のそばにいるのを望まなかっただけだ。私はかわりに、本名かアーティストネームでファリアがネットにいないか見る。どちらでもいない。古いものだけ。ばらばらに出てきた詩が三篇。ギムナジウム卒業後、どこかの大学新聞の技術協力者になっていたのと（彼女がいったいどんな技術を持ってるの？　それともこれは私が想像するのとは意味がぜんぜん違うのだろうか）、別の大学新聞の編集部員をしていたのと。ファリアは二年前にネットからふっつり消えていた。ネットにあったお母さんの死亡通知も二年前。重い病を得てまもなく、とある。お母さんの実子と母親とが故人を悼んでいた。ということは、お母さんはファリアの継父とその子どもたちとはいつのまにか縁を切っていたということになる。

ファリアはウエイトレスをしているらしい、とディヴィアント・マジョリティの情報。ハンガリー出身の大卒者が外国でよくする仕事だ。

午前中に本を読んで書き物をし、午後に歩く。私に得意技があるとすれば、それはルーティンをつくることだ。心の居場所《やすらぎ》を得るための、必要最低限で単調な、微調整ありのルーティン。私は人生のはじめに村と町とを結ぶ道を歩き、ついで、ざっくり言うならアパートと大学を結ぶ道を歩いて過ごした。大学ははじめ学ぶところだったけれど、のちには職場になった。その間、同じ男とくっついていた。私の人生は、おおかたの人生と同じく、道と、食事と、あまり金を食わない余暇活動からなっていた。恋人は空手をやり、私はアート系の映画を観によくミニシアターに行った。私は博士論文を予定どおりに書いたけれど、Gは一年遅らせ、そしてそれからいつだったか、私からGへのあのひと言があった。あなたは私の命よ、と。その言葉でGは私との関係を断ち、それから私はつぎつぎと、なるべく間をあけずに、外国で研究滞在をするようになった。最初がドイツ。それからフランス（そこでも川のほとりを歩いた）、そしていまがここ。

書く、歩く、寝る、いい人生だ。授業のいわゆる重荷から、さらには人間が純粋な自己保存以上の義務として持つその他諸々から解放されて、いまの状況は実験に近いぐらいに理想的だ。ときどき、こうではない生活をしていたことを何日間も忘れそうになる。われながらよく歩く。訓練の成果なのか、それとも元来がそうだったのか。二時間歩いたのははじめの二日だけで、その翌日は四時間になった。四時間、つまりリージェントパーク一往復。公園にしばらく留まって、植物や、興味のある人たちを観察する。公園に連れてこられてスポーツをする学校の生徒たち。あんまり長いこと観察しつづけていて、ひとりひとりの区別がつくまでになる。倒立の練習をしているのが小太りの黒人の女の子。側転をしているのが小柄な金髪の子。どの子がボールがうまくて、どの子が縄跳びがうまく、どの子がブリッジができるか。彼らが去ると私も去る。夕闇といっしょにキャンパスに着いて、かるい夕食をとり、テレビで英語の連続ものを観る。それにも飽きると、窓辺で外を眺め、学生が飲みにくり出すところを、そして後刻に戻ってくるのを見る。例によってときどき火災報知器が鳴り、そのたびに外へ出て、消防隊員が部屋に戻っていいと言うまで辛抱強く待つ。ほかの外出はめったにしない。酒を飲まないから、パーティーだのいわゆる楽しい集いだのもすぐ嫌気がさしてしまう。

Gも酒を飲まなかったから、私たちは人と居酒屋に行くと、手持ち無沙汰ながら、みんなの酔いっぷりに耐えられるまではそこにいた。それに住まいの事情があったから大人数を招待もできず、自然と夜はふたりきりで家で過ごした。Gは音楽を聴き、私は本を読んだ。Gがうちに来ない晩は、映画に行くか、夜の町を散歩した。Gがいないと寂しい、でもそれは口にしなかった。ひとりでいなきゃいけないときには、私はひとりでいられるんだ。子どものときだって、ひとりだったもの。もしもずっと口をつぐんで、あのひと言を言わずにいたら――いまごろ私はどこにいただろう？　わかっている、答えのある問いでないことは。

エヴリンはワインが好きで、オリーはビールを好む。歩いて行ける距離（ということは辞去しやすい距離）だったので、あるときパーティーに参加する。ソフィアですと自己紹介する（ほんとうはソフィアでなくて、ゾフィアなのだが、細かいことだ）。私はいまアングロ・ジャーマン・スタディーズ・センターに招かれています、研究は……
本来はトランスレーション・スタディーズだが、対する相手によっていろいろなことを言う——
不条理文学
言語純粋主義
学校教科書における〈異質性〉のディスクール
イギリス映画に登場するドイツ人
あるいはイギリスのゲイ・クィア映画に登場するドイツ人。
ただ、政治と文化の言語、と言うことだけは控える。オリーの専門だからだ。
閾《しきい》の文学を研究している、とだれかに言ったら、しばしのち、その相手が具体的な敷居だと思っていたことがわかる。戸口や家の中の敷居だと。私たちは笑う。
帰宅すると、消防がやってきて帰ったあとだった。

六週間同じ道、もっぱら運河沿いを行き来しながら、十年通ってもこれほどは馴染めなかろうというほど細部に詳しくなる。落書き、レンガ壁のひとつひとつのレンガの模様。明るめの色のもの、暗めの色のもの、ほかより赤味が強いもの。手すりのペンキの色調の変化。特定の場所に生えている雑草や苔。はては蝸牛《かたつむり》の殻、鳩の糞まで。どこそこにどんな鳩の糞があるか。六週間が十年間のようだ、と思うとなぜ気持ちが落ち着くのか、説明はつかないけれど、でもそんなふう。

　暗くなる時刻がしだいに早くなる。ジョガーは午後のさかりからヘッドライトをつけているし、犬は光る首輪をつけ、犬用のボールも光っている。すぐに暗くなってしまうのなら、昼下がりだろうが夕方だろうが夜中だろうが関係ないわけだ。そんなわけである日、私は夕食の時間帯にまだカムデンにいて、上機嫌のドイツ人観光客グループにフライドポテトとサイダーをおごってもらっている。感じのいい、まだ若い、気取りのない年金生活者たちだけど、どうしてわざわざ私なんかを相手に選んだのだろう？　そしてどうして私は相手になっている？　自分のドイツ語をためしてみるため、とうそぶいてもいいけど（うまいねえと褒めてもらった）、たぶんそれは真実ではない。なぜかわからないけど、私は楽しんでいる、にこにこしている、喧しくて酔っ払っててグロテスクな連中なのに。なのに、これはいままで自分が経験したなかで、最高の集いのひとつだ。もしや、これはみんな夢？　これは夢なのだろうかと考えたまさにそのとき、後ろからハンガリー語が聞こえてくる。ふり返る。ウエイトレスふたりがしゃべっている。もう聞こえない、なにをしゃべっているのか、でもぜったい間違いない、この人たちはハンガリー人だ。しげしげ見る。唇を読もうとする。だめだ。たしかなのは――どちらもファリアではないということ。立ち上がって、ややこしい行き方でトイレの方向に向かう。もっと話を聞き取ろうとして――ドイツ人がうるさい、なんでそんなに大声なの？――だが、ウエイトレスはもうおしゃべりをしていない。トイレで鏡を見る。私、すっかり面変わりしているだろうか、自分ではわからない。額に傷痕がある。でもみんながみんな、あとでわかるほど他人をじっくり見るわけではないし。

翌朝目覚めたとき、まっ先にカムデンのカフェが思い浮かび、仕事をするはずの午前中いっぱい、その夢想にひたって過ごす。ナンセンスだ、だけどもう一度行ってみたら別のシフトに入っているファリアを見つけられるのではないか、という思いがふり払えない。それか、また感じのいいドイツ人客がいたら。いまから毎日行くのだ。ポテト、サイダー、靄、そして彼らは彼らの、私は私の郷里の話をする。だが当然ながら、午後に行ってみるとカフェは人もまばらで、どのウエイトレスもファリアではない。私はしばらくその通りをカフェから居酒屋へと歩く。ハンガリー語もちらほら耳に入る。たいてい若い女性、ウエイトレスもいる。どれもファリアではない。そしてかなり歩いて、しまいに地下鉄に入るが、どこにいるのか駅名を確かめなければならないほどだった。地下鉄はひどく混んでいる。辛抱しようとして、みんなの顔を順に見ていく。知った顔がいないか。もちろんいない。ウンガレッティの詩集を読んでいる男にあやうく話しかけそうになって、ぐっとこらえる。

ディヴィアント・マジョリティに、ファリアとコンタクトできる情報を知っているかと訊ねる。まわりに聞いてみるよ、と約束してくれるが、それっきり音沙汰がない。

かわりに、ブダペストの私のアパートを又貸ししている若い女性からメールが来る。またぞろ水が漏ったとか暖房が効かないとかいう話だろうか。ここからどうしろっていうんだろう？　だがそうではない。アパートを出ますというだけ。それは約束違反というものだ。だが彼女は、代わりに入ってくれる人、ヴェロニカとかいう女性を見つけたから安心して、と書いている。

又貸し人が代わると思うとひどく心がざわついて、カフェでハンガリー人を探すどころではなくなる。私は運河沿いの径へ、風の吹く塩辛い平穏のなかに戻るが、これももはやほんとうに心地よくは感じられない。

問題は、私の体調が日を追うごとによくなっていくということだ。ここに仕事をしに来たことを忘れてはならないのに、図書館で過ごす時間はどんどん少なくなっていく。四時間の歩きはとっくに終わり、いまでは最低六時間、八時間がだんだん多くなってきていて、しかも脚はもっともっといける。靴は特別なものではないがいちおうウォーキングシューズで、痛くもならない。もっと悪い靴で歩いたことだってあるのだ。六時間だとマイル・エンドから運河北端のリトル・ヴェニスまでの十一キロで、そこから先はない。それでむしろ南の方面、グリニッジや、あるときなどさらに南のルイシャムまで歩いたことがあった。翌朝続きを歩こうとルイシャムで泊まろうかとすら思ったが、思いとどまった。やはり根っからのハイカーではないのだ。一日をはじめた場所と違うところで終えるのはいやだった。

最後には起点に戻らずにはい《・》ら《・》れ《・》な《・》いために、引き返す瞬間に感じるのは帰路についてほっとするとか嬉しいとかでなく、ほかならぬ敗北感だった。いらいらし、追い立てられるように早足になり、それでまたすぐに疲れ、そのうち歩くというより足を引きずって進むのがやっとになって、それがひいては行きの気分をも害してしまう。これを避けるために、帰路をなくしてしまおう、と決めた。どんどん歩けるだけ歩き、それ以上進めなくなったところで、乗り物に乗って戻るのだ。地下鉄よりバスがいい。降りるときは素足の女子学生たちが出口を開けてくれる。バス停からいまの住居まで二百メートルもない。その距離をなんとか威厳をもって歩き切る。エレベーターで二階へ、そしてバスタブに倒れ込む。浴槽に体を沈めているときに火災報知器が鳴っても、耳を塞ぐためにしか体を動かさない。

睡眠時間がどんどん長くなっていく。いまや十一時になってやっと仕事に取りかかる。閲覧室で壁に近い隅の席を探し、ヘッドホンをつける。なにも聴きはしない。耳と鼓膜のあいだの空気を閉じ込めるだけ。そうすると、多くの人が静けさと呼ぶだろう均一なざわざわ音が生み出される。しばらくそれで調子がいいが、やがてヘッドホンの下が汗ばんで不快でたまらなくなる。するとヘッドホンをもぎ取って、そそくさと歩きに出る。十四時にもなっていないことが多い。

歩くことは考えるのにいい、とはいえ、効きめは最初の一時間半から二時間までだ。執筆しなければならないもののことを考え、たまにささやかなアイディアも浮かぶ。蝸牛の歩みのごとき前進。この数か月で、妙なことに自分は馬鹿になった。というか、ほんとうは妙でもなんでもない。なるべくしてなったという当たり前のなりゆきに、なるほどと思いつつ腹も立つ。そんなぐあいで、最初の一時間半から二時間は仕事のことを考え、ささやかな成果があれば、脳内に保存しておこうと努める。やがてある点まで来ると、自分は馬鹿になった、と考えるようになる。そうすると公園のベンチに腰を下ろし、可能な限りじっとしている。十分間。ベンチに座って、小さな池や草地に羽毛や糞を撒き散らしているいろんな種類の鶩《あひる》や鴨をじっと眺める。鳥の近くに腰を下ろしている母親たちとベビーカーを眺め、ジョガーを眺め、そしてGのことは考えない。彼は私のいない人生を望んだというだけだ。よくあること。だから私の頭を占めているのは、彼のことではないのだ、そうではなくて、なぜみんながあんなに呆れるほど口を揃えて、ぜんぶ私のせいだと言ったのかということ。ぜんぶあなたが招いたことだよ、そう口に出して言うほどに、なぜみんなああもあけすけになれたのか。なぜあんなに口を揃えて、なぜあんなにあけすけに。そしてなぜそれが、私とはもう付き合いたくない、ということまで意味していたのか。答えが見つからない。自己憐憫にたどり着くのがやっとで、立ち上がり、また歩きだす、その気持ちがまた消えるまで。

クリスマス休暇もまもなくというころ、私の研究について学生たちを前にかるい話をすることになる。八時間歩いてセヴノークスまで行き、帰りを大枚はたいてタクシーにするが、話すことが思いつかない。ベッドに倒れ込み、あすの朝は頭がすっきりしているはずだ、とかろうじて思う。集まりの前にしっかり集中しよう。ところが朝の身支度のときも、朝食のときも、セミナールームに向かいながらも、ひとつも思いつかない。いざ話すとなったらきっとつぎつぎ出てくるはずだ。やる前は頭が空っぽの状態でゼミをやったことは、もう何度もあったんだから。ところが、悪夢そのもののことが起こる。つっかえつっかえしか話せないのだ。しまいには気分が悪いと言い逃れ、ぜんぶ病気のせいにしてあたふたと逃げていく。

本物の病気のようにお茶を淹れ、窓辺に腰をかけ、運河を眺め、そしてこぬか雨のなかを歩くことを許されている――なんの罪もおかしていないから――人々を眺める。歩くのはやめよう。こんな強迫的な行動はもうやめなければ。休暇までもう歩くことはすまい。
だが案の定、その晩のうちに、歩かなければもっと仕事ができないことが明らかになる。これ以上遅れるわけにはいかない。だから翌朝さっそく歩きに行く、ノートパソコンを携えて。

そんなに古いノートパソコンではないのに、リュックサックがずっしり重い。いくらも経たないうちに肩が、首が、背中が、しまいには腰や膝まで痛くなる。痛すぎてどうにもならず、喫茶店に入ってみんなと同じく席につく。はじめはうまいことを考えたと思ったのだ、一石二鳥か三鳥のかしこい計画——歩きも仕事もでき、おまけに入ったカフェにはなんたる偶然、ファリアがバイトしている、と。ところが現実はもちろん惨憺たるもの。結局、二度持って出ただけで、厄介な重荷はまた家に置くことになった。

あるときは、歩くのをやめ、バスでアート系の映画に行く。かつてファリアを最後に見たのが、アート系の映画館の中だった。禁止されていたソ連の映画だった。まざまざと思い出せること二つ。ひとつは、さんざん苦難や不正や屈辱を身に受けてきた登場人物が結局言ったのが、「肝心なのは、戦争がないってことよ」だけだったこと。もうひとつは、上映後に私が出ていったら、ファリアがほかの数人とロビーにいたこと。なにか議論をしていた。私は立ち止まりも挨拶もせず、また話に耳を傾けもしなかった。トラムに乗ってアパートに帰った。だがどういうわけか、いまの私からかつての映画愛は消え去ってしまっている。アート系の映画にふたたび行くことはない。

最後の試みとして、二つの住所に行ってみる。〈在ロンドン、若きハンガリー人たち〉というページに、貸し部屋ありという情報が載っていたところだ。週に百ポンドから百六十ポンドなら私でも払えるだろう。一度はイースト・ハムへ、もう一度はアップニーまで歩いていく。イースト・ハムはインド人が多く、一方ニュー・モールデンには、聞くところでは北朝鮮人が多いという。だがニュー・モールデンは西すぎる。これはもう試みもしない。

友だちの言うとおりだったのかな、どう思う？　とエヴリンに訊ねる。私たちはカフェにいる。後ろのテーブルにまたハンガリーの女性ふたり。私が彼を愛して、そしてそれを秘めておかなかったことが、決定的な失敗だったって、そんなことあると思う？

ううん、エヴリンが答える。決定的なのは、彼がそうは感じていなかったということよ。あなたは基本的には彼に感謝していいと思う。あなたはあなたが愛されていないという関係にあって、そこにあなたを囚われたままにしておくことを、彼はやめたんだから。

その瞬間、エヴリンにいっぺんで恋してしまう。私たちは午後の残りと、続けて夜もいっしょに過ごす。エヴリンは私を自宅に連れていく。運河が眺められるベッドルームが二つあって、それで月額たったの千ポンド。

まったくもう、あぜんとするほど幸せだぜ、とそこに加わったオリーが言う。オリーはほんとうはガールフレンド同伴で来るつもりでいた。ところが――彼女、僕におかんむりでね。こう言ったんだ、あなたはあなたのことをしたら。私は私のことをする。大晦日に会いましょう、って。

それでも、大晦日に会いましょうって言ったんでしょ、とエヴリン。だがオリーの気分はいっこうに上がらない。「くそったれ《シットホール》」を連発し、私たちに作ってくれたカレーのできばえをぐちぐち言いつづける。完璧よ、と私たちがどれだけ言ってもムダだ。エヴリンの住居はまだがら空きで、灯りの取り付けてない部屋すらある。私たちは床に座ってカレーを食べる。眠りに引き込まれる前に夢を見る、こんなふうな――私は喫茶店でバイトすることになり、エヴリンと私の住居に揃える家具を買おうとわくわくしている。でもそれから不安になる。エヴリンの家に引っ越してきたいとは、まだひと言も彼女に言っていなかったのだ。いいこともある。目が覚めて、Gとファリアがまた意識に昇ったとき、たぶんもうじきあの人たちを忘れることができる、と思えたのだった。

クリスマス目前の日々、ついに、みんなと同じように私も仕事をし、暗くなってからジョギングに出るようになる。あるときヴィクトリアパークの出口を出そこね、公園をいつものように一周でなく二周して、結果、一時間でなく二時間走ってしまう。それでも私はちゃんと抑えがきいて、もうそれをくり返さない。火災報知器が十三回目に鳴ったあと、冬のコートをまた出して、故郷に帰る飛行機に乗る。

クリスマスには帰郷するものだ。森にも庭にも野道にも雪が積もっているが、奥の部屋に籠もって、食事の時間がまた来るまで本を読んだりＤＶＤを観たりする。はじめて外出したのはクリスマスの二日目、例年のごとく家族が盛装して町に出、クリスマスコンサートを聴きに行ったときだ。けっして邪悪なことを考えていたのではないが、そのうちに教会堂《バジリカ》が人でいっぱいになってくると、嫌悪感と苛立ちに襲われた。私は扉の近くでずっと立っていたが、その感情をどうしようもなかった。おびただしい数の頭、帽子、コート、いくつかの開いた扉からのひっきりなしの出入り。コンサートの記憶はまったくない。演奏者の姿も合唱隊も目にしなかった。聴いてはいた、いや、やっぱり聴いていなかった。ずっと人々の後頭部と、帽子とコートの群れに頭が占められていたから。家族もみんな帽子をかぶっていた。婦人用の帽子、紳士用の帽子、私だけがかぶっていなかった、つばのある帽子も、つばのない帽子も。冬のコートだけ羽織って、下にロンドンで買ったペトロールブルーのタートルネックのセーターを着、そして邪悪なことを考えていた。たとえば、ここで（ここでなくてもいいけど）私が見ている人々は、いなくてもいい存在だ。たいていの人間は余分なのだ、遺伝子プールにはこんな多様性は要らない。浪費だ、そこらじゅうで、なんという浪費がなされていることだろう。そして考える、どこで自分はしくじってしまったのだろう、八年して選別されて捨てられることは、自動的に居場所をなくすことにつながるしかなかったのか、それともほかのあり方があったのか、それとも遅かれ早かれ、あれとは関係なしに、どのみち自分はどこかでしくじったのだろうか。そして思う、ファリアもきっとここ、この群衆のなかにいるはずだ、なぜなら、あらゆる人がここにいるから。でも私が彼女を見つけるチャンスはこれからもないだろう。彼女の見解を聞いてみたかったけど。彼女ならどんな答えを見つけたのだろう。

なんにせよ、教会堂体験から、また歩けるようになった。靴が雪ですっかりくたくたになる、昔と同じように。ある日は教会をはしごし、その翌日は書店と古書店をはしごする。古書店巡りのほうはすぐに終わってしまう。ぜんぶ合わせても五軒しかないのだ。締めくくりにカフェで、昔はなかったマロンクリームを食べ、最後にショッピングセンター内のシネコンに行く。そこにいた。ファリアが。チケット売り場のあるロビーで、私の知らない、あるいは見憶えのない数人といっしょにいる。つばのある帽子もつばのない帽子もかぶらず、かわりに大きな格子縞のストールをしている。けっこう背が高い。記憶の彼女とは違うけれど、十八を過ぎてから背が伸びたのかもしれない。ほかの人より頭ひとつ大きい。私が見つめていることに気づいて、こちらを見る。いまも馬面だけど、まつげにマスカラをしているので青い目がぱっちりしていて、きれいだ。彼女がほほえむ。明らかに私に向けたほほえみ。体を翻して去ろうとしていた私は、意を決して立ち止まる。

ハロー、と彼女。

ハロー、と私。私のこと、憶えてる？

ええ。もちろん。元気？

いまロンドンにいるの、と私は言う。

ほんと？

しかし自分もいるというような口調ではない。ロンドンには住んでいないのだ。ぜんぜん。そのつもりもない。ブダペストでもう一度大学に通いはじめた。心理学専攻。

じゃあ妹さんは？　元気？

私が彼女の妹に会ったことがないと知っているのに、けぶりも見せない。元気よ、と言う。妹はこんど大学入学資格試験《アビトゥア》を受けるの。

彼女が友人たちに向き直り、私から目を離した一瞬に、その場を去る。

バスに乗って村に戻り、また奥の部屋に引っ込んでDVDを観、少なくともファリアのことでは、ようやく少し平静を取り戻す。それで元気が出てきて、大晦日にブダペストに行くことにする。家族が怪訝《けげん》な顔をする。いったいだれのところへ行くんだ、もうGはいないのに。その話をするのはまだちょっと早いわ、とこれまでの経験を思いながら私は言う。

あらたな又借り人のヴェロニカが、彼女のところ、つまり私のアパートに泊まってもいいと言ってくれる。ジャクリーヌという、目を黒く縁取っていた前の借り手とは、びっくりするほど違うタイプだ。澄んだ目をして、褐色の髪をお下げにした女の子。ラテン語と英語を専攻。大晦日だが外出しない。友だちがふたり来て、私たちは四人でボードゲームをする。スクラブル（単語を作成して得点を競う）では私が大勝する。そうなるしかしょうがない。三人が感嘆の目で私を見る。だって彼らより十歳年長で、博士号を持っていて、ロンドンで研究していて、スクラブルが得意なのだ。ひと晩ならいいだろう。

最後にみんなで寝る。女が三人、男がひとり、ひと部屋しかないアパートで体を寄せ合って。ロンドンには二月末まで留まれる。次の奨学金を取るまで、喫茶店のバイトを探そうと決心する。そうやってくり返していくんだ、行けるところまでは、あるいはほかになにができるか、思いつくまでは。だが一方でいま、ヴェロニカの隣に横たわっていると……眠りが浅くて、夢ばかり見る。ここで彼女と暮らしたらどうだろう。十の歳の差はこの世代では大きいけれど、でも許容範囲だ。彼女は中二階で、私は下で寝ればいいし、その逆でもいい。

とはいえ翌朝起きると、三人はかわらず愛想はよかったものの、私に迷惑していることは明らかだった。それを受け入れ、私は出ていく。村に戻り、残りの荷物を持つ。家族は空港まで車で送ろうと申し出てくれるが、私は言う。いいの、バスに乗るから。

チーターの問題

状況

M市の公安局は、本年五月十日、一戸建てが点在する住宅地内にて、W氏（男性）宅の庭にチーターの成獣一頭がいることを確認した。市職員がW氏を訪問したところ、氏は、自身は独居の障害年金受給者であり、当該の獣を幼獣から飼養していると述べた。チーターは四歳のメスで、きわめておとなしいとのことであった。

本年五月十二日、市公安局は当該チーターが一メートル八〇センチの庭の柵を跳び越え、二十二歳の左官ブルーノ・Sに咬みついて負傷させたとの通報を受けた。複数の目撃者によれば、これが起こる前、ブルーノ・Sは柵の金網の隙間から石を投げたり、棒で突いたりして、獣を刺激していたという。W氏が自宅を留守にしていたため、市立動物保護施設から職員が駆けつけ、難なく取り押さえて、安全確保に成功した。

問題――必要な措置を講ぜよ。

試験時間は四時間あった。エラスムス・ハースは三時間しか要せず、しかもそのうち最後の三十分は手持ち無沙汰でただ座っていた。身分証明書と携帯が返却された。携帯は切ったままにした。寄り道せず、まっすぐ市電の停留所に向かい、なじみの三番に乗って中州の島に渡った。何週間も雨が降りつづいたあとで、河川はひどく増水し、橋の下でまるで猫が背中を丸めてでもいるように見えた。欄干から見ると、水はまっ茶色に濁っている。かつての、汚染されて死んだようになっていた時代と同じ色だ。

中州は、川の周辺の町よりもひと回り湿気が多い。エラスムス・ハースは五階に住んでいたが、それでも川の増水時には、窓から水が流れ込みはしないかと不安になることがあった。ヴァッサー通り《水の路》四番地。ジョークではない。炭は箱詰めにして、中庭に置いてある。地下室に備蓄しておくのは意味がないからだ。でももうすぐ夏が来る。まだとうぶん雨は降るだろうし、六月というのに十一月のような天気が続くだろうが、やがてはそれも終わるだろう。それにこの五日間は、どのみち天気はどうでもよかった。学期が終わり、夏のボランティアに出かけるまでのこの五日間、エラスムス・ハースは自宅で過ごすことにしていたのだ。部屋に籠もり、テーブルと、窓と、部屋のサボテンと、本棚と、マットレスと、オーブンと、そして備蓄の食品だけを相手に過ごす。食料と飲料を五日分用意した。雨で滑る外の舗道には一歩たりと踏み出さない。表向きは、友人を訪ねる旅に出たことになっている。携帯は切ってあるし、どのみち番号を知っている者はひと握りだけだ。待たせておけばいい。

喉の渇きにはビールとワイン、脱水症を防ぐには水。今日は十二日だから、ひと箱目のビールケースの左上の端から数えて、時計回りで十二番目にあたるビール瓶を取り出した。黒のアルト。いいぞ。

バスルームの鏡の前に立ち、ビールをらっぱ飲みしながら、しげしげと自分を眺めた。褐色の瓶、ピンク色の顔と頭と首、白いワイシャツ、シャツの前ははだけていて、下端からピンク色をした腹が見える。ぐびぐびと飲むたびに、前身頃の隙間でその腹が動く。俺の体だ。俺のやぐら。揺れ動く俺のカーテン。体毛はどこも同じ色だ。赤味がかったブロンド。頭髪は三ミリ、顔は（まだ）ゼロ、そのほかは、神の創りたもうたままにしてある。歯をむき出す。黄色っぽい。犬歯《エックツァーン》。男性名詞だ、一本はあるが、もう一本はない。男は猿よりちょっと美しけりゃ儲けものよ、と母がよく言っていた。自然界で猿が歯を失うことはめったにない。歯を抜かれるとしたら家畜だけ。そして動物園の動物。

そうだよ、動物園だよ。きょうの試験。二年生を終了するときの、行政事務職員候補生試験のテーマ——チーターの問題。〈障害児出生に対する賠償請求〉と〈結婚不履行に対する賠償請求〉の問題の次がそれだった。この俺さまにかい。元大型ネコ科動物飼育員、エラスムス・ハースにかい。職業教育では、持ち前の能力は事実上なんのカウントもされない。ものをいうのは中等教育修了資格と品行証明書だ。

ワイシャツはネオンとボールペンの染みの匂いがした。脱いだ。一本目のビールを飲み干し、エラスムスは二本目を取りに行った。

W殿

貴殿が許可なく飼養していたメスのチーターは、S・A州の公共の安全と秩序に関する法（一九九六年一月一日公布、通称SOG LSA）第三条（S・A州法令集二頁）に定めるとおり公共の安全と秩序を脅かすものとみなされるため、同法第一三条に基づき、独立市M市は以下のような措置を命じます。

人間の生命ないし健康の保護法益が脅かされることがないよう、当該動物をXX年XX月XX日までに

（a）薬殺させること

または

（b）M市立動物園に引き渡すこと

M市立動物園か。もう何年前になるだろう。ジャガー《ヤグアー》、シマウマ《ツェブラ》、ミンク《ネルツ》、マンドリル、コフキコガネ《マイケーファー》、ポニー、ラバ《ムーリィ》……（ドイツ語で次々に読むと十二か月の名前を順に呼んでいるように聞こえる。モルゲンシュテルンの滑稽詩「引かれ者はどうやって月の名前を憶えるか」から）。最後は足指グマ《ツェエンベー》、これが十二月《デッツェンバー》になる。引かれ者と飼育員はどうやって月の名前を憶えるか、だな。足指グマなどというクマは実在しないが、エラスムスが飼育員をしていたころは、M市立動物園にはヒグマが二頭いた。これが本物のラブラブのカップルで、観客の人気の的だった。ヒグマの恋だ。ヒグマの交尾期は五月から六月。対するにチーターのメスは二、三年に一度、たったの六日間しか交尾をさせない。おまけにえり好みが激しいから、檻に入った状態で自然受胎なんてありえないし、人工受胎

もよほど条件が揃わないと難しい。たとえば近くにライオンがいるのは御法度で、チーターをナーバスにさせてしまう。M市立動物園には昔からライオンはいないが、それでも成功したためしはなかった。エラスムスが勤めていたあいだは、黒ヒョウが仔を産んだことがあるだけだった。メス二匹とオス一匹で、みんな大喜びしたのだった。(そういえば保存パックに入れたクマのステーキ肉を見たことがあった。でもいつどこでだったろう? 憶えがない。夢で見ただけかな。それももう永遠の昔だ。)

エラスムスは空腹を感じたが、とりいそぎ膀胱の圧迫のほうを除く必要があった。最初の二本分はあっというまに体を通り抜けたわけだ。尿の描く曲線がやっと退いていくまでに、九十数えることができた。バスルームの窓から天を仰いだ。霧雨になるほど重く垂れこめた雲、通りに面した家の十字形のアンテナ、その後ろには、ここからは見えないが大河がある。水の路《ヴァッサー通り》。なんのためにあるのかわからないポールに、青い布きれが結ばれている。ぐしょ濡れになって垂れ下がり、ひどく色褪せているが、もとは旗だったのだろう。この旗を掲げた人はまだ表通りの家に住んでいるだろうか。

表通りの家からは、かつてのフェリーの船着き場が見える。エラスムス・ハースが離婚して中州に移り住んだのは、ちょうどこの船着き場が廃止されたころだった。つまりはきっかり一年前。かわりに最近また遊覧船が出るようになったが、それはここではなく、向こうの、陸側の町のほうに碇泊する。かつてのフェリーの桟橋には、だれが置いたのか、いまはベンチが据えてある。醜悪な白いプラスチック製。公共の場にベンチを置くには許可がいるが、こんな作りのものに許可が出たはずはない。風で吹き飛ばされたり、だれかに川に捨てられなかったのが不思議だ。エラスムスはそのベンチにはけっして腰を下ろさず、せいぜいときおりそばに立って川を見るだけだった。遊覧船に乗ってみようと思うこともたまにはあったが、これまでその機会はなかった。かわりにあるときベンチのわきに立っていると、小さな船が旧桟橋を通りかかり、舵を取っていた男に、乗っけてやろうか、と声をかけられたことがある。エラスムスはかぶりを振り、男はそのまま小船を下流へ、コーヒーの焙煎工場がある方向へ進めていった。遊覧船もそちらに向かう。たまに風向きによっては、川面全体にコーヒーの香りが漂っている気がすることがある。しかし工場に近づいていくと、むしろ煤《すす》のような匂いがする。

子どものころ、茶色いこの匂いが好きだった。フェリーのディーゼル油の匂いも好きで、それが進歩の徴《しるし》のように思えた。完璧な球形をしたパステルブルーの化学肥料の粒、あの畑に撒くやつも。進歩を止めることはできない。進歩は続くのだ、どこまでも、たゆみなく、と思っていた。そのあと十代になると、雨が降りつづくキリスト昇天祭の日に仲間と橋の上に立ち、川に向かって小便をしようとした。簡単そうに見えるがまったくそうではない。片手で友だちにしっかりとつかまった。黒く濁った川の上に放物線を描く尿は、明るい金色の霊液のようだった。これで川を浄化しよう、と思った。どろどろの川を。俺の錬金術的な腎臓が、穀物からたっぷりの金を作ることができればいいのに。全身ずぶ濡れだった。ジーンズも、ジージャンも、あのころまだ肩まであった赤味がかったブロンドの縮れっ毛も。おまえたち、将来なんになる？　俺は川に小便する人間になるぞ、こういうものぜんぶを消毒する人間になる、なってやる。おい、つかんでてくれよ、ベルト通しのところ、しっかりつかんでてくれ。いま、おいら橋の上の聖人像になりました！　と彼が叫んだとき、ベルト通しがぷっつり切れた。幸運にも転落はしなかったが、しばらく濡れた油っぽい舗道にへたり込んでわめくはめになった。

用を足した満足感とともに鳴るカツンカツンという音。トイレの上置きタンクから垂れた紐の先の、陶製の握りが壁のタイルに当たる音だ。水流が止まったあと、透明な水が便器の茶色い排水口にたまり、その縁に泡がわいている。時間があるのだから、ほんとうはいまトイレ掃除をしてもいいのだ。またにしよう。エラスムスは三本目のビールを取りに行った。

決意して実行することとしては、到底まともなものとは言い難かった。だが、エラスムス・ハースはもう久しく、思いっ切り飲んだくれていなかったのだ。最後に飲んだくれたのは前年の夏、しかも公衆の面前だったが、周囲はこれを大目に見てくれた。なにしろ直前に妻に捨てられたのだから。男としてほかにどうしろというのだろう。だがあのあとは二度としなかった。少なくともあんなざまにはならなかったし、それ以前もすでに一年は控えていた。アルコール依存症者を含め、依存症を抱える人間は、人に危害を加えるおそれのある動物の飼育には不適格とされるし、公務員になるための専門教育を受ける道も閉ざされてしまう。基本的には、エラスムスはこの二年間、ずっと自分を殺してきたのだった。だからだれの目にもとまらないこの五日間に何をしようかと考えたとき、思いついたのはただひとつ、なにを措《お》いてもこれしかなかった——ビールを一ケースか二ケース買おう、ボトルのワインを半ダース、水を一ケース、そして五日間、久しくやりたかったことをやって過ごすのだ。おまえらには捉まらんぞ。いまから五日、俺は俺のほんとのお里に帰る——浴びるように酒を飲んでテレビを観る、これだ。

（どうやってはじまったか？　別に目を剝くようなことがあったわけではない。十四の歳にはじめて酒を飲んで、それっきり止まらなくなった。特別の状態なんじゃない、飲んでいるのがいちばん自然と感じられるのだ。飲んで、へべれけになるのが。

二条一項に定める危険な動物は
以下の大型ネコ科動物
ライオン（Panthera leo）
トラ（Panthera tigris）
ヒョウ（Panthera pardus）
ユキヒョウ（Panthera uncia）
ジャガー（Panthera onca）
ピューマ（Felis concolor）
オオヤマネコ属（Lynx）
サーバル（Felis serval）
チーター（Acinonyx jubatus）
ほかにもクモ、ヘビ、クマなど。ちなみに妻だった女は、エラスムスのことを〈クマ〉と呼んだ。どうでもいいけど。）

テレビの前で飲むと、食べるのもそこになる。冷蔵庫には買いたての長期熟成ゴーダがある。エラスムスは念入りに手を洗い、チーズを極薄にスライスした。保存のきく黒パンに有塩バターを塗って添える。すべてを二枚の木のプレートに盛ってから、居間にある飲料のストックに戻る。テーブルワイン、赤、栓はコルクでなくて王冠。俺は味で飲むんじゃないんだ、思い出のために飲むんだ。唾がじわりとわいてきた。チーズとワイン。

もちろん栓抜きはあったが、スタイリッシュに（つまり〈昔どおりに〉）痛飲するべく、エラスムスはストーブの縁の金属板に王冠をあてがい、平手でぽんとその上を叩いた。開かない。てんでだめだ。開いてくれない。痛む手を今度はこぶしにして、また叩いた。二度、三度、おい、なんだよこれは。痛みが肩にはね返り、胸まで達した。くそっ、ええい、もう一回。思いっ切り、王冠をぶっ叩いた。パンと音がして王冠はついに外れたが、瓶の首がいっしょに飛び、同時に、なにか別のことが起こった――体の中、まん中へん、柔らかいところ、腹だ。だしぬけに感じた――なにかが、いまはじけた。せり上がってくる、口まで。時間がゆっくりになり、倒れていく自分がコマ割りで見える、それと交互に、王冠の金属のにぶい光が、王冠の裏側の革のような白い面が、王冠が嵌まったままのガラスの破片の緑色の尖った先端が。ゆっくりと、王冠がストーブの台座に当たる。

このや……と言おうとしたが、ほとばしり出たのは言葉ではなく、なにか別のものだった。体から液体が、体温と同じ温かさのものが、手のひらに噴出した。赤い、ワインよりもっと。ストーブに飛び散り、台座に当たって音をたてる。王冠が高く飛び跳ねるのを見た、と思った瞬間、次の血がまたごぼりとあふれて、まっ暗になった。

床板は黒っぽい。床用の塗料を自分で塗った。塗る前に床板を研磨するべきだったのだが、研磨機を五階まで持って上がる気にはなれなかった。ダークブラウンの塗料。板と板の隙間の粉っぽい部分には塗料が入らなかった。まさしくその部分に、鼻の先があった。板の端のささくれが眉毛に触れる。どのぐらい気を失っていたのだろう？　頰が床板にぺったりとくっついていた。頰っぺ《ヴァンゲ》と側板《ヴァンゲ》、あばたのお肌。こちらは桃色、あちらはこげ茶。ほかは一面、どす黒い赤だった。

ボトルはころげ落ちたが、粉々にはならなかったらしい。それは見て取れた。むろん少量を残して中身は流れてしまっている。床板の上の赤ワインと血、汗と血、あごに、胸に、腹に……ほかにも付着しているのだろうが、見えなかった。エラスムスはまた目を閉じた。

ふたたびわれに返ったとき、血液の表面は凝まってフィルムのようになっていた。背後に、水のボトルを入れたケースの隅が見えた。水だ。水を飲むのはいいはずだ。

片手を動かし、ついでもう一方の手を動かした。両肩に平行になるところまで動かすことができた。腕立て伏せが得意だったためしはない。肘を震わせながら、腹を一センチほど床から持ち上げた。ぐわわっ《ジーザス》、なんてことだ。痛みが走る、ものすごい、焼けるような、切り裂くような、そのぜんぶを合わせたような。突っ張っていた力を抜いてまた床に体を沈めると、数メートルの高さから落下したようだった。ブレーキをかけろ、死んじゃいけない、痛みを抑えなければ、だけどどうしたら。息ができず、エラスムスは喘いだ。口に液体があふれている。頰をできるだけそっと床から離し、ゆっくり唇を開いた。血がどろりと流れて溝にたまり、何滴かが球になって、白っぽいほこりの上を転がって止まった。粉砂糖をまぶした、丸い粒チョコ。目を閉じちゃだめだ、とエラスムスは自分に言い聞かせた。ほこりのついた丸い玉を見つめる。焦点がぼやけるたびに、目をかっと見開いた。

二度目はもう少し頭を使った。横向きから体を丸め、その体勢でなんとか起き上がって、座る姿勢になる。尻を使って前進し、水のケースまで行った。ケースからボトルを一本取る、キャップをねじ開ける。腹の筋肉を極力使わずに、ぬるぬるした手の力だけで開けるのは容易ではない。これじゃ開きそうにない、バスルームまでこうやって行くしかないか、と思ったところで、蓋が開いた。水は炭酸入りで、しぶきが顔まで飛んだ。エラスムスは顔をこすった。乾いた血がぱりぱりのフィルムになってあごに貼りついているのを取る。乾いた唇の端も人差し指で洗った。溶け出した血のかたまりが、茶色い液になって指先に集まる。トルココーヒーだな、これも昔の思い出。エラスムスはボトルを口につけたが、炭酸が不快で、ひとくち含んで口をゆすいだだけで吐き出した。胃の痛みはさっき失神したときほど激烈ではなかったが、過去に経験したどんな痛みよりも激しかった。間違いない、吐血だ。胃から吐いたのだ。床板の血だまりをじっと見る。このどれだけがワインで、どれだけが血なのだろう。姓名を名乗って、救急車を呼ばなければならないほど大量だったろうか？　それとも助けがなくても生きのびられる程度？　あと四日と五夜。電源を切った携帯は上衣に突っ込んだままだ。上衣は廊下に掛かっている。めちゃくちゃ遠く思えるが、時間をかけて頑張ればたどり着けるかもしれない。手の届くところに非常用のボタンがあればいいのだ——ただし、それは最後の最後。医者には守秘義務があるし、両親が自分をチクることはないだろうが、それでも。携帯に電源を入れたら早々と負けを認めることになる、そんな気がした。むしろ運を天にまかせよう。なるようになれだ。ここで出血多量で死ぬさだめなら、それでいいじゃないか。

部屋のどまん中にいた。どこかにもたれられるのなら、そのほうがいい。エラスムスは壁のほうへずり動いていき、必死の思いで体の向きを変えて、背中と後頭部をざらついた壁紙にそろそろともたせかけた。

この角度からだと、窓の一角がテーブルで隠れる。その向こうに目を馳せた。切り取られた明るいグレーの窓枠に、酒瓶の首の輪郭が見える。ウォッカの〈フィンランディア〉だ。十センチほど残っている。胃の痛みには度数の高い酒がいいはずだ。歯痛にも。アスピリンをウォッカで飲み下す。ウォッカで歯を洗う。別れた妻がまだ恋人だったころ、どこかのショッピングセンターで、アスピリンをウォッカで飲ませて歯痛をのぞいてやったことがあった。思い出が甦ってきて、一瞬、エラスムスは幸福感に包まれた。まるでいまのことみたいに。そんな行為をして、まるで俺がいまもヒーローになれるみたいに。まるでそのあと上機嫌で帰宅して、ふたりでセックスできるみたいに。ちなみに時間が経ったらまた彼女の歯痛はぶり返して、歯医者に連れていかなければならなかった。あのとき歯医者ではエラスムスはひどく邪険な応対をされた。俺がなんか悪いことでもしたってのか、なにしたっていうんだ、さっぱり解せない。あそこの連中は、きっともともとからああいう無礼な連中だったんだろう。いまいましい、ウォッカは忘れてバスルームに行こう、あそこなら本物の水がある……と思ったところで、また意識が飛んだ。

ふたたび目を開くと、だれかに見つめられていた。ばかでかい緑色の目が彼の目をのぞき込んでいる。人間ではない、動物の目だ。巨大な動物が上にいて、こっちを見下ろしている。ネコの顔。しかし巨大だ。大型ネコだ。一見動かないが、どっこい彼は知っていた。こいつの毛の一本一本はピンと張りつめている。いま動いたら、俺は食いちぎられる？

そんなはずはない、とわかっていた。チーターが居間にいるはずがない。道理だろ。幻覚だ。自分が動いたらこの幻覚も消えるはず。消えなかったら。心臓がバクバクした。動物の飼育員として、恐れだけはぜったいに忘れてはならない。男性、自宅の居間で猛獣に食いちぎられる。市公安局の出番だ。道理を考えろ。エラスムスは相手に気づかれないように、目を動かそうとした。

言うまでもない、馬鹿らしいことだった。記憶から完全に飛んでいたが、どうやら壁から離れてバスルームに行こうとし、途中で倒れてしまったらしい。それがいまいましいことに、ネコのカレンダーの真下だったのだ。母がクリスマスプレゼントにくれたもの。ＣＡＴＳ——現代の家ネコ12匹——。今月のネコはFelis bengalis、ベンガルネコだった。顔の大写しで、どアップすぎて耳とひげの先が画面に収まっていない。目と鼻すじの模様だけだ。ベンガルネコはハンターの眼差しとヒョウの模様を持つ。ヒョウはチーターのごく近縁だ。そういうわけだよ。なにもかもつながってるってこと。視点の問題だけだ。わが母親からの、あぜんとするほど無思慮な贈り物。だって、この裏になにかの意図があろうとは、しらふだろうがへべれけだろうが、どうしたって考えられないから。

妻は——一年前まで愛していた女は、自分は〈無類のネコ好き〉だと言っていた。〈幸せな若夫婦だった。彼は動物の飼育員、彼女は保育士。お熱い若夫婦はどこ?、となにかの祝いで家族が集まったときに母が言って、みんなを笑わせたことがあった。）エラスムスは、動物園で働いているとなぜペットが好きでなくなるのか、わかってほしい、と彼女に言った。

家飼いのネコの寿命は野良ネコの五倍長いのよ！　彼女は勝ち誇ったように彼の鼻先に事典をつきつけた。

無関係な事実とはそのことだ、と彼は言った。

その言葉に彼女は怒り狂った。そういう傲慢な言いぐさはよしてもらいたい。そして、あなたはエゴイストで、強情で、わたしへの愛が足りない、と彼を責めた。だが彼女が離婚したのはそのためではなかった。それどころか、エラスムスが一年間毎日飲んだくれていたときにも、彼のもとに留まったのだ。ところが彼が酒を断つと誓い、彼女と父母のために信じがたく不毛な、公務員をめざす職業教育をはじめたまさしくそのときに、彼女は彼から去ったのだった。遅すぎたわ、と彼女は言った。あなたをもう愛してないの。彼女はダブルベッドから自分の半分のマットレスをはがし、出ていった最初の週にネコを二匹買った。

なんとかバスルームにたどり着き、なんとかバスタブに入った。暖房もないバスルーム。だがバスタブはある。ここに前に住んでいた男が取り付けたものだ。アンティークの、脚付きのバスタブ。排水口がないので、電動の排水ポンプが下に取り付けてある。ホースの先は洗面台に垂れている。どれもこれも、前の住人が女のためにしたことだ。言うまでもない。

なんとかシャワーを浴びた。かるいめまいに何度か襲われたほかは、心地よかった。口の中にもシャワーを浴びせたが、それもよかった。歯をとことんすすぐ。だがその水を飲もうとは思わなかった。金属的な味がするが、錆びた管のせいなのか、それとも体内で起こっているなにかに関係しているのかわからない。用心に越したことはない。それにしてもこんなことを考えるなんて、俺はここで死んだって別にいいと本心で思っていたわけではないということか。

(いままでに一度、たった一度だけ、幻覚剤で死にかけたことがあった。ハワイのセージかなんかを吸ったとき。七時間便座の前に屈み込んで、祈った。どうか俺を便所で死なせないでください、お願いします、って。そういう経験をすると懲りるというけど、酒は違う。ぜんぜん違うんだ。)

汚れた服をまた着たくはないが、新しい服までの道はめっぽう遠い。エラスムスはまた水のケースまで行き、わき腹にどくどくと脈を感じながら、ボトルの蓋をすべて開けた。炭酸が出ていくように。小さな泡がはじけるときの、心地よい音。顔まで跳んでくる泡まである。やさしく顔を刺激する。なにかこう言っているみたいだ——落ち着きなさいな、あなたはまだ生きてるんだから。肉体の世界はいずれ存在をやめる、そのことを人はいいかげん受け入れなければならない、と近ごろどこかで読んだ。読んだときはっとした。いま、居間と風呂の中間にいて、それを思っている。四日と五夜。寒気がした。

クローゼットまで行くのは無理だが、ベッドまでならずり進むことができる。正確には、かつてのふたりのベッドからエラスムスが持ってきた半分のマットレスまでということ。ベッドと家具の残りは売却して、売れた金をきっちり二等分した。ありがとう、と彼女は言った。

体をマットレスの上に乗せ、布団をかぶる。頭が枕の中を落ちていく、が途中で止まって、めまいは起こらない。もうネコの目はなく、いまは本棚の棚板の裏が見える。俺はなに考えてたんだろう、ベッドの頭の真上に吊り棚なんて？　棚は壁にしっかり固定してあるけど、それにしても。分厚い娯楽本ばかりだ。高校時代の。事典類、地図帳、飛行機のパイオニアについての図解本、ブレームの六巻本『動物事典』、あとほかに、一巻本の医学事典、生殖器官の図解、性病とかシャム双生児とかの写真が載っているやつ。出血は、専門用語でヘモラギーだった。肺や肝臓からなら、いまごろとうに死んでいただろう。胃からに間違いない。運がよければただの潰瘍だ。電話はそばにあったほうがいいな。それと、水の蓋を開けてそのままにしておくよりは、ちゃんと飲んだほうがいい。

だがもちろん、そのどれもしなかった。マットレスがエラスムスを吸い込み、自分は動いていないのにマットレスがかるく揺れていて、それで気分が悪くなった。ちょっと寝たほうがいいか。窓がころもち開いている、これはいい。吹き込む風が顔をなでる。

体がマットレスに埋もれている夢を見た。中心のことを考えないように、輪郭のほうに意識を集中する。自分の内部の声に耳を澄ませてはいけない、外側をたどるほうがいい、手の指先を、足の先を、鼻の先っぽを。風が吹き込む、いい風が吹き込んでくる。夢を見る、窓がいっぱいに開け放たれている、やっとほんとに夏が来たんだ。だがそれから、窓が開いているのでなく、屋根がなくなっていて、真上が空だと気づいた。嬉しさに胸が高鳴った。こんな幸福感を前にあじわったのは、はじめて屋根の上に寝っころがったときだった、下葺材《したぶき》が敷いてあって、隣に溶けた巨大な蠟燭があって、俺の上は空とツバメ。あの家は、俺たちがふたりで住んだ最初の家は、とんでもないおんぼろで、トラムが外を走ると家じゅうがガタガタ揺れた。トラックだったらもっとひどい。そのガタガタが、夢のなかにも戻ってきた、あのときと寸分変わらず、木材がギシギシいい、ガラスがカタカタ鳴り、金属類がカチャカチャいって、下からゴーッと地鳴りがしてきた。なんだこれ？　一瞬、エラスムスは家にいるのではなく、橋の上にいるような気がした。マットレスに寝たまま橋の上にいる、だけど同時に立ってもいて、欄干にしっかりつかまっている、なぜって、橋がべらぼうに揺れるからだ。いまは川が見えていた、ほんとに橋の上だ、下に川がある、家からのぞき込んだところにあるみたいだ。気をつけろよ、欄干から落っこちないように。壁が欄干になってしまっている。エラスムスは注意して体を屈め、川を見ようとした。これが目下の課題だ、川がどうなっているか見るのが。するとぐんぐん押し寄せてくるものがあった、ガタガタ揺れる雲が川面にひろがり、それが予想よりも不気味で、エラスムスはぎょっとして息を吸い込むと同時に、頭を持ち上げ、そしてさらにぎょっとした——自分の上にあるのは空ではなく、黒い天井板だったのだ。俺に向かって落ちてくる！
飛び起きた。胃がそれをゆるした。エラスムスはもういちど息を吸った。

当局御中
このたびの処置に不服を申し立てるとともに、当該メスのチーターが私の唯一の伴侶であることをご考慮いただきたく存じます。貴下の処置は裁量を欠いており、私の利害をじゅうぶんに考慮したものとは言えません。当該動物はたいへんおとなしく、大型犬よりも危険ではありません。この四年間で事故は一件も起きませんでした。同様の問題が生じた場合、犬ならすぐに殺されたり、連れ去られたりはしません。このような理由から、チーターを拙宅にそのまま置かせてくださるようお願いいたします。

敬具　W

なにを血迷ってこんなことに手を染めたのだろう。行政事務職員候補生。品行証明書。模範解答。川に小便する人間になりたいったって、そんな職業はない。動物の飼育員は立派な職業だ、ロマンチックなイメージがあるから人気はあるけど、大変だし、汚いし、危険だし、薄給だから、敬遠される職業でもある。だけど飼育員を続けていられたら、ここまでにならなかったのではないか。エラスムス・ハースの元妻は、自分のビューティーサロンを開きたいという夢を実現するために、保育園の保育士をやめた。だから彼もなにかにならなければならなかったのだ。公務員になれる道が開けそうなら、チャンスをみすみす棒に振るべきではない。市の下水料金を集金するのは恥でもなんでもない。だが、よく言うように、時すでに遅し、だった。女がもう愛してくれていなければ、酔っ払ってろれつの回らぬ口でハナアルキ《ナーソベム》（鼻で歩く架空の動物。モルゲンシュテルンの同名の詩より）の詩をそらんじてみせたところで、面白いどころか、うざいだけだった。もうしょうがないんだから、公務員めざして、このまま頑張りなさいよ、とエラスムスの母が言った。害はないんだから。

閉めた窓から呼び声やサイレンが聞こえてきた。このへんの音じゃない。鉄橋は川向こうの音を運んでくる。古い家々のむきだしの石壁を伝って裏庭まで届く。聖霊降臨祭の年の市の音まで聞こえてくるし、デモの声はもちろんだ。デモはきまって川岸の遊歩道の一部を通る。それにしても、天井から塗料の粉がぱらぱら降ってきて顔に当たったのは、尋常ではなかった。

エラスムスは起きた姿勢を保った。いまはもたれなくても大丈夫だ。そして興味からというより、自分の状態から気を逸らすために耳を澄ませた。デモは行進のリズムでわかる。みんなで歩調を揃えて歩きたいやつらがだれか。タンタタ、タン、タン、タンタタ、タン、これがネオナチ。タン、タン、タン、これが反ネオナチ。前にこんなことがあった。橋向こうのピザ屋にテイクアウトをしようと出かけたら、よりによって両方のデモが橋の上で鉢合わせていた。警察が引き離したものの両方動かず、おたがいにアジり合った。足もとで橋が揺れていた。エラスムスはそのうち辛抱が切れて、家に戻り、液体パンで満足した。つまりビールで。

窓台のフィンランディア。ウォッカは口のまずさを消してくれる。ひとくちだけ飲もう。だが体を動かさなかった。表面が波打った窓ガラスのほうをじっと眺めた。いまのは裏の教会の鐘の音。もう日曜日なんだろうか?

ためしに立ち上がってみた。だいじょうぶ、それに痛みもほぼない。さっきほどは。ただかなりへロへロになっているが、それは当然だろう。動物の群れに踏みしだかれたあとみたいな。鏡を見るとその跡が見て取れる。依存症患者のなかには、見ただけで自分の状態を言い当てられると不思議がる連中がいる。かと思えば、どうして見ただけでわからないのかと不思議がる連中もいる。エラスムスは両親のことを思い出し、ようやく廊下に出て、携帯を手にした。

着信が五件、伝言が一件。すべて母親からだった。

そっちも揺れたかどうか知りたかっただけよ。こっちは地震があったの、でもみんな無事よ。
そう聞いて、いっぺんに目が覚めた。外へ、外へ出なければ、見てこなければ、橋の上に行って、見てこなければ、きっととくだん見るものはないだろうが、なにかあるかもしれない。急いでなにか羽織ろうとふり向いたとき、床板の血とワインの汚れが目に入り、決意を翻した。

窓を開ける。外の音をもっとよく聞くため、そして悪臭を追い出すため。いちばん臭いのは、オオカミとジャッカルの檻にきまっていた。次がネコ科。エラスムスはまだ服を着ていなかった。なんで着るんだ、あとでいい。プラスチックのバケツに、用心のため半分だけぬるま湯を入れた。居間からはじめ、何度か水を替えて、すっかりきれいになるまでやった。最後にバスタブと、便器と、洗面台のあいだの床を拭いた。開け放った窓から吹き込む風で、みるみる木の床板もリノリウムの床も乾いていった。深煎りのコーヒーの匂いが満ちた。
エラスムスはすべてを隙なく整え、自分自身も隙なく整えてから、外に出た。家の前に近所の人たちがたむろしている。上機嫌で、被害なく終わった変事について開けっぴろげにしゃべっていた。エラスムスは二言三言言葉を交わし、それから橋ではなく、フェリーの船着き場跡に行った。白いプラスチックのベンチが、変わらずそこにあった。ってことは、ほんとになんてことのない、ちっちゃい地震だったんだ。

続いてしたのは、血のついた衣類を洗い、バスタブの上で干すことだった。乾くまで待ちきれなかった。エラスムスはそうして一日遅れでボランティアに出かけ、動物愛護センターで三週間犬の世話をした。ふたたび帰宅すると、試験結果が届いていた。不合格。

わざと不合格になったんでしょう、と母親が言った。

違うよ、と彼は言った。真剣に取り組んだよ。いいってば、さっき言っただろ、コーヒーはいらないって。胃が悪いんだよ。

飲みすぎるからよ、と母親。

どうってことないさ、と父親が言った。かつて物理の教員だった父親は仕事柄、人が試験に落ちるところを見てきている。またやればいい。

ああ、とエラスムス・ハースは言った。どうってことないね。

不合格になった彼の答案はこれだった。

教本の模範解答は裁量に誤りがある。第一点は削除すべきである。

理由——チーターはネコ科の肉食獣ではあるが、系統的にはイヌ科とネコ科のあいだの特殊な位置を占める（たとえば、チーターは他のすべてのネコ科動物と異なり、爪を引っ込めることができない）。チーターの飼育は犬の飼育より困難ではない。一九二〇年代には、チーターは富裕層のペットとして流行した。その際もとくに重大な事故は起こらなかった。

当該動物を殺処分することは、より高次の法（種の保存に関するワシントン条約、付属書Ⅱ）に抵触する。動物園に引き渡すことはこの状態では実施できない。チーターは家族のつながりを持ち、一歳前後の青年期を過ぎると、群れに加わることができなくなる。さらに困難となるのは、当該個体が人間により幼獣から飼養されており、チーターでなく、人間を同類とみなしているためである。Ｗ氏のチーターを動物園の群れに加える試みが死刑判決に等しいことは、ほぼ百％確実である。

提案——当該動物は、ひきつづきＷ氏の庭に残す。ただし、囲いの上部にロープを張る、囲いを内側に傾斜させた上で囲いをもっと高くする、など逃走を困難にすることを推奨する。

飼養許可に関して——状況を鑑みるに、当初の措置に対しすでに当惑の色をあらわにしている変わり者の男性が、みずから市公安局を訪れる決意はしにくいことから、この許可は当局から出してもよいかもしれない。

賜物　または慈愛の女神は移住する

もう仕事に行く必要がなくなった初日、後任者への引き継ぎも、あちこちでの送別会も、片付けも引っ越しもすべてが済み、おまけに妻が旅行に出たので、マサヒコ・サトウはほんとうに完全なフリーになり、それゆえその日はとてつもなく気の滅入る灰色の十一月の一日になった。とうとう年金生活者か。当面は名前だけだ。年金生活者というのは、職業生活を送ったあと、それと関係のないところで自分のルーティンを持つ人間のこと、いつ、なにを、どこでするかを心得ている人間のことだ。だがマサヒコ・サトウにはそのどれも心得がなかった。ある日突然に境遇が変わったわけではない。何か月も（そして実際は何年も）前から、定年後に備えた人生設計ができたはずだった。だがその方向ではなにもしなかった。死ぬまでいまのままでいられると単純に思い込んでいたわけではない。もちろんそれができるのなら、彼にはいちばん自然なことだったろうが。彼は仕事と仕事以外（いわゆる余暇）というようには自分の人生を分けていなかった。自分の人生は自分の人生。わかってはいた。いろいろな出来事があり、そこでは時間は中央集権的に計測されていて、対応する数値がくれば、どうすべきか法律が定める。定年退職だ。ただし専門分野の点から見て代替がきかない場合、あるいは適切な後任が見つからない場合を除く。そのときは最長五年間、ひきつづき同じポストに留まることが許される。ところが適切な後任は現れたのだった。マサヒコ・サトウは代替不可能な人間ではなかった。であるならば、道を塞ぐのは無粋というもの。そう言ったのは妻のヴェラだった。

おおよその計画はあった。教授職にあった多くの者たちと同じように——本を書く。といっても、彼がこれまで書いてきた専門領域、日本学の専門書や案内書とは異なる本を。表向きは、もう一冊専門書を書くことにしていた。だがそれとは別に、短い散文を集めた本をこっそり書くつもりでいた。高校生がノートを二冊重ねて置いておき、じつは書きたいことを下のノートに書くように。上のノートの進みが遅々としてきたら、あるいは疑われないところまで進んだら、下がどんどん書けるだろう。それともやっぱりゆっくりだろうか、もしかしたらまったく進まないかもしれない——見当はあいにくつかなかった。だが現時点でそんなノートはない。具体的にはゼロだ。まずは、そうだな、年末までになにかしよう、これまでの人生でしたことがなかったことを。仕事（研究、教育、授業前後の準備、学務等々）以外の時間を、別の仕事（研究や執筆の継続）で埋めるのでなくて——なんと言ったらいいかな、日常で埋めるのだ。仕事をしていない人間がするようなことをする。適期があるとしたら、疑いなくいまだ。

たとえばもっと家事をやってもいい。好きなことを探すのもいい。もしそういうものが見つからなかったら、時間ができたいま、面倒なことの一部を引き受けるのがフェアというものだ。たとえばいちばん時間を食うもの、食事の仕度を引き受けてもいい。完璧にできるようになった暁には、部屋に籠もって日本語・チェコ語・ポルトガル語からの翻訳に没頭しているヴェラが、十二時半に空腹を感じてキッチンに行くと、彼がなにか作っているというぐあい。スープかなにか、それなら簡単だ。

ところでマサヒコ・サトウは、あっさりスープであれこってりスープであれ、スープを作ることができなかった。寿司も、少なくとも自分がうまいと思うものは作れない。まてよ、なんの話だった？　そうだ、とにかく、なにかするにはこの方向でもっと通暁する必要があるということだった。ふつうなにを、どこで、どうやって調達したらいいのだろう？　自分の住む地域をよく知らなければ。それができたら次の地域を。目標は、四半世紀のあいだ住んでいた都市を少なくともある程度は知ること。というのもこの長い歳月、マサヒコ・サトウは通らずにすむ道はことごとく通らずにすませてきて、この町を知らないに等しかったのである。（そういえば、都会で蜂蜜を作っている人がいるという話だ。自分の巣箱を一つか二つ持っている。たとえばそんなのも面白いのではないか。）

というわけで、彼は腰を上げて、はじめての散歩に出た。だが、先の気の滅入った日に同じく、この散歩も想像以上に気持ちを落ち込ませた。

こんなところに、こんな個性のない、戦後に建てられた裏通りに住んでいたのか。スモッグを浴びた単調な灰色とベージュ。並木はあるけれどいまは裸。葉があれば緑があり、やがて色づきもして少しは心を和ませるだろうに。それにしても、そもそも自分たちはどうしてこんなところに住んでいるのだろう？　おそらくは、右に行けば大通りまでほど近く、そこに地下鉄の駅があって、乗り換えなしで職場に行けるからだ。二十八分、前後の歩きを含めても四十五分かからない。大都会では立派な決め手だ。彼は大通りまでの短い道のりは把握していたが、どこにどんな店があるかを言うことはできなかった。近所で買い物をしたことが一度もなく、どこになにがあるかがわかるほど、ショウウインドウをのぞき込んだこともたぶんなかった。商品というものに興味がなかったのだ。専門領域以外の関心は食事ぐらいのもの。だから自宅前の通りのパン屋と日本食レストランは知っていて、レストランには定期的に（ヴェラとだったり、客とだったり）食事に訪れていたし、右へ行けば大通りだが逆に左に行って突き当たりをまた右に曲がり、次の角まで行けばアジア食料品店があって、彼はそこでときどき海藻、カブの漬け物、冷凍枝豆などを買っていた。そうか、だからか——と、まだ開店前の日本食レストランの前を過ぎ、同じくまだ開店前のアジア食料品店のほうに足を向けたときに、彼ははっとした——ヴェラがここを選んだのは。彼がそれまで食べていたもの、つまり米と野菜と魚と海藻をひきつづき食べられるように、と。いずれも安価ではないし、海とは疎遠な都会でたやすく入手できるものでもない。ヴェラはとくに紅茶卵を欠かさないように気を配っていた。これなら彼も自分で作れるのだが。いやほんとうに簡単なのだが、新婚当初の数回を除いては、作ったことはなかった。

ここはほかにマッサージサロンが並んでいる。医療マッサージ、美容マッサージ、エロチックマッサージ。経営者はタイ人、日本人、中国人。ロシア人だったこともある。どのマッサージサロンのどのショウウインドウにも、きまって蘭《らん》の花鉢が置いてある。蘭は美しい花だが、マッサージ店やビューティーサロンのショウウインドウがこれきりで、ほかはがらんどうとあっては、まさに灰色の十一月、陰鬱の印象を強めるばかりだった。（十一月の家々。マサヒコ・サトウはこの言葉を記憶しておくべきか考えた。作家の卵としては。判断がつかない。蘭の陰鬱。この言葉はどうか。）

歩いて五分もしないうちに、はやくもうんざりしてきた。なにより自分の陰鬱な想いに嫌気がさした。（だめだ、これでは詩的でもないし着想も悪い。これじゃあ……なんだろう。）行きつけのアジア食料品店は視界に入っていたが、もう投げ出したくなった。家に取って返したい。いや、ほんとうは地下鉄に向かいたかった、いつものように地下鉄に乗って、いつものことをしたかった。だが地下鉄のもう一方の端に、いつものことはもはやない。行けばセンセーションを起こして身の置きどころがなくなるだけだ。それなら自宅に戻ったほうがいい。だって——こんな散歩がなんになる？　A地点からB地点まで行くほかに、道でなにをすることがあるというのだ？　偶然などあるものか。目的もなく路上にとどまる人間が、一般に不審者（与太者）か、可哀想な人（ホームレス）とみなされるのは偶然ではない。……と破壊的なことを思いながら歩くうちに裏通りが終わり、小さな公園のはずれに行き当たった。芝生のまん中に一本の落葉松《からまつ》が立っていて、金色《こんじき》の針葉を散らしている。マサヒコは立ち止まって、葉の落ちるさまを眺めた。きょう家を出てから、はじめて美しいと思った。金色の葉を散らす落葉松。規則正しくぱらぱらと散るのではなく、枝からざあっと群れをなして落ちてくる。大量に落ちたあとはしばらくわからないほど少しずつ散り、それからまた群れなして落ちる。風はほとんどないのに。マサヒコ・サトウは時を忘れてたたずみ、ひたすら眺めた。散歩（へっ！）に連れてこられた犬も気に障らず、追い立てられる気もしなかった。だがそのうちやはり寒さに耐えられなくなった。薄着にしすぎた、靴底も薄いし、靴下もズボンも上衣も薄い。（じゃあ、着る物も一新しないといけないのだろうか？　人生の新たな章にふさわしいように。）落葉松にはまだたくさん葉がついている。明日もまた来て、この木を見ようと決めた。（明日はもうすっかり丸裸になっていたら、と想像する。それは悲しい。あわてて、黄金の絨毯ができていてそこに木がすっくと立っている、という想像を送り込んだ。とにかく、この落葉松がひとつの展望にはなる。）

よし、と再度気持ちを奮い立たせると、マサヒコは家への最短距離をとらず、行きに通らなかった一本裏の道を選んだ。その道はなじみのどの目的地に向かうときもつねに回り道でしかなく、そもそもいままで完全な盲点になっていた道だった。歩いてみると、自分の住む通りと瓜二つだ。やっぱり店が二軒ある。一軒は花屋（蘭の花）、そしてもう一軒は通りを半ば来たところ、ちょうど彼の住居の裏側で建物がほぼ背中合わせになるあたりにある――クリーニング屋だった。この店もショウウインドウに蘭の花鉢があったが、隣に小さな祭壇がしつらえられていた。供物の皿と線香立て、そして仏教のお寺でよく売っている絵馬が一枚。手のひら二つ分の高さ、一つ分の幅、金色の地に、慈愛の女神の絵姿が描かれていた。観音だ。この世の音を聴くという観音。

広く親しまれ、さまざまな描写がある観音だが、この観音の特別なところは、マサヒコ・サトウがそれを知っていることだった。間違いない、これは、この観音は、祖母といっしょに訪れた、自分が生まれ育った地の近くの寺の観音だ。同じ絵馬がうちにもあった。祖母はもういないし、両親すらすでにない、実家もとっくになくなっているけれど、寺はまだある。そしてこの絵馬もたぶんまだ寺で販売しているのだろう、古いようには見えない。自分やほかの大人が子どもだったころのもののようにはとても見えない。

マサヒコ・サトウはつま先立ちになって、ショウウインドウの間仕切りの奥をのぞき込もうとした。その必要はなく、間仕切りは店内にあるカウンターよりも低かった。カウンターの背後に回転式のハンガーラックが二台あり、ひとつには汚れた洗濯物が、もうひとつにはクリーニングしてビニール包装した衣類が掛けてある。後ろで動くものがあり、だれかが店内を行き来している。マサヒコはつま先立ちをやめて、また観音を眺めた。さっきはじめて見たときと同じだった——心の奥に沁みるものがある。絵姿とともになにか励ましのようなもの（希望？　あるいは幸福感？）が瞳から脳に入り、脳から体をめぐり、震える指先に達するかのようだった。（嬉しさ、そして驚き。）

店内の灯りが変化し、だれかが動いて、いままでラックに隠れていた人物が前に出てきた。そのときはじめて、彼女を見た——女だ。自分よりも若い。若々しさを保っている五十五歳のヴェラよりももう少し若い。中年をいくらか過ぎた女、編んだ長い髪を後ろでくるりと一度返して、端を頭の上で留めている。先端が小さな扇のようにゆるくばらけていた。鳥の羽根の髪飾り。カウンターでなにかしていて、下に屈み、また立ち上がる。マサヒコは茫然となって、ながながと見ていた。われを忘れていた彼のそばをだれかがすり抜けて店に入っていき、早く鳴りすぎた目覚まし時計のようにドアの呼び鈴がいきなり乱暴な音をたてた。女はそちらを向いて笑顔になりかけたが、そのときにはマサヒコ・サトウはとっくに逃げ去っていた。

家に戻り、自分の部屋に入った。それから居間に戻った。壁一面の大きな書棚に、故郷を偲《しの》べる品々の一部が置いてある。だがそれも学生時代の旅行で集めた比較的新しいものだった。ヴェラの仕事部屋にも入った。ここも壁を埋める書棚があって、やはり物や絵や写真が飾ってある。彼から彼女へのはじめての贈り物——まだ友だち以上になっていなかったときの、仕事の成功を祈る毛筆の書。

次の贈り物はすでに恋人への贈り物になっていて、こちらは写真だった。新聞から切り抜いて額に入れたもので、シモーヌ・コリネ=ブルトンがタイプライターに向かい、まわりをシュールリアリストが取り囲んでいる。マン・レイの有名な作品だ。写真の端に、長い歳月にひどく黄ばんだ新聞紙が少し見える。その黄ばみに、マサヒコは深い感慨をおぼえた。次の刹那にはせかせかと棚を見回し、本来は自分のものである品物が置いてないか探した。なにもない。小さな、人差し指大もないこけし人形は、息子のアキトのだった。思い出すようすがにと、引っ越すときにヴェラに残していった。マサヒコはまた自分の部屋に取って返した。あとのわずかな品々はここにある。表紙のとれた中国の昔話、子どものころ好きだった本、漆の小箱数点。翡翠のミニチュア招き猫、こんなに小さいのは、彼がこうした開運系のアイテムが好きでないからで、両親や祖母の家から宗教にまつわる物をまったく譲り受けなかったのも、その理由からだった。ひとつだけ、祖母のものだった皿が一枚。残りは姉に委ね、姉もそこからいくばくかを手元に残したが、観音の絵馬がそこにあったのかどうか。姉のところは真夜中だし、そのために電話するのもおかしいだろう。(学術的な関心をよそおうことはできた。それならいつもうまくいった。) まだ昼間だというのに、こちらもにわかに空が暗くなった。雨雲が垂れこめ、たちまち雨が降りだす。マサヒコ・サトウは机のライトをつけ、机に向かってノートと鉛筆を手にすると、何分かじっとしていたが、投げ出す寸前で自分を鼓舞して、ノートにこう書いた。

男がひとり窓ガラスをのぞき込んで、女を見ている。

それで止まった。もう浮かんでこない。一文たりと出てこない。イメージだけが二つある——金色の地に浮かぶ観音、クリーニング屋の女の髪型。髪型のほかは憶えていない。顔の輪郭もおぼろだ。

ディテイルを目に刻むのを怠ったデッサンのようで、思い出そうにも、はっきりした像が出てこない。たとえ絵が描けても、記憶をたどって描くのはむりだ。マサヒコ・サトウは絵は得意ではなかったが、脳内の曖昧な像がもどかしくて、女の横顔とアップにした髪のラインをさっきの一文の余白に描いてみようとした。だが、みごとに失敗した。これじゃなんの絵か見当もつかない。まるで水たまりの輪郭だ。中はからっぽで、まわりだけがある。（感動的体験を再現するわが能力はこれか。なにも意味しない文をひとつ、解釈のしようのない絵がひとつ。）

残っていた紅茶卵を食べ、カブの漬け物を食べた。その日の残りは、インターネットの記事や雑誌や本をなんとなく読んで過ごした。夕刻に行きつけのレストランに弁当を注文した。しめくくりに長時間テレビを観たが、それはその日のつねならぬ体験から鬱憤と刺激の両方を感じて、寝つけなかったからだった。その後テレビの前で寝てしまい、ふたたび目覚めたとき、なにかがはじまる気がする、一日限りではない、希望が、と思えて少し満たされた。

ヴェラが翌日の午後に帰宅し、はじめての自由な日々はどうだったと訊ねた。妙な感じだったよ、と彼は答えた。ヴェラは笑った。

ふたりは三十年以上前、ヴェラが一年間名古屋に滞在して日本語を学んでいたときに、タンゴのダンスで知り合った。

なぜこんな言葉を？

とくに理由はないの。できるかどうか、ためしてみたくて。

彼女の母語はチェコ語、父語は――父が話していたのはドイツ語で、ほかにもちろんスロヴァキア語もでき、さらに英語、フランス語、ポルトガル語ができた。その上での日本語だ。

ちなみに、そんなに何か国語もできるという話を彼が聞いたのは、何日もしてからだった。ともに過ごした人生最初の夜、ふたりはほとんど言葉を交わさずに踊りつづけた。見知らぬ女と相手を替えず、二時間黙々とタンゴを踊ったあとに陥る状態。ダークブラウンの彼女の髪は当時ボブカットで、花の髪留めで右耳の上にかかっていた。それに各パーツ――目、胸、お尻――が丸いのも、彼には並外れて映った。自分ももうちょっと見栄えがよくならないかと、マサヒコは髪を伸ばしはじめた。

初ダンスから一年後、ふたりに息子が生まれた。息子が三歳になったころにはヴェラは日本語をマスターしていて、日本を去ることを望んだ。息子が五歳になったとき、それは実現した。マサヒコがドイツで教授職を得たのだ。

国を移ったことのほかは、マサヒコは記憶にあるかぎりいつも同じ暮らしをしてきた。変わらないことが二つあった。ひとつは、つねになんらかの教育機関にいたこと。はじめは生徒、のちには教員。もうひとつは、人生で一度もひとりで暮らしたことがないこと。つねにだれかがいた。幼年期はだれより祖母がいたし、大学時代には男の同居人がいた。それからはヴェラだ。ヴェラとアキト。アキトは成長して家を出たが、ヴェラはまだいる。総じていい人生ではないか。仕事が好きなこと、ひとりでないこと、これはかなり大きい。賢明な彼にはそれがわかった。やむなく手放した職場での仕事をなにか別の仕事で埋め合わせる（ノートをまとめて書籍にするといった）ことさえできれば、彼は満たされるだろう。環境にも恵まれ、わずかでもそれを阻むものは、人であれ物であれ、なにもなかった――彼がいま取り憑かれたものを除いては。

なにかが起こったのだ。日をまたいで次の日へ、さらにその次、またその次へと影響していくものが。マサヒコ・サトウに新しいルーティンができた――しばらく部屋にじっとしている、仕事はしない、フリをするだけ、そして外出する、散歩はしない、フリをするだけ、そして帰り道に買い物、これればかりはフリができない。なぜなら散歩するのと散歩するフリをするのは見た目には同じだけれど、買い物はそうはいかず買うか買わないかのどちらかだから。要は、彼のすることなすこと、基本的にぜんぶフリだということだった。なぜなら、毎日の要諦はただひとつ、クリーニング屋の前を通ることだけだったから。

一日一度。それ以上ではない。以上だと多すぎ、以下だと耐えられない。（日曜日もだ。店は閉まり、彼女はいないが、観音はいる、慰めをくれる観音は少なくとも。）毎日行く、これは確定だ。歩きのスタイルはまだ確立してない（それどころか同じ歩き方が二度とできない）。マサヒコはそれも自覚していた。店の前を通り過ぎるときの、自分のいろいろな歩き方が見えた。せかせかと、さもほかに目的があるように、ほかに見るものがあるから一瞥するだけ、というように歩く。別のときはぶらぶらと、のんびり散策しているように歩き、なんでもしげしげと眺める。立ち止まって興味深げに小さな祭壇を観察したり、店内をのぞき込んだり、だれもこちらを見ていないとがっかりしたり、それもありだ。店先にたたずむ。どのぐらいならいいだろう、心臓がドキドキいう、やがて彼女が現れ、見られるのではないかという不安が勝る。そそくさと離れ、うつむいてまっすぐ落葉松まで行く。もうとっくに裸木だ。またあるときは、通りかかると女がおりしもカウンターの後ろにいて、なにかしたり、行ったり来たりしている。髪をほどいていることはなく、少なくともかならず編んで、たいてい低い位置でひとつにまとめている。扇のようにばらけた以前の髪型にしていることは稀だった。客がいるとほほえみ、うなずき、しゃべっていたが、マサヒコは即座にその場を離れた。立ったまま彼女が人と話しているところを観察するわけにはいかない。だから去るのだが、脳内には古い映画のように、一連の映像が無限に反復していた――女がうなずき、声もなく唇を動かしている。

ごく稀に、今日はやめようと決意することもあったが、耐え切れたためしはなかった。ある日は二十二時まで耐えて、ついに苛立ちに震えて家を飛び出した。当然ヴェラはきょとんとした。雨まじりの雪のなか、早足で店をめざしたが、もちろん閉まっていた。どこも閉まっている、通りぜんぶが閉まっている、それでもショウウインドウのまん前まで行って、しばしたたずまずにはいられなかった。観音はいた。観音と蘭と、酒と小さなご飯は。この観音はまるで、私たちの家の祭神みたいだ。彼女と私の女神。私たちふたりだけの住処。とりあえずふたり、女神が同居を定めたのだ。彼女の部屋、私の部屋、そして祭壇の部屋。私たちは口をきかない。黙ったまま、女に眼差しを投げようとする男。黙ったまま、男に眼差しを投げようとする女。ふたりが目を見交わすまでがわずか数時間なら、どんな物語が生まれるだろう。もしそれが数週間かかったら。何か月、何年もかかったら。そうしたら物語がいくつも生まれるだろうよ、マサヒコ。だが、他のさまざまなテクストから、書かなければはじまらないと知っていながら、マサヒコ・サトウはノートにひと言も書けなかった。圧倒されているうちは書けない。その晩絵馬の前に置かれていた飯は薄紅色だった。

もちろん知ってるわよ、日本人がやっているクリーニング屋でしょ、とヴェラが言った。(だれかとこの話をするのだ。むろんほんとうのことは言わない。遠回しなことしか。)あなたのスーツも出してるわよ、とヴェラは言った。オーナーは未亡人で、娘がふたりいる。どっちも店を継ぐ気はなし。長女はアメリカにいてキャリアを積むつもりでいる。次女はこの町の大学に行っていて、一応形だけなにか専攻しているけど、そのうち相手を見つけて結婚して、母親になりたいってことしか考えていない。

どこからそんなことを?

彼女と話したのよ。日本語でね。すごいねって言ってもらいたくて。

マサヒコは笑った。で、うまくいった?

大賛辞ってわけじゃなかったけど、社交辞令以上には褒めてくれたわ。

マサヒコはほほえんだ。

いつでも当意即妙で、回転のいいヴェラ。いまはさすがに染めているが、髪色は依然としてダークブラウンで、肩まで届いている(やや二重あごになったからそのほうがいい)。前髪はたっぷりあって、額のしわを隠しているけれど、眉毛は見せている。両の目は変わらず丸い。いまも昔も美しい女。ふたりはいまも週に一度、タンゴを踊る。散歩のようなものだ。男女十二組、はじめはしばらく躊躇っているかのように、足で床を確かめつつ、慎重に行き先をさぐっていく。マサヒコ・サトウがタンゴを好きなのはそこだった。探すこと、自分の動きとパートナーの動きのための、こまやかな心遣いが必要なこと。ヴェラはいつもすべてを呑み込んで、どんな動きも正しく、しかし早すぎることなく解し、行く先をとうに承知していながら先回りしなかった。日常ではそうなのだが、タンゴでは違う。それは類い稀な、すばらしいことだった。マサヒコ・サトウは妻に感謝していた。そうやってはじめて恍惚の状態に達することができるのだ——はじめて彼女と踊ったときに味わい、そしてその後もくり返し、彼女と組んだときにだけ味わった。時間のない圏域に滑り込んで、眠っているのでも覚めているのでもなく、そこに永遠に留まれるかのような状態で踊ること。いつも成功するとはかぎらない。今回もなにかが邪魔をした。ヴェラと踊っている感じがせず、かといってほかの人物でもない、いや、はっきりクリーニング屋の女でもない、人間とではなくて、いまだかつて嗅いだことのない香りと踊っている。なんの証拠もなかったが、この香りはクリーニング屋の女と関係がある、とだけ彼は思った。ふたりは言葉もなく四十五分踊ったが、やがてヴェラが訊ねた。どうしてわたしの匂いを嗅いでるの?

新しい香水つけた?

いいえ。ヴェラは笑った。あなたは世界を再発見してるところ?

そうかもね、とマサヒコ・サトウは答え、ふたりはまた十五分踊ったが、やがてくたびれて帰宅した。

そのあとのセックスはよかった、彼の心は彼女のそばに、なじみのヴェラの丸い肉体のそばにあった。

だから、性的なものではないのだ。ではなんなのだろう?

男は、自分はなにかの魔法にかかったにちがいないと考えた、とマサヒコはノートに、このたびは日本語で書いた。子ども騙しもいいところで、もちろんヴェラには読めてしまうし、ほかに関心を持つ者などいない。男は、自分はなにかの魔法にかかったにちがいないと考えた、私が恋をしていることはありえない、そんな下地はまったくない。もしも魔法というものが存在するなら、それが二十一世紀にあってもおかしくはない。

またそこで詰まった。彼はノートの頁をぱらぱらとめくった。

不可解なことにのめり込んでしまう前に、クリーニング屋に行って、せめて一度あの女に話しかけてみよう、とマサヒコ・サトウは決意した。

翌日の午前中、落ち着いた足取りで家から店に向かい、女神をかるく一瞥しただけで（新しい白い飯が供えてあった）、店内に踏み入った。踏み入って、壁にぶつかったように動けなくなった。カウンターの後ろにはあの女でなく、若い娘がいたのだ。桃色のセーターを着た、寝ぼけまなこの娘。しゃべり方も半分寝ているようだった。いらっしゃいませ。そのとき、なんの口実も用意していなかったと気づいた。クリーニングする服を持参してない。「間違えました」というようなことをもごもご言って後退《あとずさ》りしたかったが、動けずにいるうちに、二台のラックのあいだから女が出てきて、にっこりした。

そうして会話がはじまった。会話がなければならない、ここできびすを返して走り去っては一巻の終わりだ、永久に。そこでマサヒコ・サトウは訊ねた。ショウウインドウの絵馬は、名古屋の観音さまでではありませんか？

そうです。

私は名古屋の出なんです。

まあ、ほんとうですか？

あなたも名古屋からおいでですか？

ええ。大須です。でももうずいぶんになりますわ。二十五年経ちます。

私とまったく同じだ、と言って、彼女の笑みに応じたが、先刻からその笑みはまともに見えなくなっていた。そこにいればいるほど、彼女の姿がぼやけてくるのだ。四囲はもっと早く、会話をはじめてすぐ霧のなかに沈んでいた（若い娘はずっとそばにいたんだろうか？　それとも途中でいなくなった？　見当もつかない）。そしてマサヒコは自分が完璧にこの女の虜になったことを悟った。わけはわからない、ただそうだとしか言えない。ふたりはそれからなにも言えずに三十秒ばかり立っていた。

彼は丁重に礼を言い、お辞儀をして去った。


秘密のノートを開き、乳白色の頁をしばらく見つめていた。

続く数日はなにもしなかった。散歩にも出ない、ほかになにもしない。

買い物に行ける？　ヴェラが訊ねた。

いや。

どうしたの？　具合が悪い？

体の芯がなにやら寒くてね、と言い訳した。風邪の予兆かもしれない。買い物はよくないだろう。

気分はよくなった？　数日してヴェラが訊ねた。山、いっしょに行く？

年に一度、ふたりはボヘミアの山地に出かけていた。妻の風景は私の風景にもなった、と、マサヒコ・サトウは驚きと感謝を込めて思った。車窓から眺める風景に懐かしさをおぼえたのだ。とはいえ、そこまで言うのはいささか大げさかもしれない。彼が知っているのはこの道しかなく、ヴェラが連れていってくれない限り、ひとりでは到底この伝統行事を続けられないだろうから。

ホテルは四つ星で、谷川の岸に面してサウナがあった。ヴェラは白いタオルに身を包んで木の階段に腰を下ろしているところを写真に撮らせ、次は彼女が、白いタオルを腰に巻いて立つ彼を写真におさめた。三日間の逗留で、マサヒコ・サトウがクリーニング屋の女のことを思わない瞬間は幾度かあったが、あとのほとんどは、彼女のことを考えていた。火のように熱いサウナで浅く息をしながら、氷のように冷たい谷川に両足をひたしながら。川向こうの草原にまだ少し雪が残っていた。背後は濃緑の森。しばしのあいだ、心には〈熱い〉〈冷たい〉〈森〉しかなかったが（それは彼女のことを考えない瞬間でもあった）、やがて目の前に細い径を見つけた。径は森を通って、ひとつの社《やしろ》に通じていた。（心臓が高鳴る。そういうことか。ここだったのか。何十年もここまで来たことはなかった。）社殿の中に、金色と黒に塗られた一体の像があるのだ。谷川を渡り、岸をよじ登り、草原と雪を越え、径を見つけ、門を見つけ、通り抜けて、中に入った。裸足で、タオルを腰に巻いただけで山を登っていった。だが上に着いてみると、予想外に彼はひとりではなかった。おびただしい人がいた、何百、ひょっとしたら何千人。みんな彼よりも早く着いていたのだ。しかし像はとてつもない大きさで、彼のいる最後尾からも見えるほどだった。だがそのとき愕然とした、前方にあるのは金と黒の巨大な木像ではない。クリーニング屋の女だ、しかも像ではない、生身の彼女。悟りの境地に至った人が座す姿勢で、まわりを蠟燭やほかの像や供物が取り巻き、笑みを浮かべて座っている。高さ六メートル。

おおっと、とヴェラが笑った。

夢から覚めて飛び起きたとたん、マサヒコが足を上げて寝ていた寝椅子が、がたんと前に跳ねたのだった。

おおっと、とヴェラが言った。落ちないでね。だいじょうぶ？

なんでもないよ、と答えたが、心臓が喉から飛び出しそうだった。

ヴェラが声をあげて笑った。

日本に行ってくるよ、と帰宅して一週間経たないうちに、彼は軽い口調でヴェラに言った。

ヴェラは、なにか裏にあると感づいた目で彼を見た。里心がついた、と思ってくれるならいちばんいい。

わかったわ。すごく長くなるようなら、わたしもあとから行く。

ふたりはまた笑い合えたが、彼にははっきりわかっていたし、彼女にもはっきりわかっていた。彼があまりに長く留守にしたら、それどころか晩年は故郷に戻りたいと思うようになったりしたら、彼女はあとを追わないだろう、と。日本語はよくできるけれど、日本に住みたいとは思わないだろう、と。取り決めをする必要があるだろう。たとえば年に一度、彼女が飛行機で来る。あるいは二度。彼のほうもその頻度で。季節婚だ。天候を基準にする。自然の巡りで。まずは桜の花の季節、ついで菩提樹の花の季節。むろんふたりとも長旅ができるほど健康で、金が足りているうちに限る。ヴェラの眼差しはそのすべてを含んでいて、読み取ったマサヒコは、このひとはもう前からなにもかも考えに入れていたのだ、あらゆる不測の事態に備えていたのだ、と知った。彼女の仮定にただひとつ欠けているのは、別の女がからんでいることだった。

出発の日、ヴェラはちょうど流感にかかって、頭がぼんやりしていた。それで朝、チェコ語をドイツ語にするのに英語を経由しないとできなかったのを、認知症のはじまりではないかと恐ろしがった。いささかドラマチックなのだ、彼女は。マサヒコはヴェラの前髪を払って、その額にキスをした。

慌ただしく決めた旅だったが、要所はおさえてあった。ホテルに泊まる必要はなく、国際文化学部の教授をしている友人で、ジョン・ヤマモトというアメリカ人が、キャンパスに近い客員教授用のアパートを世話してくれた。アパートはひどく狭かった。入り口からバルコニーまで七歩で行ける。キッチン、仕事部屋、畳の部屋。火口《ほくち》が二つあるコンロ、小さな書き物机、ソファベッド、テレビ。心臓が高鳴った。親切を絵に描いたようなジョンが去るのを待ちきれなかった。アパートは殺風景でがらんとして薄茶色で、そしてまさしくいまの自分にうってつけだ。畳に寝ころび、すばらしい香りを嗅いだ。ブラインドは半開にして下ろしてあったが、これも竹製だった。部屋に寝ころび、息をし、そして観音のことやクリーニング屋の女のこと（勝手に彼女に〈イマ〉と名をつけた。〈賜物〉という意味のつもりで）を考えようとしたが、失敗に終わるか、はるか遠く抽象的でしかなかった。観音、イマ、ヴェラ――どれも遠い。畳だけだ。静かだった。というか、都会のざわめきはしていたが、それも遠かった。ときおり、あるときは〈クックー〉、あるときは〈クク、クク〉と、二羽の鳥が鳴き交わしているような声がしたが、歩行者信号の音だとわかっていた。これも近くではなかったが、風向きの加減でたまに聞こえてきた。

時差ボケ解消と食べることに主眼をおいた最初の数日は申し分なかった。ジョンと学食で一度（醬油味の豆腐料理、これはひどかった）、小さな居酒屋で一度（焼きナスがうまかった）食事をし、あとはスーパーで調達したが、スーパーの手巻き寿司さえおいしかった。高校生のころのような食事をしているうちに、五日間でみるみる体重が減り、しまいには爪切りを使って、苦労してベルトに新しい穴を開けたほどだった。浴室に入って裸で便座の上に立ってみると、膝から喉元までが見えた。老人のようにも少年のようにも見え、どちらも知っているようでも、知らないようでもあった。彼はまた服を着て、寺に行った。

寺はむかし杜《もり》に囲まれていたというが、彼が子どものころにはもう杜はなくなっていた。当時は小さな公園といくつか三階建ての建物があった。町を出たときにはすでに高層ビルが建っていたが、それらの建物はまだあった。公園のあったところは、一列の樹木と鳩の群れだけになっていた。

祭壇の前の賽銭箱は、中に男四人が横になれるほど大きい。マサヒコ・サトウは、長いあいだそこに立って、じっくりと眺めた。火影《ほかげ》の揺らぎ、金色の像、賽銭箱、線香、瓔珞《ようらく》、酒樽、灯籠、菊花、文旦、仏飯。なにもかも美しい、クリスマスみたいに。アキトがいつも言っていた。これ、クリスマスみたいに美しいね。火が焚かれていてまわりが熱い。仏像は記憶していたのとは違っていた。黒い色はまったくなく、全身が金色で、緑色の蓮の上に座っていた。男性のように見えた。記憶のなかの像はこんなではなかった。展覧会でもあるまいに、像を替えたとは考えにくい。考えられるのは、自分の記憶が誤っていたか、像が長年のうちに変化したかだ。それならわかる。

旅行者や信者や、たくさんの人がいた。手を合わせ、なにごとかつぶやき、お辞儀をし、賽銭箱に金を投げる、作法どおりだ。マサヒコは絵馬を見た。女神の絵姿のある絵馬はなかった。何度も何度も絵馬の列を見て回った、見落としただけなのだろう。健康と繁栄の願いの山々にうずもれているだけだ。だが見つからなかった。ここにはいないのだ。マサヒコは躊躇したが、最後にいくばくかの金を箱に投げた、お供えはするものだ。しかし願いごとはしなかった。気をつけて、心が空《から》になるようにした。マサヒコは寺をそれきり訪れなかった。

ジョンとヴェラにはむろん、調査と執筆のために来たのだ、と言ってあった。だが少なくとも後者のほうはまったくやらなかった。祖母と両親の墓、そして若いときの友人の墓に参った。ほかは家にいて、なにもしなかった。日に一度外に出て、近くの道を歩く。あたりの様子を知りたかった。当初、ベルリンの自宅の周辺を知らなかったときと同じく、まったく見憶えがないことにショックを受けた。

理屈からすれば、自分はこの近辺の幾分かは知っているはずで、少なくとも大学の方向にある通りはわかっているはずだった。だがひとつとして同じもののない小さな家々が、彼にはどれも同じでどれも灰色にしか見えず、目の障害だろうかと思うほどだった。私はたぶん家の区別ができない人間なんだ、人の顔を区別できない人がいるみたいなもので。あるところでは家を新築していた。二階建ての小さな木造家屋だったが、それは何度見ても楽しかった。外壁が付く前の家の内部。下に三つ部屋があり、上に三つ部屋がある。

おおいに気に入ったのは、飲み物の自販機だった。いまでは町の角々にあった。明け方にも夕暮れにも夜中にも、親しげな青と赤の光を放っている。マサヒコは自分ではけっして買わなかったが、その美しい中立さといったものには心が休まった。一方、家並みに隠れている何千（おそらく）もの寺は、安らぎの島になっていいはずながら、むしろ多くが心を乱した。それでもどこかで通りかかると、行き過ぎることが許されないかのように、かならず寺を訪れた。はじめのうちは狭い庭に数歩踏み入るだけで、取って返した。稀に参拝客がいると奥まで入っていって祭壇に一瞥を投げやすかった。僧侶がいたときには（一度だけあった）、あたふたと逃げ出した。また何度かは、くつろいで寺の庭に腰をかけ、植物や泉水や小さな石の地蔵を眺めたりもした。ある寺は隣が幼稚園だった。窓からフロアのひとつが見え、そこに紐が渡してあって、よだれかけが干してあった。この寺がいちばんの気に入りになった。行った、というか行きかけた最後のお寺では、表門を入ってすぐのベンチで老女がふたり、シルクのスカーフを整理していた。あわてて引き返そうとすると、老女のひとりに呼び止められ、気づいたときには、〈最愛の人に〉プレゼントしてちょうだいと、赤と白のスカーフを贈られていた。

アパートはいつまで使っていいのかな？　学食でいっしょに食事をしながら、ジョンに訊ねてみた。

ほんとうに必要なときが来るまではだいじょうぶ。

ありがとう、マサヒコは言って、アパートに戻り、畳の上に転がった。


翌日、列車に乗って広島の姉の家に向かった。

姉の家の祭壇を、マサヒコはしげしげと眺めた。家族の写真や最近の多量のきわもののほかに、両親と祖父母の思い出の品もいくつか並んでいたが、観音の絵馬はなかった。ミヤというその姉に訊ねてみたが、姉はそんな絵馬など記憶にないと言った。ふたりはたがいの子どもたちの話をした。彼女が食事の仕度をしているうちにマサヒコは三つの部屋をくまなく探し回ったが、なにも見つけられなかった。

屋根裏にあるんじゃないか？　とマサヒコは姉に訊いた。気が昂り、体が震えていた。

あなた、どうかしたの？

ふたりはたがいを見つめた。（姉の目つきは、私をあまり好きでない人間の目つきだ。そして私は？　彼女をどう感じている？　狡猾な女だ、と思っている。嘘ばかりつく女だ。ここにいても得るものはない。）

夕飯までいられないんだ、列車が出るんで、と彼は言った。

侮辱だった。たとえおたがいを好きではないにしても。食事の招待を断るものではない。姉の顔が赤くなった。

いったいどうしたのよ?

許してくれ、と彼は言って、去った。

(これは間違いだった。生きているうちにふたたび会えるかもわからないのに。)

列車は三列目の内側で、彼は気分が悪くなった。駅で降り、アパートまで歩いて帰ることにした。二十四時間営業のスーパーで手巻き寿司を買い、ぱくつきながら通りを歩いた。自販機で飲み物を買った。それで少し気分はおさまった。

アパートへの途上で、昔ヴェラと踊ったミロンガ(タンゴを踊る場所)のそばを通りかかった。この数日で何度か見かけていたが、いつも昼間で、惹かれることはなかった。いまもひとりで入るのは気後れしたが、姉への憤懣と羞恥を胸に抱いたままアパートに戻るよりはいいかとも思い、思い切って入っていった。

入ってみるとじっさいによかった。席につき、カクテルを一杯飲み、踊っている人たちを眺めた。ペアの何組かは女同士だった。マサヒコは年齢的にいちばんふさわしい二人組を選び、ひどい緊張を乗り越えて、まずひとりに、ついでもうひとりに申し込んだ。ふたりとも上手にリードに合わせてくれたが、ヴェラと、そして最後にあの香りと踊ったときとは較べるべくもなかった。彼は丁重に別れを告げて、店を出た。

姉に起因した苦痛は和らげられたが、別の苦痛が生じていた。その苦痛は、もう観音の姿もクリーニング屋の女の姿もヴェラの姿もしていなかった。ただの抽象的な憧れのようになり、激しさは失せていた。だが私はもっと孤独になった気がする。そうしているうちに鳥の声の横断歩道まで来た。これもいい。鳥たちが夜闇に呼びかけている。しばらくたたずんで耳を傾けた。クックー。そしてクク、クク。警察官がふたり通りかかった。ひとりはマスクをしていた。警官は彼がじっとしてひたすら信号の音を聴いているのを見た。彼は先へ歩いていった。

彼は観音のある寺をまた訪ね、姉が彼を許してくれるように祈った。絵馬とお守りをいくつか買った。けっこう気に入ったものもあった。古い絵馬のレプリカで、猿が馬を曳いている。最後にもう一度賽銭箱の前に行き、分別と平安を見いだせるように祈った。観音さまが、誠実な人間に慈悲を賜りますように。

帰りの飛行機では、シベリアを見下ろしながら、「シベリアだ」とだけ思った。

どうだった？　ヴェラが訊ねた。
きつかった、マサヒコは答えて、赤と白のシルクのスカーフを贈った。
そうだったのね、ヴェラが言った。アキトが結婚するのよ。四週間後に来るわ。相手の女性にも会えるわよ。
アキトももう三十歳だった。美しい男だ。ヴェラとマサヒコのいちばん美しいところがアキトのなかでひとつになった。ニューヨークの銀行で働いているが、どうしてそうなったのか、マサヒコは説明できなかった。白状すると子育ては、というかなにもかもほとんど、私はヴェラにまかせっぱなしだった。息子よ、おまえはまだ日本語はできるのか？　だがそんな質問はしなかった。ただ、かつてともに暮らした住まいに腰をかけ、笑みを浮かべて息子を見ていた。

次に来たときには婚約者がいっしょだった。職場の同僚で、やはり美しく、タイトなスカートを穿いていて、それがまたスリムさを際立たせていた。最初の印象と異なり、彼女にはぎこちないところがなかった。その晩、みんなよく笑った。三人そろって腹を抱え、何度も大笑いしたが、マサヒコはほほえんでいるだけだった。なぜそんなに浮かれられるのか見当もつかない、なにしろ話に耳を傾けられなかった。聞こうとしても注意が続くのは二言三言までで、また自分の内奥に戻ってしまうのだった。その内奥には一度も使わなかった二口のコンロの隣に桜材の小さな机があり、上に小さな絵馬やお守りがあった。二つの信号機の鳥の声すらした。息子たちが辞去することになったとき、彼は跳び上がった。彼女の名前すら忘れるところだったが、記憶が甦った、セイコだ。だがそうは呼ばず、頬にキスをすると、娘、と呼んで、ほかの三人を喜ばせた。

世界ってほんとに狭いものねえ、と寝床に入りながらヴェラが笑った。

うむ、とマサヒコは目を閉じたまま言った。

日本から戻って四週間経っていたが、マサヒコはまだ一度もクリーニング屋をのぞきに行っていなかった。そもそも散歩に出なかったのだ。部屋に籠もって、手当たり次第に本を読んでいた。ノートには、こんどはなにかを書きつけていた。物語の出だしになれそうなこと。ひとりの男について。男がひとり小さなアパートにいるのだが、どうしてそこにいるのか、思い出すことができない。二羽の鳥が呼び交わす声に耳を傾けていて、その二羽が囚われの鳥なのではないかと想像する。二羽はたがいを見ることはできないが、声を聞くことはできる。どちらも鳥だから時間の観念もなく、呼び交わすようになる前の暮らしの記憶もない。やがて一羽が鳴くのをやめてしまうと、もう一羽も鳴かなくなり、やがてもう一羽がいたことすら忘れて、ふたたび無時間のなかに戻っていく。その声に耳を傾けていた男にも同じことが起こる。短い話だが、この先は要らない。マサヒコはいくらか満たされた心地になった——こういうものなのだ、こうやっておさまるものなのだ。そのために用いた文章にはまだ気に入らないところがあったが、ノートにあちこち書き込みを入れる（直しをする）のがいやで、そのままにした。それにイマをはじめて見たときに描いた（じつは、まんざらでもない出来の）デッサンもこのノートにある。マサヒコはとりあえずノートを閉じた。

アキトと婚約者が訪れたあと、それでも自分はきっとまた散歩をするだろう、と思った。そしてまたクリーニング屋の前を通るだろう、明日でなければ明後日、そのあとはわからない。彼はベッドに寝ころんで、賽銭箱のことを考えた。中に四人の男が横になれるほどの巨大な箱。内部を想像してみたが、暗闇しか見えなかった。私はまだ挫折したわけではない。けれど答えを見つけられてもいない。

アキトと婚約者が訪れた晩に、もう少し注意を払っていたらどうなっていただろう。彼らがドイツ語、英語、日本語をごちゃまぜにしゃべり、アメリカから来た婚約者がアキトと同じ言葉を操れたことすら、マサヒコはあとで気づいたのだった。きっかり二日後、二度目に会ったときに。みんなで行きつけのレストランに集まったのだ。店に入っていきなり若い娘と鉢合わせたとき、マサヒコは最初だれなのかまったくわからなかった。服装が違っていたからかもしれないし、目の表情が違っていたからかもしれない、なにしろ、まだ一度しか会っていないのだ。一分後、母親を紹介されたときに、一挙にすべてが一つになった。クリーニング屋の女だった。さっきの若い娘は彼が店で会った下の娘で、上の娘があのセイコで、セイコはこの地でアキトとほとんど隣同士のようにして育ちながら、知り合ったのは数か月前、ニューヨークでのことだった。みんながまた爆笑したが、マサヒコだけがこんども笑わなかった。クリーニング屋の女は、まとめた髪に真珠をあしらったピンを挿していた。マサヒコは彼女の名前も、下の娘の名前も聞きそこない、ようやくあとでみんなが着席してから、ほかのだれかがしゃべった言葉から知った。下の娘はスキ、女はイマといった。

えっ?

イマ。

(私には堪《こら》えられない。みんな笑ってばかりいる。——だがもちろん彼は堪えた。)彼はヴェラが指定した席についていた、婚約者の母親の隣に、そしてそれが最善の解決策だった。隣り合って座ると、たがいをあまり見ることはできない。彼も彼女のほうを見ず、前の席の妹娘のほうに所在なくにっこりし、また同じ笑みを返された。そのうちに香りに包まれた。かつて嗅いだことのある香り、ヴェラとタンゴを踊ったときの香りに。そっとまわりを見回した。飾ってある花からだろうか。しかしいたるところに蘭の花があるだけだった。でも、これはぜんぶ現実なんだ、とマサヒコ・サトウは思った。これからどうなるのだろう?

長いことといらっしゃらなかったのね、と隣の女が言った。ほんとうにイマという名だったとは。それもおかしくはない、魔法ならちっとも。長いこといらっしゃらなかったのね、彼だけに聞こえる声でイマが言った。

相手を見ずに返事をすることもできる、だがマサヒコ・サトウはいまそうしてはならないことを知っていた。なぜなら二度目の試みができるほど、彼の人生に残された時間はないだろうから。そこで彼は彼女のほうを向き、彼女の顔を見た。そのとき——彼が彼女を見つめ、彼女が目をこちらに向けたそのとき、もう逃げ道はない、と悟った。私は記憶を持たない鳥ではない。ひとりの男だ、そしてこの女を、死ぬまで好きでいるだろう。

喉がからからで、ほとんど声が出なかった。

名古屋にいたんです。

名古屋に。

ええ。

彼女がほほえみ、彼もほほえんだ。

テーブルにちょうど飲み物が運ばれてきたらしかった。私とあちらへ行かないか、とマサヒコ・サトウは心のなかで言った。ここでいっしょに暮らすことはできない、でもあちらなら。

飲み物はほんとうに来ていた。イマがウエイトレスに向かってほほえみ、口元にグラスを近づけた。マサヒコ・サトウは彼女を見つめた。彼女の横顔、彼女の耳。真珠のイヤリングをしていた。グラスの中にほほえみを投げかけているかのようだった。私とあちらへ行かないか、とマサヒコは思い、自分もグラスに向かった。そして、いま彼女にそう言えなくてよかった、と思ってまたほほえんだ。いや言えたのかもしれない、彼女がさっきしたように、相手にだけわかるように低くつぶやけたのかもしれない。だがそれはしない。まだしない。いまはまだ訊ねさせないでくれ、そして訊ねていないのに答えないでくれ。私たちはただここに座っていよう、これまでにないほど、こんなに近くにいる、きみの肩が、私の肩に触れんばかりになっている。いましばし、この幸福にひたっていよう。

注

「布巾を纏った自画像」は、はじめ『人間と仮面——画家フェリックス・ヌスバウムと文学の出会い』（ツー・クランペン社、二〇一六年）に短縮版が掲載された。

＊（訳注）
フェリックス・ヌスバウム（Felix Nussbaum）はドイツ、オスナブルック出身のユダヤ人画家。妻は登場人物と同名のフェルカで、ポーランド、ワルシャワ出身の画家。フェリックスとフェルカはベルリンで知り合ったが、ナチスの政権獲得とともに亡命生活に入り、各地を転々とした。一九四四年にベルギーのブリュッセルに潜んでいたところを発見され、ともにアウシュビッツに移送されて死亡した。ヌスバウムのおびただしい自画像の迫力は、インターネット上の画像からも感じ取れる。《布巾を纏った自画像》（Selbstbildnis mit Geschirr-tuch）もヌスバウムに同名の作品がある。

訳者あとがき

のべつ移動している。都市のなかを、歩いたり、走ったり、自転車に乗ったり。落ち着きなく、やすらぎなく、動き回っている。思うにまかせないことがあるらしい。なにか失ったものがあるようだ。マラソンマンの場合は、エコバッグの中に入っていた変わることのない日常を奪われてしまった。見習いコックのティムの場合は、この娘といっしょなら自分もなんとか生きていけるかもしれない、と思えた相手サンディが路上で忽然として姿を消した。マリンガーのエラは、長時間の移動に心身ともに疲労しつつ、都会のアパートと田舎の実家とを往復している。ハンガリーの若い学者は付き合っていた男に去られて以来、故国にどうしても戻ることができなくなった。心の居場所を失って、大都会ロンドンをひどいときは日に八時間、あてもなく憑かれたように歩き回る。

社会からはじき出されたアウトサイダー、と言ってしまうほど極端に疎外された状況を生きているわけではないだろう。ただそれぞれが現代の大都市の目立たない片隅にいて、けっして居心地がいいとは言えない人生を、もがきつつ、ときには滑稽なほど不器用に生きている。身のまわりの世界にすんなりとなじめない〈よそ者〉たち。たぶん世界とだけでなく、自分自身とも折り合いがついていない人たちだ。

〈よそ者であること〉――他者性――というテーマは、ハンガリーの村でドイツ語マイノリティとして育った作者テレツィア・モーラの生い立ちとおそらく無関係ではない。一九七一年、オーストリアと国境を接する町ショプロンに生まれ、小村ペテハーザで育った。一九八九年にブダペスト大学に入学したが壁崩壊後の九〇年にドイツに移住、ベルリンのフンボルト大学で演劇学とハンガリー文学を修める。映画会社に勤務したあとドイツ映画・テレビアカデミーで学び、脚本家として働くとともに九七年以降、ドイツ語で小説を書きはじめた。デビュー以降の作家としての活躍には目覚ましいものがあるが、ハンガリー文学の翻訳者としても高名で、エステルハージ・ペーテルの作品をはじめとして、多数の翻訳がある。ごく短期間だが来日もしており、二〇一三年に名古屋で開催された〈間文化性の文学〉のシンポジウムに参加した。本書収録作のひとつはそのときに取材した作品だ。

いわゆる〈移民的な背景を持つ〉と称される作家のひとりではあるが、モーラの場合は、越境作家がドイツという異国でみずからの異質さを際立たせて書くといった、この言葉から連想されやすい姿勢はとっていない。モーラが問題にする他者性とは、むしろ（どこであってもいい）社会において異質な存在であること、そこになじめない〈よそ者〉であることであり、ひいてはおそらく、人間という存在が有する他者性への問いだろう。

新人の登竜門バッハマン賞に輝いた短篇を含む散文デビュー作『奇妙なマテリアル』（一九九九）は、ハンガリーの偏狭で排他的な村のなかで自分が異分子であることを自覚する少女の疎外感と、その激しくも冷徹な抗いの視線が印象的な短篇集だった。ドイツに移住してから書かれた初の長篇『日々』（二〇〇四）では、主人公アベルは故郷喪失者であり、どこにも長く腰を据えることができずに大都市の片隅を転々とする。このアベルはガスの事故がもとで天才的な語学習得能力を得、十か国語を身につけたという男だが、奇妙なことにその言葉にはまったく訛りがなく、しかも彼自身ほとんど人と対話ができない。生きている感触を失ったような男だ。長篇三部作の一作目『大陸でただ一人の男』（二〇〇九）は、一転して都会のＩＴセールスエンジニア、ダリウス・コップが主人公。ところが勤務するグローバルＩＴ企業との連絡がある日突然とだえ、〈大陸でただ一人〉の社員ダリウスはコミュニケーション不能の状態に陥ってしまう。つづく『怪物』（二〇一三）では、失職したこのダリウスを妻の自死が打ちのめす。遺されたのは、妻の母語ハンガリー語で書かれていて彼には読めない日記。茫然自失のダリウスは遺灰を車にのせて妻を弔う場所を探しに出かけるが、それは東欧世界をあてもなくさ迷う長い旅となる。頁を二分して、上半分がロードムービー風のダリウスの物語、下半分が翻訳された妻の日記という、長大な実験的作品だ。そして十年がかりで完結した第三部『綱渡り』（二〇一九）では、ダリウスはなんとピザ職人となってイタリアにいるのだが、姪のためにベルリンに戻っていくことになる……。『怪物』にはドイツ書籍賞が授与され、一八年には作家としての全活動に対しドイツ語文学の最高賞であるビューヒナー賞が与えられた。

　二〇一六年刊行、ブレーメン文学賞を受賞した本書『よそ者たちの愛』（*Die Liebe unter Aliens*）は、モーラが長篇第二作『怪物』を書き終え、完結篇に取りかかるまでのあいだに書かれた。短篇の執筆は息抜きになったであろうし、二つの長篇を繋ぐさまざまなモチーフの手触りを確かめてみる機会にもなったかもしれない。（ちなみに本書の原題をそのまま訳すなら「エイリアンたちの愛」であり、所収の一篇と同名であるが、書籍のタイトルのみ、内容を鑑みて『よそ者たちの愛』とした。）

　かたときも離れられないと想い合いながら、おたがいが〈エイリアン〉に見えてしまう恋人たちだけでなく、本書にもいろいろな〈よそ者〉たちがいる。〈もうひとりの自分〉が遺した、人間の出てこない美しい風景写真を真夜中にじっと見つめるマッチョで孤独な男（「永久機関」）。人付き合いを断って、静けさに沈潜することだけを願うようになったホテルマン（「森に迷う」）。ひとつ間違えば死んでいたかもしれないほどの大量吐血をしながら、自分の吐いた血をきれいに掃除してふたたび外界に出ていく元アル中の男（「チーターの問題」）。現代社会にうまく適応できず、なにかを求めつつも満たされることのない日常を生きているこうした孤立した人々の閉塞感や孤独感、静かな諦念、ささやかな願望や憧憬はだれも知ることはないだろう（——文学というものがなければ）。迫害され悲劇的な死を遂げた実在の画家（二六九頁注参照）に着想を得た「布巾を纏《まと》った自画像」のような話もあるが、そうした話においてもモーラは場所も人物も特定せず、時代も現代に置き換えて、これを大都会に隠れ住む不法滞在者の普遍的な物語にしている。

いったいに、どの物語もいつどこで起こっているのかといった具体的な背景は消し去られていることが多い。登場人物もトムにティム、ペーターにペトラ（ペトラはペーターの女性形）にエラ（〈彼女〉という意味にも取れる）といった、似かよっていてどれとでも取り替えがききそうな名前ばかりだ。ついでに言うなら、コックのティムが刻んだ極細麺《バーミセリ》を別のところではホテル勤務のペーターが刻んだことがあるらしいし、別トムが墓地で花を盗んだかと思えば、ほかの話ではサンディが墓地から花を失敬してくる。そして夜には墓地の壁のわきを、フェリックスを見失ったフェルカが不安な面持ちで自転車を走らせていく。人物たちはそれぞれがたがいの言わば分身であって、ほんの少し境遇が異なれば、だれもがだれにでもなりうるかのようだ。「マリンガーのエラ・ラム」のエラも「エイリアンたちの愛」のサンディも——どちらもダメな子の烙印を押されているらしい——草の上にしばし体の跡を残すけれど、サンディがそれきりかき消えてしまうのに対して、写真という手がかりをつかんだエラは、子どもと友人とを大切にしながら、どうやら少しずつ自分の人生を築いていけそうな気配を漂わせている。

登場人物たちの多くにとって、この先の人生を大きく打開していける見込みは薄いかもしれない。だがそれぞれがおのれの人生に向き合い、それぞれのしかたで踏ん切りをつけていっているようで、苦い結末もあとからじわりと胸に沁みてくる。彼らが見つける小さな幸せ。なによりこの都会にも〈お陽さま〉がいつもいて、このつつましい、不器用な人たちに日差しを投げかけている。

ところでモーラと言えばかならず言及されるのが、人称や話法を自在に行き来する、その独特の語り口だ。三人称の語りがいきなり一人称に変化して心内の声、あるいは生身の声が響き、カッコもなく会話が挿入され、その会話のまっただなかで一人称の直接話法が三人称を主語とした間接話法に転換する。だれが話しているのかわからないことがある、とどこかの評で読んだことがあったが、ドイツ語読者にとってもいささか混乱を招くらしい変幻自在でスピード感のあるその語りは、ビューヒナー賞授賞のさいに「日常の言葉と詩的表現、大胆さと繊細さの融合した生き生きとした言語の芸術」と高く評価された。

語りのレベルをかろやかに移っていくモーラの語り手は、登場人物からかなり近いところにいて彼らの行動を追い、その心の裡《うち》を出たり入ったりしているうちに、ふいと全知の立場に立って、離れたところからちょっと皮肉を効かせて人物たちの営みを面白がる。しかし特権的な視点からすべてを見通しておさまりのいいことを言ったり、センチメンタルな共感を誘ったりするような書き方はいっさいしないから、読者はときには突き放されたように感じることもあるだろう。だがこのクールな距離感こそが、モーラの真骨頂でもある気がするのだ。

日本語という、三人称と一人称がすでに渾然一体となっているような言語にモーラの文体の微妙なハンドリングをそのまま移すのは難しかった。日本語としての読みやすさを優先して介入を重ねたから、大切な部分がずいぶんとこぼれ落ちてしまっただろう。一見すればシンプルな文をどんな距離から訳せばいいのか迷う、というのはいかなる翻訳のときにも言えることではあるが、この作品ではいつにも増してたくさん悩んだ。本書を訳すきっかけを与えてくださった土屋勝彦さん、不明な箇所についてご助言くださったマーセル・アイカマンさんには心より感謝したい。またポーランド語についてご教示くださった小椋彩さん、ゆっくり見守ってくださった編集の藤波健さん、そして細かい点までお世話になった方々に、心から御礼申し上げる。

二〇一九年十二月

鈴木仁子

訳者略歴
一九五六年生まれ
名古屋大学大学院博士課程前期中退
椙山女学園大学教員
翻訳家
主要訳書
ベーレンス「ハサウェイ・ジョウンズの恋」
ゲナツィーノ「そんな日の雨傘に」
ゼーバルト「アウステルリッツ」
「移民たち」
「目眩まし」
「土星の環」
「空襲と文学」
「カンポ・サント」
「鄙の宿」（以上、白水社）

〈エクス・リブリス〉
よそ者たちの愛

二〇二〇年三月二〇日 印刷
二〇二〇年四月一〇日 発行

著者 テレツィア・モーラ
訳者 © 鈴《すず》木《き》仁《ひと》子《こ》
発行者 及川直志
印刷所 株式会社 三陽社
発行所 株式会社 白水社

東京都千代田区神田小川町三の二四
電話 営業部〇三（三二九一）七八一一
編集部〇三（三二九一）七八二一
振替 〇〇一九〇-五-三三二二八
郵便番号 一〇一-〇〇五二
www.hakusuisha.co.jp
乱丁・落丁本は、送料小社負担にてお取り替えいたします。

誠製本株式会社

ISBN978-4-560-09061-9
Printed in Japan

▷本書のスキャン、デジタル化等の無断複製は著作権法上での例外を除き禁じられています。本書を代行業者等の第三者に依頼してスキャンやデジタル化することはたとえ個人や家庭内での利用であっても著作権法上認められていません。

エクス・リブリス
EXLIBRIS

そんな日の雨傘に
ヴィルヘルム・ゲナツィーノ 著　鈴木仁子 訳

靴の試し履きの仕事で、街を歩いて観察する中年男の独り言。関係した女性たち、子ども時代の光景……居心地の悪さと恥ずかしさ、滑稽で哀切に満ちた人生を描く。

兵士はどうやってグラモフォンを修理するか
サーシャ・スタニシチ 著　浅井晶子 訳

一九九二年に勃発したボスニア紛争の前後、ひとりの少年の目を通して語られる小さな町とそこに暮らす人々の運命。実際に戦火を逃れて祖国を脱出し、ドイツ語で創作するボスニア出身の新星による傑作長編。

ぼくの兄の場合
ウーヴェ・ティム 著　松永美穂 訳

一九四二年、ナチ・ドイツの武装親衛隊に入隊し、翌年、十九歳の若さで戦死した兄。弟である著者が、残された日記や手紙から兄の人生を再構成しつつ、「戦争の記憶」とは何かを問いかける意欲作。